美国旅店

郁　秀◎著

海天出版社（中国·深圳）

图书在版编目（CIP）数据

美国旅店 / 郁秀著. —深圳:海天出版社,
2015.4
（花季雨季系列）
ISBN 978-7-5507-1304-8

Ⅰ. ①美… Ⅱ. ①郁… Ⅲ. ①长篇小说－中国－当代
Ⅳ. ①I247.5

中国版本图书馆CIP数据核字(2015)第035129号

美国旅店

Meiguo Lüdian

出 品 人：陈新亮
出版策划：于　辉
　　　　　赵同敏
责任编辑：谢　芳
　　　　　蒋鸿雁
责任技编：梁立新
责任校对：周　敏
装帧设计：李松璋

出版发行：海天出版社
地　　址：深圳市彩田南路海天综合大厦(518033)
网　　址：www.htph.com.cn
订购电话：0755-83460293(批发)　83460397(邮购)
排版制作：深圳市思成致远创意文化有限公司　0755-82537697
印　　刷：深圳市新联美术印刷有限公司
开　　本：787mm×1092mm　1/16
印　　张：20.75
字　　数：250千
版　　次：2015年04月第1版
印　　次：2015年04月第1次
定　　价：29.00元

目　录

MEIGUOLÜDIAN

美 国 旅 店

第一章

我这样来到妈妈面前

我现在还能看见这个女孩子是怎么出场的。

一个十二岁的女孩子推着行李车，随着人群出来。白色的连衣裙，非常纯净的白色，最典型、最标准的美丽和乖巧。她就是以这副被人认同、讨人喜欢的形象到达美国，到达她妈妈身边的。性格中生硬的那部分大大地被掩盖了，或者被以为可以慢慢地一点点地感化。一双黑白过分分明的大眼睛显得很排外和警觉，她东张西望：同机旅客中会不会有一个当年的妈妈，一去不返。然后吁了口气，少年人的那种吁气，无奈不甘中藏着一个揭竿而起的念头。眉宇间微微地透着反叛，身体呈现同一种反叛姿势。步伐显得有点犹豫和徘徊，脚尖明明向前迈去，脚跟却没跟上。十二岁孩子大致都是这样不知所措的步伐——因为他们不知道应该去哪里。

那是初到美国的我。

我看见她了，那个让我在数不清的夜晚紧握着小拳头一遍又一遍揩去眼中的泪水所想念的女人。她的黑头发由于旁边褐色头发的衬托而黑得纯粹。她跑上前，裙子展开了一朵花，如同她的笑脸。就这样当众拥抱我，不仅仅是紧，恨不能把我整个人揽入怀中。她亲吻我，脸上湿漉漉的，来不及体会被亲吻的滋味。而我好不容易酝酿的那点矜持全部被她出卖了。

我现在还记得她的体味，幽香而甜蜜。女人对自己身体精心洗浴后的肌肤，清爽干净，带着不自觉的原始的奶味。不强烈却非常热烈地表达母性的慷慨。

我不后退，亦不前进。我显然是不配合的。

她并不介意，把一个白种人拉到我面前：他是大卫。

只有这么个名字，没有身份。

他知道自己该上台了，试图给我一个拥抱。我身体轻盈一移，他还没来得及完全张开的双臂就合上了，这个做到一半的动作就像是扑空。他有点不甘心地想去拍拍小女孩的头，像所有慈祥的长辈那样。女孩子头一歪再次躲过。他奇怪的是：她明明没看他，怎么每一次的躲避都如此准确？！

他并不让自己就此失去了角色，他的教养要求他对这个孩子宽容再宽容些。他对他身旁的女人说：她真漂亮，她长得像你。

她翻译说：大卫说你非常漂亮，比妈妈漂亮多了。

原文被她加工了。

他们不知道这个漂亮也是加工的，后面跟着一个不漂亮的动机——没有妈妈的这些年，我仍然出落得这么漂亮，那么她与我的漂亮有何相干？

她就这样将她十二岁的女儿带回她在美国的家。

这个家就这样在我面前了。

打一进门开始，她的女儿就两眼大瞪，好好地去打量这套房子。十二岁的孩子从来藏不住自己的好奇，也丝毫不介意当众显现自己的好奇。目光直白地东张西望，那种带进攻性的打量、审判和评估。

客厅里的吊灯从一小盏一小盏的玻璃罩里散发出暗黄的光泽，殷实人家的那种昏黄不醒。中间一张长沙发，两边各一张短沙发，上面有多个枕垫。沙发的对面是个壁炉，砖石堆砌粗糙，造型笨拙质朴，一股子精心设计的原始。壁炉上面挂了一墙壁的照片，照片上的人儿与这房子一起接受着我的检阅。

他是我的儿子，叫杰生。他今年十八岁。他在哈佛。我非常为他自豪。他这个寒假会回三藩市，你到时候会见到他。我想他一定会喜欢你的。男主人指着墙上的一个青年说，她翻译。他此时的自豪与后来的反目成为一种对比。以后的日子里这张照片还摆着，却只是为了提醒他，他还有个儿子在世上。

我已经大致可以想象出他们的生活：傍晚，男主人穿着厚而软的条形浴袍坐在短沙发上看报纸，一副老太爷的派头。他的中国太太身着一件和他相似的只是小一号的浴袍，在这样的傍晚看账单看电视看火炉里的火苗翩翩起舞，或者小鸟依人地看着这一墙壁的照片，就在这张长沙发上，自欺欺人地以为这是一个美满的家庭。

评估的结果——不是妈妈有这么大的房子真好，不是我在美国可以住这么大的房子了，而是妈妈竟然住这么大的房子。

她带我进入为我准备的房间。我的目光落到哪里，她的目光就跟随到哪里：这个小布娃娃是凯蒂猫，这个被套也是凯蒂猫。

我可以看到那个殷勤的妈妈为这间房间耗费了大量的精力。每一个部署，她都从不同的角度观察，比较着各种颜色，没了主意。她蹙眉、摇头、嘟嘴，也向她丈夫递去一个讨教的眼神。最后在一篇关于儿童心理发展的文章里发现这样的报导：儿童房间应该布置得鲜艳些，有利孩子的性格发展。她受此点拨。我知道，这个房间是照着她心目中的女儿布置的。女儿六岁，她离开的那年。像离乡久了的人心目中的故乡，仍然是他们离开时的情景一样——他们的亲人如故。

小歌，你房间里面的每一个小摆设都是妈妈为你精心挑选的。喜欢吗？现在她等着我验收，以探视自己对我的喜爱的把握是否准确如六年前。

我却给她一个无所谓的笑。无所谓就是潇洒。

我正准备打开行李，她就说：坐十几个小时的飞机也累了。行李不急，明天再收拾吧。我的动作开始犹豫。她又说：反正妈妈什么都给你准备好了，你什么都不需要带来。我扶在箱子上的手又开始麻利起来了。

里面有我的日常用品和我喜欢的几本小说。压在最下面的是我和爸爸的合照。那个留小平头的男人是我的爸爸。照片上的我咧着和爸爸一样的大嘴，光着和妈妈一样的大额头，大笑。我七岁时参加全市少儿钢琴比赛，没有得到好名次，我在场外号啕大哭。爸爸拍着我的肩膀说：别没出息了，哥们儿。爸爸很长时间是这么叫我的，好像妈妈走了以后他就这么叫我。他说希望我像男孩子一样坚强。日后发觉是他感受到压力，父亲单独抚养女儿的力不从心。但是我喜欢被他这么叫。每个女孩子童年时期都有那么一段时期希望能像男孩子，像男孩子一样野玩，不守纪律、不受约束。爸爸招呼我说：来，照张相留念，寄给你妈妈。发现我的表情相当呆板，他大声说：哥们儿，这是照相机，不是机关枪。我一听就傻笑起来。照片出来我们都很满意，爸爸说：这给你妈妈寄去。上面写了四个大字“难兄难弟”。一路的颠沛流离，镜框有点裂。

她凑上来看相片，讨好地说：这张拍得很好。你爸爸还是很上相的。

我盯着相片，却突然问：他是谁?

这是我来美国开口说的第一句话，不客气。这句话本身就不客气，在排除异已者，已将他置于你我之外的第三者。问完我有点后悔——这么早就将锐气暴露。经过伪装的外表立刻就被揭穿了。

她的脸突然红了，像做了错事被父母发现的孩子那样红了脸。她当然感觉到我的敌意：我不可能不知道他是谁，他都进入这个家了，我还不知道他与她的关系吗！我只是要看她怎么说，要看她难堪——“他是我的老公”“他是你的新爸爸”这类话她怎么说出口。

我假装看不见她的窘状，又问了一遍：他是谁？

她知道这不是提问，这是排斥。她想对这排斥做些缓冲：他是很好的人，脾气也好，而且他非常愿意接受你。见我毫无反应，又补充一句：他是犹太人。

我不太明白她的意思，想说犹太人是最接近中国人的一种老外，还是说他是一个好人？他是一个坏人？

她又说：你会喜欢他的。

错了，我心里说，在我没有见到他前，我已经决定不喜欢他了。是一种决定，就像她当年决定离开我和爸爸。

她几乎是用求饶的口吻又说道：小歌，你还太小，有些事你不明白。

我不置可否地耸耸肩，那么一点的让步，就让她紧缩的心松了下来。

她蹲在地上，帮我把鞋子拔下来。我正想阻止，她却一仰脸，给了我一个好妈妈的笑容，就是母亲宠孩子宠得不得了的那种令人不堪的温柔笑容。她没有时间去对这笑容做个检讨，只是为自己宠孩子到这份儿上而心安理得。其实我不记得在我们以前相处的日子里她曾经展现过这种笑容。她把我的脚抬到她蹲着的大腿上，认真地帮我解鞋子。她将这个动作做得很殷勤，整个房间到处都流淌着她的殷勤，意在让我这个长期缺乏母爱的孩子好好地享受一番久违的母爱，却正好击中了我的痛处：这些年她都到哪里去了？

被母亲疼爱的感觉一时很难说清，却不能停止。我的门牙已经悄悄地伸出来，下意识地咬住自己的下嘴唇，像顶着什么外来寒流。

她由于半蹲佝起的身子更加弯曲。领子空出了一个大当，什么都可以看见。

她的乳房很美，坚挺丰硕、多汁温暖。不同于火车上随便撩开怀喂奶的妈妈们的乳房，它们少女时就不曾诱人过；亦不同公共浴室里的乳房们，它们长得毫无寄托百无聊赖的模样，仅仅聊胜于无。

我的眼睛像黏了锅的糯米团不能从她乳房上拨开来。我几乎忘记了它从哪里来。十二岁的女儿处于不应该再对母亲的乳房发生兴趣，而还没有成熟到对别的女人的乳房发生兴趣的年纪。我现在还记得自己当时的模样：嘴唇已经微微张开微微撮起，像所有的婴儿一样本能地期盼，下嘴唇留有门牙轧过的齿印。她的乳房与我的嘴唇是一对绝配，它们之间关系暧昧。

这样舒服了吧。她说。

那脚突然就像挣脱开笼子的鸟一样，扑腾扑腾地想飞。我将两个脚底对拍了一下，又让十个小脚丫张牙舞爪一番。然后仰着躺下，她也在我旁边仰着躺下。凭借她身上的气息我能感知她的距离。一只手小心翼翼地搭在我身上。

她的手也只是放着，没有动静，在探试我的反应。她显得比在机场时紧张。在机场更像是即兴表演，出点错也没人计较，乱乱的，大家都来不及理会。现在就剩下我和她，一点错就异常明显。我能察觉到那手紧张而兴奋，我也同样，我在她的手下一动不动。一种久违了的感觉，一时不知道自己是喜欢还是不喜欢。由于我的顺从，她的手在我的手上摩挲。

我有一对漂亮的手，她也有。手指修长的人喜欢幻想，比如我，比如她。她在许多年前一个黄昏，经过音乐学院，琴声轻盈荡来。可以感觉到它是潜伏过琴房、走廊、楼梯和广场飘然而至，于是就飘出一份长途跋涉的不易与红杏出墙的诱惑。什么曲子来的，她记不得了。好像是《少女的祈祷》，又好像是《小夜曲》，也可能是当时流行的歌曲。记忆往往就是由于不确定而变得美好，可以恣意想象。她想象她坐在一架三角琴后面，拥有音乐、长裙和情感丰富的心灵。她想要成为钢琴后面那个高雅骄傲的女人。许多年后，她想她的女儿成为高雅骄傲的女人，拥有音乐、长裙和情感丰富的心灵。

小歌，还记得你小时候的事情吗？我们带你去听音乐会，你看见钢琴家在弹琴，就对我们说你也要弹琴。我就对你讲邓肯学舞的故事。邓肯小时候看见别人表演舞蹈，对她妈妈说她也要跳舞。她妈妈说，要跳成这样，需要付出许多，要流许多汗，吃许多苦，而且你就不能常常见到妈妈了。邓肯说，妈妈，如果成功要付出这些，那么我们也只能选择了。我跟你讲完这个故事后也对你说，要想弹成那样，需要付出许多，要流许多汗，吃许多苦。我希望你能像邓肯那样回答，说你不怕吃苦。可你知道你是怎么回答的吗？

我沉默着。

你的回答和邓肯正好相反。你对妈妈说，这样苦，那我们就算了吧。

她笑。她的手顺势上移，抚摸我的胳膊。又抚摸我一捧浓密的头发。

我有一个光洁的额头，她也有。高高的，裸露的，拒绝刘海来掩盖它的傲气。目的明确地让人看见额头中心的一个三角，就是俗称“美人尖”的东西。让那些需要用额发来掩饰的额头，自惭形秽。还有茂密的头发。她笑了，头发不能用茂密，树林才能用茂密。可是我一直觉得我的头发就是茂密的。她也一样，茂密的头发。

后来呀，我们带你去少年宫找老师，老师要每个小朋友都说自己学琴的目的。一个小朋友说，她想成为钢琴家。另一个小朋友说我妈妈说我长得不够漂亮，学好了钢琴，将来才可能嫁给有钱的老公。轮到你说，你知道你说什么吗？你说问我妈妈吧，我只是陪她来的。三个月后钢琴老师对我说，你进步得比你女儿快。你瞧，倒真成了你妈妈在学琴了。

她又笑了。她喜欢现在的气氛。你知道吗？你记得吗？你那时候呀，她一下子成了“鞠萍姐姐”，嗯呀嗯呀的语气语调，像对待一个六岁的小女孩。其实她是希望我也能把她当作六岁女孩的母亲对待。

我翻了个身，她也跟着翻了个身，我们两个合体得就像大勺子和小勺子搭在一起。她的手也因为轻松下来的心情更加大胆。

她在抚摸童年的我。

那个小女孩喜欢听她讲大灰狼的故事，吓得直往她怀里钻。喜欢被她抚摸，主动要求她哄她睡觉，喜欢她身上的味道。那时小女孩还是个快乐的孩子，从她一别六年的背影中，从爸爸因为狠狠喝酒而变得通红的脸上，从小朋友“没有妈的孩子”的讥笑声中，这个小女孩一点一点地学会了憎恨。学会憎恨，自然与快乐无缘。她知道，大灰狼骗了小红帽，而她也骗了她。

十二岁女孩子略黑的手臂阴凉，青春期的皮肤突显出敏感，细微地挣扎。几个月前学校要表演天鹅舞，舞蹈老师过来给我们束腰，她的手刚碰到我的腰，我就如同触电似的又笑又跳。老师那种对孤儿怜爱的目光立刻就绪，她扶住我的胳膊说，没有妈妈在身边，没有妈妈抱，才特别敏感。我甩开她的手。我只是怕痒。我一边叫一边跑开。老师在我背后不解：她的学生应该感动的，应该顺势往她怀里一扑，怎么跑掉了？！

我意识不到肌肤的饥饿感，直到现在。孩子，尤其女孩子多么需要母亲的爱抚，那爱抚不是别人可以代替的，女性的，母亲的。她的手像水母伸出的触角，所有的情感借着触须一起伸展出来。她的手像闪电一样击中我，一阵阵电流从全身通过，皮肤的每一个细胞如惊弓之鸟飞了起来。又像是一张宣纸被涨满墨的毛笔轻轻一触即溃四处溢去。

她抚摸的是童年的我，不是现在的我。

我的胳膊蠕动了一下，含羞草似的不安起来，除了紧张，还有点不自然，并没有从如此的抚摸中感到一层亲近。我和她接触是天生的。我曾从她的最隐秘处而来。她的抚摸立刻停止了，手放在我的胳膊上，触角试探受到刺激马上退缩回去。她也十分敏感，回到初为人母的时候，需要从孩子鼻翼的张合之间判断孩子的感受。

我们都感到别扭，却不能承认。

我打了个哈欠，但她拒绝接受这个暗示。

她没有马上离开，她意识到我还是不肯叫“妈妈”，从她上次回国到现在我不曾松口叫她一声妈妈。又觉得我们的谈话不太愉快。她看了我一眼说：坐了这么长时间的飞机，一定累了，你先休息吧。然后离开了。

第二章

我知道你们在干什么

我并不知道妈妈趁我熟睡期间，站在门外凝视着她的女儿：小歌散乱的头发和无知觉的几个动作，比如拉扯一下被子，比如翻个身什么的。她通过我呼吸的频率揣测我睡眠的深浅。她见这个呼吸保持了好一会儿，知道我进入了孩子无知觉的熟睡状态，才离开。可妈妈离开不多久，我就醒了，感觉到下身一阵的不适。

到美国的第一个晚上我来了例假，感觉自己像在少年宫琴房后面的库房里，四周是各种的管弦乐器，手忙脚乱中撞出不和谐的鲁莽的声音。爸爸一定预感到了，我眉宇间细微的躲闪，那种已经不再完全无所顾忌的眼神让他有所顾忌起来。他看出一个隐约的大姑娘的影子，意识到他的父爱不足够应付我的成长，对自己这份监护显得力不从心。于是他把我交给我妈妈。

那么我就应该去找妈妈。他们的房间在走廊的另一头。门并没有完全地合上，门外的我影绰地可以看见她和大卫躺在床上说话。我没有马上敲门进去，因为我想知道他们在说什么，有没有说我什么，可是听不懂，只听懂“小歌”什么的。之后是低低的昵语声；再之后，竟是异样的喘息和呻吟……

小时候，半夜爸爸会与以为熟睡了的、躺在他们中间的女儿换个位置。这个小东西虽然不知道父母在做些什么，却对这场把她排除在外的活动极为不满，亦明显感觉到它的神秘。这个小东西把自己作为绊脚石，一次次地摔下床铺打搅情意绵绵中的父母。他们不得不一次次地把这个不小心跌落的女儿抱回床上。心里又心痛又紧张，还有点被败兴的恼火：我们没有占太大地方吧？我们没有发出太大动静吧？这孩子怎么就掉下去了？他们不知道这是一种报复。她是故意的，我知道。大人不愿意也不敢承认孩子是有性感知的。大人害怕，大人比孩子还害怕去承认它。这一点当然是我成年后才意识到的，于是我不得不怀疑孩子天真的真诚度。白天，我眨着再天真不过的黑眼睛问他们我是怎么来的，这是他们愿意听到的问题。你是捡来的。他们挤眉弄眼无比安慰地笑着回答我。他们以为安全了。晚上，他们就表演给我看我是怎么来的。

现在，这个曾经跌落床下的小东西已经是一个稍晓人事的青春期少女，对于她妈妈与这个男人将要进行的活动更多的是憎恶。妈妈将她和爸爸丢下跑到美国，与一个不是她爸爸的男人做这种事情？！她首先是我的母亲，不是别的。我无法想象她在别的男人怀里的情景，那股女人的香味，被一个外人这样闻去。她没有我期望的挣扎，现在可能还因为这个白人丈夫对她女儿的接受，她迎合得更加彻底。

恨意就这样冲出来，我不能原谅妈妈。也有人给爸爸介绍对象，爸爸总说过几年吧，等这个孩子大了再说。爸爸担心我会受后妈的气。谁对我更好，一下子就比较出来了。

我回到自己的房间。最后那一点的主权也不留给她。

我能看见那个初来乍到的小姑娘如何收起自己细长的手脚缩在床头，像卖火柴的小女孩。白色的月亮，一团冷气从上而来，有着一种高处不胜的寒冷。那清冷是月亮的灵魂。这是嫦娥偷吃了后羿的长生不老药时看见的月亮，她最终是去月亮上。月亮照在白色的连衣裙上，新买的。我走的那一天爸爸要我穿上。

我不要穿这件。

为什么?

其实我是拒绝最后一点体己的拘束与害羞也招摇出来，而白色的公主裙显然是童年一切招摇的最大嫌疑。当然这是我今天的总结，那时还认识不到本质。一个十二岁女孩子的语言只能表达成这样：因为我穿起来会太可爱了，会有许多人看我。

爸爸禁不住笑起来，看着小姑娘臭美。他问：你不是喜欢白色吗?

是我妈妈喜欢白色。我提醒他。

白色公主裙还是套到身上，身体与服装彼此反叛，尤其胸部一直不满这套还属于儿童专柜买的服装的窄小空间的约束。成长发育的女孩子面临着危机，爸爸就在这一刻有了意会。

快要出门的时候，他又说：小歌，你的头发乱了，爸爸再给你梳一下。我坐在镜子前，最后一次享受爸爸日趋成熟的手艺，对于女儿来说，那是奢侈的享受。爸爸一直不知道如何表达爱，爸爸从来不说软绵绵的话，而这一刻，他却把爱表达得如此温暖体贴。我就这样带着爸爸的爱来到美国，开始人生的新的征程。

我们在机场重复着六年前妈妈出国的那一幕。只是那个六岁的宋歌，只知道一味地抢妈妈的行李，一味地叫喊妈妈不要去美国。而十二岁的宋歌像所有那个年纪的孩子一样，热衷于摘抄好词好句，喜欢用最学生腔最文艺腔的语言表达自己。我对爸爸他们说：我会有出息的。等我们再见面时，你们猜不出我会变得有多好。

爸爸巨大的左手像一只芭蕉叶一样按在我的肩头，重复着老话题，想另开话题，又怕一时半会儿收不回来，所以就只能这样随着本来的话题一遍一遍重复着：小歌，到了美国要听妈妈的话，要记住给爸爸写信。有什么事情告诉妈妈，不要自己闷着不说话。接着交代空姐把我平安地交到我妈妈手里，当然这话也重复了许多遍，以至于空姐开起了玩笑：放心吧，如果我不把她交给她妈，我就把自己交给她妈。

登机的时间到了。一直按在我肩上的芭蕉叶突然施力，重重地压在我的肩头，分不出是想把我往回拉还是往前推。大概先是本能地把我往回扒了一把，继而又把我往前送了一下。爸爸知道我走他会难过，但他从来不期望另一种做法：不让我走。他很清楚只要他开口，我就会不走了，所以他连嘴巴都不张了。奶奶热辣辣地盯着我，狠劲地亲了我一口，我感觉到她温热的泪水。

去吧。爸爸说。六年前他用同一种语调对我妈妈说这话。这是一句箴言。

爸爸，妈妈眼里感情粗糙的男人，用他自己的方式爱着我们——放走他生命中最爱的两个女人就是他的方式。我回头看了他一眼，他看着我，含着笑，笑得那么勉强，又那么心疼，接着他还望着这架载有他女儿的飞机冲破虹桥机场上空腾空而去。他的左手保持着原来的姿态，好像还按在我的左肩上。爸爸伸出右手朝我挥了挥，这是一个他惧怕的动作，可能他延续了送我妈妈时的姿势，也可能模仿他周围的人，动作生硬而笨拙。他的整副表情都像是在与我永别般的悲伤。我奶奶眯着眼睛望着我，泪眼朦胧深情无比，像那个初见到我爷爷的目光。她的内心时光倒转。我看见许多年前的某一个清晨，一个美丽女军人的动情的一幕。

由于时差，第二天一大早，我独自一人走出房间来到院子。那是一幢漂亮的房子，像我小时候在电视上见过的童话世界。白色的栅栏，绿色的草地，四周一些矢车菊，开得十分热闹。卵石小路直通灰色的大房子，昨天晚上天黑，没有看清楚。在中国的时候，不仅是我，包括她从来不敢想象有朝一日能住进这种洋房。在她出国前还在为爸爸单位分房的事情与爸爸吵架，她叫爸爸去送礼，记得她当时就说，要是能住上两房一厅的房子有多好。

如果她没有结婚，尤其没有和老外结婚；如果她没有住这么大的房子，我想我不会这么恨她的。如果她需要在餐馆赚小费，只是住在小房子里，我想我会原谅她的。

她起来后，到我的房间发现我不在，便到处找我，对她丈夫说她会不会离家出走。她丈夫说不会的，她根本不认识路。她说那你的意思是如果她认路了她就会离家出走。她丈夫说早晚她会离家的，我十八岁那年就离家了。她说她是个中国孩子，我们中国人不玩这一套。他说那就等着看吧。

这些是我想的，通过他们现在惊慌的表情。

你在这里，你吓死妈妈了。我还以为你……她看着我喘着气说，你怎么不多睡会儿？

你这儿真漂亮。我说。

她听出我的阴阳怪气，立刻为她在我面前的阔绰解释：这是今年才搬来的，为了让你有好的学区。

我冲她耸耸肩，一副与我无关的样子。

我们并没有多少钱。她又说。

看看，她竟然和他“我们”起来了。她的身上昨晚那种最本质的快乐还余兴未尽、毫无遮拦地绽放着。

我来月经了。我说，我的语气平淡而富有经验。我想，我这辈子都要用这种语气与你说话了，我自己能行。

哦，哦，她一时不知道如何反应，不知道如何应付一个青春期的女儿，她对我的全部记忆都停留在六年前。她说，那妈妈要给你准备一下了。

她越是不知所措，我就越要表现沉稳：我已经这样做了。

她又“哦”了一声，然后蒙昧而热切地说：我们小歌变成大姑娘了。

我才不要长大呢。

她的丈夫走来。瘦高、谢顶，连眉毛也谢了，稀松一撮，也许根本没有长出过。坚挺的啤酒肚使上衣短了一截似的，露出多毛的四肢，敞开的睡衣露出旺盛的胸毛，睡衣的扣子是加缝过的。一定是我妈妈缝的。每次新买的衣服，她都要再缝一次扣子。扣子钉死的，笨拙不灵活。这是我妈妈缝的扣子的特色。我为她在他身上遗留下的不贤惠高兴，觉得自己早他们一步看出他们之间的问题。

那是我第一次正眼面对我妈妈的丈夫，觉得他并不像爸爸一家描述的那样面目可憎。他只是有点秃头，别的和我所认识的老外没有两样。

他很快走到了我的对面，冲我笑了笑，与我妈妈分享着同一种的愉悦。他为我打开大人世界的神秘：你和我妈妈做完那种事情后，还好意思对我笑得如此清纯。大人是这样健忘，这样无所谓。但我得承认他有一个好的笑容，清新朴实的、勤劳的庄稼人面对田地才有的笑容。原来这个快乐可以让他心情这么好。

当我们这样目光对目光，他立刻感觉到某种锋芒。他半蹲下来对我说话——和一个像我这样的孩子谈话绝非易事——他很快地察觉到这一点。他在我身上完全看不见一个十二岁孩子的开朗与天真。他装得和蔼可亲，装得和我平起平坐。他并不在乎我是否听懂，只在乎他表达了这些意思，从而使他自己有个角色。

我偏不让他有角色，我转向对我妈妈说话。这就是他的处境。

妈妈为我的不吃哄向她丈夫不好意思地笑笑，转过脸对我说：你到现在连一个招呼都没打过。

我奶奶教我不要随便和陌生人说话。语气很无辜，同时很挑衅。

她动怒地叫：我也算是陌生人吗？

原来，她恼的是这个。

我一直没有叫她，直到我上学为止。

第三章

哑巴海伦的校园生活

中国也好，美国也好，十来岁的孩子都是以学校为圆心做圆周运动。

从来没有想过有一天被叫作爱丽丝或者安琪尔，我看起来就不像叫这种名字的人。最后我还是有了一个英文名“海伦”，大卫起的。这个名字像我的中文名字一样，也没有问过我同不同意就叫上了。大家以为这样可以使我在美国的生活容易些。

海伦？是不是那个又聋又哑的海伦？在去学校的路上我问妈妈。

妈妈说：起个英文名字就是让那些老外叫起来方便些。其实妈妈还是喜欢你的中文名。宋歌这名字按美国人的叫法就成了歌颂（宋）。这名字多好，中国人叫起来响，美国人叫起来也响。妈妈当年给你起这个名字真是有先见之明呀。

我一听就火大，倒好像她的叛逃蓄意已久，打我出生时就心怀鬼胎，让我的名字左右逢源。

妈妈放我下车前只教了我一句英文：请问厕所在哪里？

学校的校徽是一只狗。许多年后的今天想起来，这真不是个好兆头。当时只是觉得换在中国我们只会用龙啊凤啊的吉祥物，绝对不会用狗的。狗在中国只能用来骂人。

学校大楼像一座久无人用的车房，庞大而简陋。大片大片的草坪，整理得很规矩，营养充足、绿得纯正。隐约听见笑声和尖叫，是那种单调一致的尖叫：“太棒了！”“酷！”不远处一定有一片操场，我想。果然拐弯处就是。厚实的外套搭在看台上，笑声与尖叫声随着球起球落，此起彼伏。仍然是那种单调的蹦单词的尖叫，哪里的少年都一样，兴奋到极点却只是这样尖叫着丢出一两个简单的词汇，有时干脆就是一个语气词“哇呜”。好像词汇越贫乏，激情越澎湃。少年人才有的体力充沛不需要经大脑的尖叫声，让我真正从妈妈的城堡里出来，心情随着他们的单调的尖叫声丰富起来。

可是很快就发现这些与我无关。那种少年人气息只是使我得到片刻虚幻的归属感，那其实是属于美国孩子的。我的黑头发就像混入黄豆的黑芝麻，自己都觉得站错了地方似的。

一个球滚到我脚边。他们冲我嚷嚷着什么，也许是叫我让开，也许是叫我把球还给他们，我一句也听不懂。我的听不懂似乎更加激怒了他们，他们对我伸出了中指。

我虽不懂英语，不知道伸中指的具体含义，但却感觉到了它的侮辱与残忍。听不懂老虎的话，难道就看不出老虎打算吃你吗？我是谁？我是哑巴海伦，甚至连顶嘴的能力也没有。我对他们吼叫了一声，不是中文，也不是英文，而是一个十二岁孩子被人欺负时本能的反应。

我的吼叫果然引来了同类的呼应。远处走来一个东方女孩子，一双黑白分明的眼睛，人没到，那目光先到达了。她用英文问我：新来的？哪里来的？这句话我正好听懂了，我连忙告诉她我是从中国来的。她立刻改说中文：我也是从大陆来的。我才知道自己的国家在这里一般被称为大陆。她接着说：不用怕，有我呢。

她冲篮球场用她的白眼睛反咬了他们一口。冲我伸中指的其中一个男孩子上前来。她一挥手，空荡的场地上平白冒出一帮子人马来，眼里是一致的能咬人的光。球场上的那些人立刻就吓走了。她也转身离开。我追问她的名字，她对我浅浅如花般地一笑，像武侠小说中路见不平拔刀相助的侠客一样，做了好事不留名。我在后面痴情地问：我叫宋歌，你呢？这时她蓦然回首轻轻吐出一个名字“安妮”。这个名字在我第一天的美国校园生活里，就像上帝的名字一样。

我想告诉老师我被人欺负的事情。座位很硬，前面男生的高大把我逼出个挺胸收腹的优雅姿势。老师的脸就在他的头上露出一小块。整整一节科学课，只知道老师的嘴在动，一句也听不懂，一句也不会说。我一下成了一个既聋又哑的残疾儿童。耳朵嘴巴全是虚设，没有用的。就像我童年许多漂亮衣服的假口袋一样，外面看起来是好的，却只是装饰品。我真的成了那个著名的海伦了。

课后我用结巴的英语讲了声“teacher（老师）”，老师回过头来含着一个得体的职业化的笑容对我说：哟，我的小宝贝，你不可以管我叫“老师”，就像你不可以管邮递员叫“邮递员”一样。那是非常不礼貌的。我是有名字的，你可以叫我米雪。呦，对了，你要对我说什么？

对于眼前这个来自贫穷国家的小哑巴，她就像一位仁慈的贵妇人，连她的微笑都是一种施舍。我想告诉她在我们中国叫老师的名字才不礼貌呢。好不容易拼凑起来的几个英语单词在她的仁慈面前全面瓦解，还没有出口自己就放弃了。

我支支吾吾一会儿，突然讲出妈妈教我的那句英语：请问厕所在哪里？

我躲进厕所里大哭了一场。我想要是安妮在就好了。

再次见到安妮是在放学的时候。

大卫来接我，海伦，今天过得怎么样？他说起话来慢条斯理，吐字清楚，英语不好的人也能听懂。宋歌，我匆忙地纠正他，不满他擅自给我起个名字还煞有介事地使用起来，同时我慌张地向四周望去。他往我身后一站我就很不好意思，担心人家好事的目光，但并没有人看，这是一个对各种生活方式都不好奇且不过问的地方。只有安妮悄悄问我：他是谁？他是，他是，我突然哑住了。他是谁？这个我来美国问的第一句话，现在倒考倒了我。她善解人意地说：你爸爸妈妈离婚了？我点点头，同时发现她背后站着一个美国人，虎背熊腰、面色红亮，一看就像肉类加工业从业人员。我已经可以确定安妮的背景与我相似——都是有个美国继父。她的继父对她极好，又亲又抱。

海伦这个名字，被叫了三天后，我已经知道回头了。

那天我在学校餐厅用餐，后面有人叫“海伦”，我回头，是安妮。我们很自然地坐到了一起。事实上，整个餐厅就像被八国联军瓜分了去：白人和白人坐在一起，黑人和黑人坐在一起，当然中国人也是跟中国人坐在一起，比如我和安妮。

与安妮聊起我初来乍到的种种苦闷，与妈妈不和，想家，没有朋友，上课听不懂，被同学欺负，还有种族歧视，十二岁的我已经知道往这种事上安很大的帽子了。

安妮冷笑道：天要下雨，娘要嫁人，我们有什么办法？

她说“我们”，一眼能看出我身上那份与她相似的寄人篱下的孤独与无助。

她又说：像咱们这样的拖油瓶真惨，不仅拖到别人的家庭，还拖到别人的国家。

那一刻我深刻地自怜起来。一股尖酸的寒气迎面而来，我连忙向她那边凑了凑，手肘撞着手肘。像冬天里的两只同类小动物挤着靠着在取暖，在互相保护免受另类的袭击。

我说：我的中文名字叫宋歌。我不喜欢我的英文名，总觉得怪怪的。你看那些日本人也没像咱们一样一到美国就起个洋名呀。

她不耐烦地打断我：到了美国就应该有个英文名字。

我对她的不高兴毫无察觉：那你中国名叫什么？

她扫了我一眼，冷淡地说：我现在就叫安妮。

初来乍到的我太渴望友谊了，于是尽量不去计较她隐瞒了她的中文名。我问她是怎么来美国的。

那当然是坐飞机来的了，坐火车是坐不到的。

我连忙解释我不是这个意思。

她笑了，她当然知道我不是这个意思。是我妈妈带我来美国的。

说完，想了一会儿，又说：我来美国是因为我爸爸。

午饭后我们来到不太有人来的草地，她对我讲了一个故事：那时她还是一个幸福的孩子。当然她不叫安妮，她有一个好听的中国名字。

我来美国最主要的原因是我没有考上像样的中学，上大学的梦算是破了。我自己倒无所谓，上不了大学就上不了呗，谁稀罕。我爸爸急了，好像世界末日一样一筹莫展了好几天后，他对我说爸爸决定让你出国找你妈妈去。女儿跟着妈妈比较方便。我说我不去，我死也不去。我要和你在一起，以后我也不想结婚什么的，一辈子和爸爸在一起。我爸爸摇摇头：傻丫头，又说傻话了。我说：那我结婚就是了。反正我不去美国。我恨美国。爸爸叹口气说：爸爸是个工人，在厂里干了很久，而且会接着干下去。而你不一样，你跟爸爸不一样，你这么小有大好的前途。爸爸也舍不得你走，可是现在没有别的办法了。对，爸爸每天回家就能看见你，然后我们一起吃饭，看电视，说笑话。那确实很快乐。但是你知道爸爸什么时候最快乐吗？是爸爸自己在回家的路上，想回到家的时候发现你不在，我想这个死丫头又野到哪里去了，再一想，原来我姑娘在美国哈佛大学读书呢。爸爸没有念过什么书，讲不出什么大道理，但这个道理爸爸懂。我哭了。就是因为这番话，我才决定来美国的。

我当场就听哭了，咬着手指头，眼睛鼻子红成一片，不能自已。安妮也哭了，两个中国女孩子抱在一起痛哭了一场。当然她的眼泪里可能还有一点对我的歉疚：她已经分不出真伪的身世，这个叫海伦的新生完全当真哩。事后我才知道她的爸爸在她八岁那年就死了。我惊讶她讲故事的能力：那种不露声色的深情，还有那种残忍，最重要的是那份真诚——浑然无辜地讲谎言就是讲故事者的最大真诚。难怪海明威会认为，甚至鼓吹，最优秀的作家都是说谎者。我想她一定把这个故事在心里一遍一遍讲给自己听，一层一层地对它进行加工，直到自己深信不疑，之后再取信于人。最后它就是他们父女的故事了。如果她写小说，一定比我强。

安妮突然问我有钱吗，她为人气度非凡，连向人借钱也是如此威风凛凛，像个债主。

你要买东西？我没有意识到自己在问的同时已经将钱恭敬地递给了她。

她接过钱，笑了一下：买东西就不用向你借钱了。

然后从书包里取出一个白色纸包，将纸币圈成筒状，插入鼻孔吸纸包里的白色粉末状物品。她鼻孔的用力与眉心的颤抖使她的脸部出现痛苦的快乐。她每吸一口，眼神就晃荡一下，这样的晃荡使她的整个人都不真切起来，严重地缺乏实体感。当吸完漫长的最后一口，她做了一个深吸气，半启的嘴唇呻吟着，眼睛也是半睁半闭，脸上出现像白痴那样怪诞的神情，然后心满意足、精疲力竭地瘫在那里。就像形成中的琥珀，被外力猛地固定在一个静止的状态，对自己毫不设防，也无法设防，一点一点地展示它死的过程。

过了好一会儿，她开始精神过来，把钱递给我：还你。接着她就主动申请到我家去玩，而且要求过夜。她教我：你就这么跟你妈咪说，妈咪，她是我的好朋友，我们要一起做功课。我心里想：我们什么时候一起做过功课了？

为了让安妮来玩，我按照她的意思讨好地对妈妈说：她是我的好朋友，可以在这里吃饭吗？妈咪。这句洋里洋气带点嗲味的称呼显然为我找到了一个出口。

我妈妈愣了一下，像是别人家的孩子管她叫了一声妈妈似的。她看着我，心里反复体会这个陌生但还算得体的称呼，就像第一次吃西餐，还谈不上可口与否，先保持好吃相，然后冲我笑笑，算是对新生事物的认可。叫总比不叫好，她想。

她把这份吃惊转到安妮身上，把安妮好好打量了一番，你今年多大了？你家住在哪一区？父母是做什么的？学校成绩如何？神情与语气好像安妮是个毒贩子。

安妮并不介意，笑吟吟地答：我十四了。我的继父是个律师，妈妈是会计，我的成绩很好，除了A我不知道还有别的分数。海伦刚来需要帮助，我可以帮她学习。

她还阿姨长阿姨短地与我妈妈聊天：阿姨，你知道中国人家庭总是很注意成绩的，即使考了一个B也是通不过的，B等于bad（糟糕），A对于中国父母来讲也不过是acceptable（可以接受的）。

我妈妈笑了：那F是什么？

安妮两眼大瞪道：F？那就是finish（完了）。

我妈妈被她逗得哈哈大笑，就这样在笑声中她申请到了在这个家过夜的权利。

我觉得很奇怪，这个家我都不想呆，她却喜欢。如果我们家你都觉得好，那你们家一定很糟。我说。她就不说话了，眼睛投入我无法探知的他处，我看到的只是她冷傲孤单的单眼皮。

几日后，她交给我一些钱，叫我替她保管。她说这些是她赚的，她继父一旦发现，就会拿去买了酒喝。她又说等她赚够了钱，她就会离开这里。她的信任使我有高度的责任感，我把钱藏在爸爸的相框里面，每天检查一遍。

安妮是我来美早期生活的最大色彩，因为有了她，日子开始有趣、冒险和具有戏剧性。而且她也不喜欢她家，我想她一定跟我一样，一回家她的妈妈就要她练钢琴练数学。于是我们有了许多个不回家的傍晚。安妮是个了不起的人物，她的书包就像魔术袋一样。我们进入商场书包是空的，出来时她总能变出来许多东西。可是有一次我们走进一家商场，就没能出来了。

商场很快地通知了学校，学校又很快地通知了家长，家长很快地赶到学校。那也是我最后一次见到安妮。她刚刚被学校谈过话出来，她的神情悲壮而镇定，好像在说：我把一切都顶了，你没事了。妈妈像押犯人一样把我押回家，我当然就要像英雄赴刑场那般视死如归。

大卫也刚下班回家，正在家门口洗车。看见一大一小的两个人影从他眼前怒气冲天地一晃而过。他大叫：发生了什么事情？妈妈理都不理，大卫只好放下手里的活跟上来，就听见妈妈大声数落我：你逃学，你偷东西，你目无尊长，我再也不能对你放任自流了。从现在开始，你被囚禁了，没有电话，没有电视，除了上学就是回家。你听明白了吗？

追上来的大卫问：你和她又怎么了？

我和她怎么了并不重要，重要的是她和学校怎么了。她在学校出名了。她偷窃被人抓住了。她急不可耐地向她丈夫抱怨她的女儿。海伦，你自己说发生了什么！

我说：还是你说吧。这样你就可以添油加醋说我有多坏。

怎么会这样？大卫问。

你问我，我问谁？妈妈来美国多年，可一着急就会说中国式的英语。大卫也习惯了，外语是一种调情，就像昵称一样，两个孩子在做游戏，很是诱惑。

她一扭头，咦，人怎么不见了？大卫指指楼梯。我趁他们说话的工夫溜走了。

她冲进我的房间，穷追猛打地说：你以为躲在这里就没事了吗？

我不说话。而这种不交流不认错更加激怒了她：你不要总是这副无所谓的样子，你这个样子，将来如何在美国立足呀？

我冷淡地说：我从来没有想要在美国呆下去。

你这个样子回国更没有办法立足了。你在美国跟十个人竞争你都不行，回国要跟一百个人比你怎么比得过？

妈妈在我的房间里大搜查，在相框后面找到了一笔钱。这是哪里来的？

这是安妮的钱，是她存在我这儿的。

又是她。我要打电话证实一下。你就是被她带坏的。

不要打电话，安妮就是因为不想让家里人发现她私下存钱，才把钱放在我这儿的。

那我怎么知道你是不是在说谎？

你才爱说谎呢。

我说什么谎了我？

你说你会回来看我们，可是你一走就是五六年，你才说谎呢，所以以为别人都像你一样满口谎言。

她转过脸来，让我看见她的眼睛一半黑一半白，猜疑与抱歉也各占一半。她从极高的气焰中下来，说：好，让我相信你这一次，不过你现在马上把钱还给她。还不知道她这钱是从哪里来的呢。

你不是说不许我用电话吗？

她没有想到我会在这个时候抬杠，气焰大挫地说：这是你的最后一个电话。以后你不许再和安妮来往了。

为什么？你不可以这样，她是我唯一的朋友。

看她那个样子就不像一个好孩子。我已经到学校问过了。什么她的继父是律师，根本就是一个无业游民，成天喝得醉醺醺的。她妈妈更好，跟了老美跑到美国，到了美国就又跟别人跑了，连自己亲生骨肉也不要，直接就丢给她的继父了。

我妈妈和她妈妈差不多。

我妈妈显然有了些经验，反驳道：你妈妈当年是没有办法，一旦环境有了改变，首先想到的就是你。哦，她还说她的成绩很好，除了A不知道别的分数。事实上她是除了F不知道别的分数。还什么F就是finish，我看她倒真的是完了。你说说一个十几岁的孩子就这样满口谎言多可怕呀。

可是她对我很好。

那是因为她想拉你入帮会。你可能都不知道她在外面结交了很多帮派的人。

她突然一阵头昏，大卫（不知道他是什么时候跟进来的）很不满地看了我一眼：你能不能不要总是对你妈妈这样大吼大叫的？

我不懂英语。我当然是听懂了他的英语才对他说这句话的。

你看你把你妈妈给气的。

我说了我不懂英语。

你自己好好反省一下吧。妈妈调头离开我房间时说。

大卫看了一眼妈妈的背影，正想跟出去，再看一眼我，又觉得自己需要扮演一下白脸。他再次试图拍拍我的肩，我的肩膀一抖，他的手就落了下来。

我想你也许需要陪伴。

我想自己呆着。我不要你管，你不是我爸爸。

他沉默了一会儿，说：我不需要你提醒我，相信我，我清楚这一点。

那就请离开吧。

他轻轻叹着气，自己也不喜欢自己的角色。

MEIGUOLÜDIAN

美　国　旅　店

第四章

她又不是你和我爸爸生的

大卫陪妈妈去医院检查身体，而报告结果出来时，我却是最受打击的那一个。

那天，大卫一边拆着邮件一边往房子里走。邮件在这年头缺乏温情，除了过节过年，很少收到具有个人色彩的手迹，有的只是一堆来路明确和来路不明的公函。大卫是个居家男人，先打开的总是形形色色的账单，心里做着各种检讨：电费怎么这么高，下个月空调温度要调高一点；以后打电话要注意一下了。这时一封信让他放下心里所有的检讨。

同一时刻，我和妈妈正在厨房里。妈妈在做晚饭，我在她的监视下做作业，握着笔漫无目的地在纸上随便写着什么。从我坐的位置看，可以看到一个最具忍耐精神又知道稳扎稳打的家庭主妇：尖尖的下巴，斜斜的不太平衡的肩，自虐型的笑容，一股子善于家庭建设的勤劳与精打细算，是那种上海市井处处受约束又处处用心计的生活培养出来的对生活琐事的精打细算。还有要让你感觉到她经营家庭的不易与周全的那股子劲，也是那种生活培养出的女子擅长的。米黄色的皱得像菜瓜布的围裙，一些污渍（像油渍米粒）藏在折叠处，其余则是一目了然。那份手忙脚乱乐此不疲的努力，再加上厨房里弥漫着的炸春卷的香气，她被自己感动了。她就是这么一个需要被需要的女人，而这味道、这颜色，包括这脏处，全部是在奉献被需要的见证。

这时撞上了妈妈的眼睛：又发呆了，快做功课呀。

自从安妮出事后，我经常这样发呆，不说话。我按照妈妈的指示把钱还给安妮，可是再也找不到她了。这与她继父有关。那衰老的身体所蕴藏着的对青春的贪婪与仇恨，终于成了罪恶。社工把她接走了，到别人家当孩子去了。安妮就这样从我的生活中消失了，以后再也没有消息。我想她是故意不与我联系的，就像她故意不告诉我她的中国名字一样。从前的生活连同安妮这个非正式名字一同一笔勾销，一切都是非正式的存在，从此不算数了。她一定也希望我与她一同忘记。她就像一只美丽的鹦鹉，被人关在这里，她无法防护自己，只有不唱歌了，好让你以为她是只不起眼的麻雀。现在她放飞了，她可以唱歌了。只是从此，我越来越安静了，不说话，更不说话了。日后我成为作家，就是因为我想说话。

我向妈妈申请回房间做功课，被她拒绝了。你在房间我怎么知道你是不是在做作业？你在这里把功课做完，我检查了才能回房间去。

她抖动双肩切砧板上的肉块，肩膀停止颤抖，肉块也成了肉丝。切洋葱时又辣到了眼睛，睫毛一直眨着进行挣扎。她看见我看她，像是抢到镜头一样，把刚才的辛苦再次好好表现了一遍。肩膀又抖动起来。肉丝成了肉丁。洋葱又辣到了她。妈妈的手脚并不麻利，却充满了主妇的温情。她回过头，冲着饭厅的方向向她唯一的观众笑笑，嘴角笑纹含着忍辱负重的表情。以后的日子里，我常常看到她的那种表情。我的妈妈，把自己放进一场壮志凌云的战斗中。这让她找到非常好的感觉——她与生俱来的、又被搁浅六年之久的浩瀚的母爱重新找到了感觉。我埋头看书，搞不明白她到底是监视我，还是让我好好看她表演。

你怀孕了，亲爱的。大卫还没出现，声音已经先一步闯入了。

你说什么？我妈妈吃惊地张着嘴问，妈妈没有合上的嘴和吊着的双颊形成极为吃惊的一个表情。她的神情绝非作伪，我能看出其真实性。她的怀孕不是有目的的，跟怀我不一样。我是计划内的，肚子里的孩子是计划外的。

大卫跟着进来的身体补充道：我们将有一个孩子了，而且是一个女孩子。然后扬着手中的化验单，同时将手中的五花八门的账单随意往某个角落一放。

妈妈读着化验单，大卫跟在她后面，不时小声地交谈着什么，有时用语言，有时只是一个拍肩揉背的动作，非常深情地看着我妈妈，就像此生有了着落似的。他们开始谈论未来孩子的模样，会更像一个东方人还是更像一个西方人。大卫哈哈一笑：不同种族的婚姻最好笑的是你不知道你的孩子会是什么样，让父母不断地有惊喜。可是有一点我可以替他们确定的是混血儿大多聪明，而且漂亮。妈妈建议把我外婆接来帮忙照顾孩子。看看海外华侨有多孝顺，平时也不太记得往家里寄钱，有了孩子倒第一个想到把老父母接来当保姆。

他们完全没有发现饭桌上正在做功课的小姑娘悲伤而敌意的神情——如同面对一个呼声极高的接班人。她的到来一定会影响我的地位，我今天的地位虽然谈不上优越，毕竟是唯一的。以后的我可能要为这个未来美丽的混血儿公主热奶、换尿布——当代的灰姑娘。小歌在国内也是众星捧月捧大的，现在深感地位的岌岌可危。

妈妈忙的时候，大卫的两手伸出来随时准备接应。大卫从妈妈手上接过一盘菜来饭厅，看见正在做作业的我。他与我妈妈使了个眼色。如果妈妈善于处理十几岁孩子的狡黠和独占欲，事情也许就好办了。她对她十三岁的女儿说：海伦，你知道什么吗？你将有一个小妹妹可以和你玩了。她的口气好像在说我将有一个真娃娃而不是一个假娃娃玩了。十三岁的女孩子还被告知：以后你不需要睡小床而可以和大人一样睡大床了。仿佛这是姐姐的特权。她以平常心来缓解许多危机，以为就这样过去了，她就这样不被追究地过去了，我们也跟着她这样过去。一旦被问及，她就露出反诘的委屈，好像她也是受害者。

大卫来到我面前，故意显出特别的和善，半弯腰指指我正在看的生理课本上的人体骨架：他是谁？

他的名字叫大卫。我没好气地说。

我妈妈立刻严声制止：海伦。

大卫笑着袒护：海伦很有幽默感。

我妈妈端了一盘炸春卷过来，大卫事先摆出来的双手顺势接过，而且抓起一个趁热吃，吃得满手油乎乎的，就用舌头去舔手指。妈妈把一半的脸给我，另一半的脸给他，半作恼半作嗔道：那也不能乱开玩笑。口吻已经有笑意了。妈妈很骄傲大卫的好脾气。这个笑容使她那双三十年代流行的温良而细长的凤眼高挑，让我们分不出她是看我还是看大卫。这就是大卫和许多西方人心目中东方女人神秘的亚洲眼。我甚至怀疑继父就是为了看到这个笑脸，从而对我越发地容忍。

这时，我妈妈又出现一阵恶心，有点刚说她胖她就喘的矫情。大卫第一次没有指责我，他知道我对妈妈的恶心呕吐没有责任，紧张地问：亲爱的，你没事吧？我可以为你做点什么吗？

这次换成我指责他了，我指着妈妈的肚子对他说：难道你做得还不够多吗？

妈妈微笑：我没事，我很好。她丈夫扶着她坐好。我来我来，大卫殷勤道，像对待功臣的样子。大卫走到哪里，妈妈的目光就跟随到哪里。由于对厨房的陌生，大卫多出了不少无功往返的步伐，这几天让她的目光跟随得更紧了，眼神非常的纵爱——

就像看待想替父母分担家务非常懂事的孩子不小心闯的祸。

她丈夫上完最后一道菜时，捏捏她的手，相当恩爱的样子。他们用目光做爱。我拿白眼球看他们，心里想：到房间去吧。我妈妈和她丈夫越过我，热情地交谈着什么，我听不太懂。我妈妈就这样将我抛弃了。

好不容易他们又注意到我，考虑到我最近所受到的一连串打击：从商店到学校，再从学校到家庭，再加上今天所受的摧残，决定以一些轻松的话题取代饭桌上对我常规性的训导。大卫故作轻松地问我学校的情况。我假装听不懂，妈妈连忙翻译：大卫问你今天学校的情况。我轻轻吐出一个词“nothing（没什么）”，他们把它解释为我英语不好，而不是我不愿交流。

他说了一段家庭笑话，在最容易赢得笑声与共鸣的时候，他有意识地多留出时间，让译文早些进入。他要确定他的听众完全跟上来了后才继续说话。这是他课堂的延续——这是十八岁那年我选了他的美国文学时总结出来的。妈妈早我一步听懂，也早我一步进入笑声。提早一步的笑声让他信心满满地迎接下一拨笑声从我这里传出。妈妈翻译结束的同时，他只是看到一个有些木讷的小姑娘板着脸，正经八百。他想，这个孩子的童年结束在哪里？我没有去过迪斯尼乐园，没有和白雪公主合过影，没有这些的童年能叫童年吗？我的忧郁、古怪、不合群，以及我的瘦弱多病都是没有童年的验证。

他和我妈妈对视了一下，妈妈很无趣地问我：你不觉得好笑吗？我就努力动了动嘴角，非常勉强，像在打发什么人赏他个脸似的。没有跟他说相声的兴趣。其实到了我耳里的家常轻松话题，完全成了干巴巴的大会发言，经过翻译，语义与心情上都大大打了折扣。

他看了我一眼，感到强烈的无趣。演讲者说到关键处，用尽全身力量一鼓作气甩出“包袱”，为的就是全场哄堂大笑。这么一个惯于掌握会场气氛的老将，偏偏在小小的饭厅里、小小的观众面前慌了手脚。他从他眼前的小观众的眼里看不到理解，更听不到会意的笑声。他终于明白：情感早已经在翻译中蜕了皮。他的学术论文也许可以这样翻译，饭桌上的关于人情世故的家常事哪里经得起这种考验？越是家常的，越是脆弱，越是经不起考验。

我把嘴巴塞得满满的，这样我就不用说话，也不用笑了。

妈妈还是照例在饭桌上讲着“海外华人家庭故事”：一个台湾商人把他的儿子放在美国读书。有一次，他来看儿子，发现儿子功课太差，就动手打了几下。后来警察来了，原来这个孩子打电话给警察了。害得台湾商人坐了几天监狱。他一出来第一件事情就是把孩子带回台湾。一上飞机就打了孩子一通，说我让你告，我让你告。现在我们是在台湾的飞机上了。美国也是，怎么能这么做，这不是破坏父子关系吗？从中国人的角度来看，这个爸爸绝对不会虐待孩子的。中国人是从孩子一出生就像跟他签了合同，这辈子要专此一好，忠心耿耿。怎么可能虐待小孩呢？

然后她突然宣布，我给你找了个钢琴老师，你应该继续学琴了。

我望着妈妈，用那么一种目光：这件事还可以商量吗？但她那略挺的下巴告诉我这事毫无商量的余地。

我又去望大卫，大卫耸耸肩：对不起，在对待教育这个问题上，犹太人和中国人相似得不能再相似了。

我不想学钢琴。我含着满口食物说。

妈妈假装没有听见。

嘴巴里有食物时不要说话。我希望当美国总统请你赴宴的时候你不是这个样子。

在妈妈翻译的同时大卫在我对面示范好的吃相，轻轻的，对妈妈的食物一直抱着享受的心情，看、闻、吃、消化都带着爱意。而且用他紧闭且蠕动的嘴巴和热烈的眼神告诉你他有话要说，同时告诉你要等待他将嘴里的东西咽下才能听到。

我冷笑：我希望中国国家主席请你赴宴的时候你不会去舔你的手指。这在我们中国人看来很不文明。

大卫转向我妈妈：亲爱的，海伦说了什么？

我叫：你告诉他我说了什么。你为什么不说？妈咪，翻译给他听。你倒是翻译呀！

妈妈不耐烦地用中文加英文喝道：闭嘴，你们两个都给我闭嘴。

于是我变本加厉地举止粗鲁，干脆将叉子横过来抓，你们别想有好日子过。

我不想学钢琴。我又说。

妈妈还是假装没听见，大卫却很蠢，问我妈妈我说了什么。

她只能探出个头回答我：哦？那你想学什么？

我想了一会儿说：我想学小号。

她要学什么？继父用英语问。

就是死人出殡时候吹的那个东西。妈妈没好气地给他指了条明路。

别人是高兴的时候会流露意想不到的幽默，而我妈妈会在生气的时候产生生动的想象。妈妈别开生面的形容把大卫给逗笑了，他说：你怎么要改乐器了？不喜欢钢琴了吗？

妈妈又没好气地说：她不是不喜欢钢琴了，她只是不想与她妈妈喜欢同一件东西。

妈妈扭过头，对我说：对不起，小号太贵了，你只能去学这个便宜的钢琴了。

我说：妈咪，你再这么专制，小心我长大了去当作家，把你写到书里去。

其实学小号也不坏。大卫说。

闭嘴，亲爱的。妈妈说。

大卫并不计较，而是微笑地摇摇头，男人对自己心爱女人心甘情愿的娇纵。在大卫眼里，我妈妈这句带有口音的“闭嘴”非常性感，富有异国情调。

第一次确定它的性感是在他向她求婚的那天。他对她说，他要和她生活在一起。他已经看好了房子，哪天她和他一起去看看。他对她说，他已经决定了。这个年纪做这样的决定是不容易的，可是他做了。他对她说，谈恋爱是一件需要激情的事业，需要旺盛的荷尔蒙。而他们已经进入一个开始尴尬的年纪，不是不具备激情，只是无力把这种激情妥善地释放出来。恋爱可以使人年轻。他对她说，爱情是最古典的经得起推敲的审美艺术。文化需要谨慎，爱需要冒险。他就这样对各个层面做着分析与阐述，一直一言不发的中国女人突然说“闭嘴”，然后湿热的嘴唇压在他还没有来得及闭合的嘴上。鲁莽的性感。以后，闭嘴就与热吻连在一起了。

低着头的我突然说了一句：今天是我的生日。

生日？你不是刚过过生日吗？

今天是我农历生日。

妈妈真的给忘记了。

为什么你会忘记？为什么我爸爸就不会忘记？

这是在美国啊。谁还记得农历？！

所以美国一点也不好玩。人也变得很无情。

你不能总是拿他们的好处来比你妈妈的亏欠。而且我想一个人一年过一个生日就可以了。你看妈妈现在连这一个生日都不想过了。过一次就老一年。

我就是要过两个生日，我在上海就是过两个生日的。我还恨不得天天过生日呢。爸爸对我就像阳光一般温暖，你对我就像冰雹一样无情。我突然被自己这股子学生腔调弄得很伤感起来，鼻子一阵阵发酸，皱起个脸。这是我受委屈要哭的表情。我说，你对我就像后妈一样。

我知道你恼什么，我妈妈望着晚餐时故意无理取闹兴妖作怪的我，叹了口气道，海伦你听着，没有人要取代你的位置。

我不说话，心里想说得好听，我千里迢迢寻到美国的母爱将如同一张奖状一样高高挂起。

她是来做你妹妹的，不是来做你替身的。妈妈又补充道。

Halfsister（异胞姐妹）。她又不是你和我爸爸生的。她又不和我一个姓。她长得又不会和我一样。我纠正。

她故意含糊，我故意清晰。我只是他们女儿的半个姐姐，就像我只得到半份的爱一样。

大卫听到这个英语单词，就全明白了。他小口地送着饭菜，说：第一个孩子总是特别的，因为他（她）是第一个。

算了吧。如果你们满意的话，为什么还要接着试？还要试第二个。

他张了张嘴，想给我一个答案。张开嘴后，发现这个问题难度很大。

我恨你，妈咪。我用中文说。

还有你，我转过头对大卫用英语说，我恨你们。

我说英语时像个牙牙学语的婴儿，只会吐字，却全是重点，直奔主题。

大卫像热芋入口一样嘴角抖动着：哦，哦，哦，我想你不想用这个词。恨，这是一个非常强烈的字眼。

我恨你们，H–A–T–E（恨）。

我拼给他听，表明运用得正确无比。我的唇齿努力地去发每一个音节，嘴型到位，牙齿和舌头都出来助阵。他们全盯着我，仿佛我的英语需要连听带看才能明白。我在完成我的英语之后，是孩子式的挑衅，是他们最没辙的鬼脸。

我妈妈并不吃惊，将我语言的过激归于这个年纪的孩子的语言特色，哪个孩子不是爱憎分明？她说：还恨什么？

我恨学校，恨考试，恨作业，恨坐在我后面的同学，恨青菜，恨许多许多东西。

我也恨他们。她轻描淡写道。

争吵还没有结束，争吵甚至还没有开始。

MEIGUOLÜDIAN

美　国　旅　店

第五章

现在我真的要恨你了，妈咪

我的继父第一次郑重其事地找我谈话是在晚饭后。我们的沟通需要翻译。几经翻译，越是家常用语，越显得客套与虚假。妈妈怀孕的事件让他感觉到有必要与我单独谈一次。只是一时不知如何开头，于是用眼看着我，希望从我这里找到话题的切入口。我看得出来，只是不去看，瞄到他最笨的样子，有点得意。

他敲了敲门，没有任何回应，他就开门请自己进来了。扑面而来的摇滚乐声大得差点把他冲出去。我趴在床上听摇滚乐，身子来回晃地看着一本杂志，就是故意做给他看：我有我自己的事情要做，我不想理你。没有什么能比音乐更让两代人感到隔阂了。他当年听的是《昨天》，我听的是麦当娜的《像处女一样》，光是这些名字就足以吓唬到他这个老派的人。他不明白大都市年轻人的那丁点儿乐极生悲的小忧小虑何必兴师动众启用重金属来尖叫和呐喊。

大人和孩子套近乎有些基本招式，以糖果饼饵相诱是其中一种，大概也是最拙劣的一种。可怜的继父慌乱之下也套用了这个俗套的招数。他双手捧着一个饼干盒站在门口，摆出与孩子谈话的那种逗趣的表情——嘴角与眼角都上飘。这套动作在他身上非常不对劲，就像一个武士在跳芭蕾，大大地出了差错。

你妈妈新做的饼干，好吃极了。你要不要来几块？他以为总算使自己的谈话有了一个开头。

我扫饼干盒一眼，又扫了他一眼，用很幼稚的英语、很老到的态度说：我，十三。大卫明白我的意思：我十三了，又不是五岁的小孩子，用不着吃饼干作为说话的开始。

他搓了搓手，指指音响：你在听音乐？

我点点头。

我能不能把它关掉？

我又点点头。

那不是音乐，那是噪音。

你太老了。我说，后面那句是，所以不接受新事物。因为不会说，干脆省略了。

他一耸肩：你是对的。我不曾年轻，生下来就直接进入老年了。

我可以和你谈谈吗？他一副开始办公事的样子。

我不会英语。我连忙抛出挡箭牌，这句英语我已经讲得很顺了。它的真正意思是我不想和你说话。

你现在不是正在说英语吗？他笑了，你会的。你十三岁生日那天我们去吃了什么？

寿司。

这是日语。他微笑地点头，又接着说，那你跟安妮打招呼常说什么？

Bonjour。

这是法语。瞧瞧，你会说这么多种语言，简直可以进联合国了。我想和你谈谈这些天来发生的事情。

你们伤害了我的感情。你理解不了我的。我先抛出几句已经学会的美国孩子的口头禅，意思是我和美国孩子一样会受伤害，而且一样会表达自己。

试试。这个就像我吃中国菜一样。一开始我都不问你妈妈给我吃什么，因为问了我就不想吃了。可是后来我发现这些东西也挺好吃的。当然除了黑蛋。

黑蛋？

就是整个蛋都被搞成黑黑的那种。

那是松花蛋。

对，除了松花蛋我还不敢尝试之外，我爱所有的中国菜，而且准备吃一辈子。他总说鉴定一家中餐厅正不正宗主要看去的中国人和犹太人多不多，意思当然是犹太人吃中国菜顶在行。

我打击道：我妈妈做的算什么中国菜！

你们两母女怎么回事，这一点倒完全一样。我和你妈妈约会的时候，你妈妈对我说我理解不了她，她们那个年纪的中国人经历是个例外。但是你看看，现在我们不是挺好的吗？你妈妈和我经过许多事情才能在一起的。我们非常珍惜这个机会，我也非常喜欢你。因为你对她很重要。哦，相信我，我了解她。我和你妈妈生活在一起已经五年多了。

他意识到失口，怕我被“五年”提醒，再次端起饼干盒，这次是为了赶快给这个谈话画上句号。

可是太晚了，我却早已抓到疑点，等一等，就停在这里。我叫道，你们在一起多久了？她是四年前才和我爸爸离婚的。

我们，嗯，我想我刚才没有表达明白，我的意思是……大卫开始支支吾吾，想趁着支吾另外想出一串谎话。

我不给他动脑的机会，猛烈出击：你们什么时候在一起的？五年？这是你说的。

海伦，我想我的英语你还没有完全理解。

该理解的我都理解了，不该理解的我也理解了。我叫道，同时冲出房间。

我的爸爸在桌上的镜框里看着这一切。

妈妈刚刚洗好澡，裹着一件白绒浴袍正在刷牙，大镜子里白雾一片。她正打算很舒适地度过她的今宵。她满口白沫，就看见我冲天的怒火进入她的视线，大声质问道：你和大卫到底是什么时候开始的?

她皱了下眉，没有提防，真的没有听懂。

大卫很快就跟了进来。她的目光从我身上转到她丈夫那。大卫向她衰弱地摊了摊手，表示歉意。她瞬间明白了上下文。

而我也全明白了。先前斗胆质问而心里仍存侥幸，现在真相大白了。它是我对妈妈一系列失望中最为严重的一次。我感觉我妈妈并不是对我爸爸不忠诚，而是对我不忠诚。我伤心地说：原来都是真的。原来别人说你的那些坏话都是真的。你知道国内的人都怎么说你吗?说你一到美国就跟人跑了，把老公给甩了，连孩子也不要了。

妈妈吃惊地回过身来看我，这个女孩子硕大的黑白分明的眼睛瞪着。不是女儿的目光，而是一个女人的目光。仿佛自己的一切都被这双怒视的眼睛看穿。她匆忙地吐掉口中的白沫，可还是吞下了不少牙膏。她张着清凉凉的嘴：事情不是你想的那样。

可是比我想的更糟。不是吗?

她感到口腔乃至喉管里一阵凉辣，她哑住了。

大卫虽然不懂我们的语言，但是我们的气愤他完全懂的。他说：海伦，不要激动。听我说。

他那种道貌岸然的德行更加激怒了我，我叫道：你闭嘴。

显然我的“闭嘴”不像我妈妈的那么动听，更不管用。他叫：海伦。

闭嘴。

海伦。

狗男女。我叫喊，不知道英语怎么说，干脆直译为：狗、男人、女人。

大卫不明白为什么将他们跟狗这么可爱的宠物联系在一起，他只知道美国有一部轻喜剧叫《狗·男人·女人》，显然不知道狗还可以用来骂人。从我不雅的措词与愤怒的表情中他读出了字面读不出的意思。

妈妈当然完全听懂了，突然走近我。

这一刻，我的脸还没有意识到将要发生什么，她的手也是同样无知的。它们都没料到它们之间将会发生怎样的亲密结合。突然她的手从她的腰部扫过头顶，再迅速坠落到我正好仰起的天真的脸上。

你就这么对我说话吗？你知道你在说什么吗？

我的头随之偏向一边。我的脸和她的手都有点茫然，同样吃惊。

我的脸麻辣麻辣，发烫的脸部影响到耳朵嗡嗡直叫，而意识完全被抛到后面。一会儿后我用手捂着脸，才自觉地回想那只手划过漂亮弧度后是到达了我的脸上。

她的手仍然保持着高度，突如其来的举动，让它忘记了把自己放下来。这只手从来没有打过我，也从来没有打过别人。即使当红卫兵去抄家，她也从来没有打过人。这是她很光荣的地方，对我说过几次。今天在美国她却打了我。

出现了片刻的凝固，我半偏的脸，她高举的手，大卫大张的口。只有大镜子上热气结起的小水滴，一颗追着一颗，一路追击下来，迅速形成直线不动声色地向下滑，逐渐露出影影绰绰的三个人。我们被照在朦胧的镜子上，互相不认识。

大卫首先打破凝固，他对我妈妈说：你不要太激动了。不可以打她，她不是个小孩子。

妈妈看着他：你知道她在说什么吗？

什么？

她说，她说，妈妈急促地喘着气，像一个着急的要表达又不知道如何表达的孩子。她想不出一个恰当的翻译，最后翻译道：她说，我们是狗娘养的。

大卫感觉这个翻译还算到位，至少基本词汇都齐了。他的表情立刻变了，就差没说“那是该打”这句话了。

我却“哇”的一声大哭起来。就像婴儿未能说话，哭成了极度终结的表达，哭的内涵并不比语言贫乏。我的五官、头发和身子都在哭，心跳、呼吸和泪水都尽力配合。那是一种需要体力的哭法。成年人很少会用这种哭法，不是不具备可痛哭的委屈，而是体力不够用了，无法应付那么一场声势浩大的哭。一个女孩子告别自己童年进入漫长的青春期的挣扎、落寞，是她痛苦的大背景。六年来她所受的委屈、想念之苦让她为所欲为。想来那种哭法一生能有几次？

妈妈望着这个十三岁的小女孩泪流满面，再望着自己的手，似乎不太确定这全过程。如此的冲动，如此的不可抑制。她仿佛才意识到怎么回事，收回了自己的手，可是她永远收不回留在我脸上的耳光。她只能连叫几声“哦，小歌”。

大卫转向我，很严肃地说：海伦，我非常需要你明白一件事情——你妈妈不是因为我而和你爸爸离婚的。

他将一个关键性的人物引入了这场大战中，我的哭更加富有使命感，有了全新的意义。我求救般地大号大吼“爸爸”，悲伤与愤怒使声音变成了“爸——爸——爸——爸”，哭得越发凶狠起来，直哭得额角暴出青筋。十足的哭天抢地。

就连不懂中文的大卫也听出了里面的玄机，“妈妈”“爸爸”这些称呼全世界大抵相似通用。

妈妈果然慌张了，如同亲密中的男人突然叫出另一个女人的名字。这是一个求救的信号，而且她感到是她把我推到爸爸那边的。她顿时乱了手脚，心里无限的酸楚。对待我的小花招，她不如爸爸。爸爸显然有把握多了。那次我在商店看见一个电动娃娃，爸爸不给我买，我就在商店大闹，大叫妈妈，两条细长的手臂轮流挥抹光听雷响不见雨点的脸，拼命地拖着哭腔喊，如果妈妈在，她一定会给我买的。立刻引来了许多对“没妈的孩子”的同情目光。爸爸僵着家长式的抱歉干笑面对大家，然后拖着我冲出人围。就在我马上又要给他一个没妈的孩子的可怜目光时，他先一步给我一个他不吃这一套的表情。我妈妈却很吃这一套，她不知道过去六年我常玩这一套，只是那时脱口而出的是“妈妈”。分别六年让她的承受力很低，不像妈妈，更像一个监护人，生怕别人家的孩子出事自己不好交待。

我嚷嚷道：我再也不要在你家了，我要回上海。我要回我自己的家。我要离开这里。这是一种威胁。以前爸爸妈妈吵架，妈妈就威胁“我要和你离婚”，他们最终是离了婚。我说“我要离开这里”，我想我是会离开的，只是时间的问题。

她表情僵住了。没有哄我，没有像美国家长那样给我一个拥抱和亲吻，然后说没事了没事了。而是有点自卑地站在那里，等待局势自己产生变化。她就那样看着我，恨不得也这样哭一场。看着看着，开始困惑，该如此哭的人应是她。显然她已经没有这种哭的能力，于是索性不阻止，随着它去。

我却越战越勇：你敢打我，我就告你们虐待儿童。美国一定站在儿童这边。你不是喜欢美国吗？我就让美国来治你，让你吃官司。

她吓呆了。孩子让父母吃官司的事情是她在饭桌上的谈资，她的女儿竟然要效法。

你真的这么恨妈妈吗？你为什么这么不懂事？当年要上山

下乡，我和你大姨必须去一个，可谁愿意去呀。你外婆叫我去，把你大姨留下。这种事情要是换在你们现在孩子身上，那还不把父母恨死。可我不是乖乖去了吗？而且跟外婆的关系还是很好。我们小时候，父母说什么那就是什么。现在，我说一句，你还十句。为什么现在的孩子都这么自私？你就这么恨妈妈吗？为什么？为什么？

妈妈明显地感觉到一股伤痛，可是伤在哪里，痛从何来，她还说不好，整副神情都在琢磨那伤痛。

为什么？因为你对不起我爸爸。女孩子眼中突然杀出一道坚毅。

爸爸一词再次闪亮登场。从哭天喊地的“爸——爸——爸——爸”到坚毅决然的“爸爸”，从求救到了捍卫。她突然明白那股子伤痛的缘故。这些年她一直想找出病根，好对症下药，她一直认为是她与女儿太久没在一块了，她一直坚信我们之间的生疏可以逐步被拉拢，时间可以愈合一切。忽然面前十三岁的女孩子指出了个漏洞。她恍然大悟我们矛盾的根源。所有矛盾的根源。

现在我真的要恨你了，妈咪。

我接着转身、扭头、离去。我满意那一系列动作的每一个细节，就像水流般地连贯流畅，将她留在一片茫然之中，让她知道这个恨不再能与恨青菜的恨等同了。日后想来，与母亲的对抗中为自己加了几分，至少是形象分。

第六章

快来救我吧，爸爸

回到房间，拭去刚才的泪。这屋黑黑的，我四处游动着视线，想给目光找到栖身之处，最后将目光停留在相框那：我和爸爸。我到美国的第二天，妈妈问我你需要买什么东西吗？我说一副相框。妈妈立刻应道，好极了，那等一下可以把我们在机场的合影镶起来了。她带着合影兴冲冲地进来，却看见我正在将我与爸爸的合影镶起来，摆在房间最显目的地方。她的笑容一下瘫掉，知道自作多情了。她想起我奶奶对她说的一句话：就算小歌现在跟了你，她也不会和你亲的。因为你失去了与孩子培养感情的最佳时期。这在她耳里简直就是咒语，而它正在应验。

我非常想念爸爸。爸爸与妈妈同岁，心理年纪却与我同龄。他是少见的高个儿，一米八七，一直长到二十五六，同龄人都忙着回城恋爱等重大事件，他还像个青春期少年在一边拖泥带水地长个儿。朋友们揶揄道：你还在发育呢。长得自己都厌倦了，他拿着户口本去改名：不想叫宋巍了，不想再巍下去了。人家问那叫什么？就叫伟吧。他说。改完名后个子真不再长了，可性格却也停止了发展。二十五六岁的大男孩性情。他的高大并没有给人沉稳的感觉，相反有点傻大个的样子。即便刮干净的鬓角，修干净的指甲，头发梳得整齐，每一根都在恰当的位置，却还是衣装不整的样子。他知道自己的孩子气，于是一有察觉，就猛地一挺背讲些特别成熟的话，恰似孩子在说大人话。

我又哭了。不再是刚才的歇斯底里，而是默默地流泪，哀恸堆积得越来越多。身子蜷成一团，下巴抵着膝盖，左右手环抱，像是抚摸自己两只受伤的翅膀。这是我想心事的标准姿势。我总有一天要离开这里的，等我翅膀长硬了，我要飞。一股一股的哀伤随着一股一股的眼泪涌出。这个缩成一团的小姑娘突然觉得自己的样子有点惨，她站起来到书架上拿了相册。

我继续翻相册。十二年的中国经历现在只能在厚厚的相册里寻。爸爸的形象原本并不高大，在妈妈走后，我目睹了爸爸的细心和爱心，而这一切妈妈永远不得知。

一个六岁的小女孩，穿着背带裤，翘着上嘴唇，一反常态地没有六岁前那种照相式的笑容。这照于我妈妈出国那天的国际机场。机场永远地拥挤忙乱，我们的故事毫不新鲜。

妈妈去美国探望她的姐姐，在被拒签三次之后终于拿到签证。我从爸爸通红的脸上感觉到不妥。他像孩子一样耍脾气，拒绝吃饭，拒绝睡觉，乱摔东西，而且假装是失手造成的，他一肚子的火气只能通过这些无聊的小把戏发泄。妈妈也一改以前的愤恨，抱以宽容的笑容，把他当作病中坏脾气的孩子。妈妈继续办理出国前的种种手续，到学校办理停薪留职的手续，需要家属签字。爸爸看了一眼，反正你也不打算回来了，办它干什么。妈妈说这不行，不办这个，我就没有回来的后路。爸爸说：那你不就可以放心地不回来了吗？！妈妈一翻身把后背甩给他，谁说我一定不回来了。他们就这样吵了一会儿，最后爸爸当然签了字。

妈妈临走的前几天，家庭进入前所未有的安静，这让我们都不习惯。真的要去美国吗？以后我保证不砸东西了。爸爸带着孩子认错时的真诚说，表情也是孩子认错时才能看到的：五官缩着，对自己身处弱势的自哀。我爸爸是那种生龙活虎的男人，发发火也就过去了，突然如此，他的心里该有多疼啊。爸爸甚至用他庞大的双手去胳肢妈妈的腋下，把她强行逗笑。妈妈望着这个大高个平生出的讨好，难过极了。对于一个拿着美国签证、对婚姻很失望的女人来说，太晚了。她同时深刻地意识到这个男人是个好人，一个难得的好人。但女人爱与不爱一个男人，并不取决于他是不是一个好人。换句话说，当一个女人用是不是一个好人来评价她的男人的时候，她很可能已经不再爱他了。

我还不会表达对妈妈的感情，光知道去抢她的行李，光知道喊：不要去，不要去美国。没有门牙的叫喊也特别响特别有激情。妈妈，你要回来呀。妈妈，你要回来呀。喊着喊着就变了，仿佛也接受了不可改变的现状，只求有所好转。妈妈一定会回来的。你要听爸爸的话。她一边说一边试图松开我抓住不放的手。妈妈，一定要回来看小歌呀，一定要回来看小歌呀。再喊着喊着又变成了这样。六岁的我自称小歌，是对自身弱势的默认。小歌听话，妈妈就早点回来。她再次试图松开我的手，没有成功，爸爸上前帮忙，一个向前，一个往后。爸爸夹着我，重重地看着妈妈，说：走吧。然后把我扯回来。妈妈走了，没有回头，怕这一看就改了主意。如果她回头就会知道，这个时候我是需要她回头的，哪怕就看一眼。

我们家的故事成为弄堂茶余饭后的谈资是在我七岁那年。楼上住的大伯说：听说她跟老外跑了。你说说看，一到美国就把老公甩了，连孩子也不要。这个女人要是变心了，九条牛也拉不回来的。弄堂里的人崇洋并不媚外。住在楼下的叔叔说：女人是最现实的，为了一点实惠，可以这样。他们从来不让它变成个人行为，他们的意思是她需要为上海女人的许多坏名声承担责任。弄堂口的老婆婆说：真是难为了宋伟了，一个人带着孩子过日子。他们同情我爸爸，只是一些同情中有不太真诚的成分，因为公德心要求他们暂时隐藏起幸灾乐祸的本性。而这些是我骄傲的爸爸一直避免的，每每从弄堂走过，他总对我说：走过去，站直了，别往两边看。他也是对自己说。他没有对我说妈妈的事情，因为他也不知道，关于妈妈的许多传言隔着太平洋变得扑朔迷离起来。

妈妈在我八岁那年提出离婚：宋伟啊，咱们好说好散。相信你将来能找到一个比我合适的人。其实是她找到了比我爸爸合适的人了。

当时的中国，离婚还是一件很丢人的事情，连孩子也觉得没有面子。一次跟一个同学闹别扭，她掷地有声地一句：你爸爸妈妈都离婚了，你妈妈都不要你了，你还在这里牛什么？这种话对我真是立竿见影，我就像有什么把柄握在人家手里一样立刻矮了下去。我哭着回家想向爸爸诉苦，却看见刚进家门的爸爸，一个很挺拔的男人突然出现一种矮小与单薄。他缓慢地环视了一圈这个家，像一个老店主看着自己苦营一生被人劫后的店铺，目光打了个寒战。那么一种目光：没了，什么都没了。最后他发现了我，那个倚门站着的翘着上嘴唇的小女孩。他黯淡的眼神像是火舌突兀地一伸，有了光泽。她显然是这场打劫后的唯一希望。现在回想，是他的眼神把我牵动了，我决意表现出“祖国的花朵”的快乐神情。爸爸，今天我又得了一朵小红花。他凝视着我，然后向我走来。我以为他会抱着我哭。他没有，怀着抱我的全部激情却没抱我。但是我感觉他已经抱了，在心里。晚上想吃什么？爸爸给你做饭去。他站在我面前，不知怎么一下子他又高大起来。

我九岁时已经在周记上抄一些类似“人生啊，若不是你两头漆黑，人们怎么会爱上你灰色的中端”的诗句，很让老师担心。每次开家长会都对爸爸说，这个孩子什么都挺好的，就是不够开朗。大人认为孩子应该活泼开朗，否则会说这个孩子已经不像个孩子了。每每这时爸爸就十分爱怜地看着我，他知道要阻止我的早熟已是一种徒劳。像看着一朵待放的花骨朵过早地凋谢，他是那般的罪过。

妈妈来信，一封写给我，一封写给爸爸。他两封都看了。然后伏在书桌前给妈妈写信。坐在电视机前的我趁广告节目向爸爸回个眸，他魁梧的背影，像一面密不透风的墙，白衬衫长时间与椅背的摩擦厮混皱出几道横杠。写了半天却只是写了一封信的几十个开头，其实就是几十种对我妈妈的情绪。

一封是叫我妈妈以后不要再打搅我们的生活了：现在我们各自有自己的生活，你好自为之吧。一封表示谅解：环境决定意识。过去的已经过去了，不管怎么说还是祝你在那边一切顺利。还有一封写得最平静，同时也最无厘头：我虽然没有去过美国，不知道那里的生活，但是我想无非就是比国内先进些、科学些、进步些，同时也冷漠些、人情味少些。我现在觉得相对的落后与贫穷也挺好的。什么事情都需要使上力气，花上心情。每件事情完成都不容易。在美国什么都一刷卡就行了，那又有什么意思呢？我不明白爸爸什么意思，是说人各有志他的生活也不错，还是说妈妈到了美国又如何呢？它们最终都没有投进邮箱，而是投进了书桌下的垃圾桶。他放弃了。还是你给你妈妈回信吧，他扭身对看电视的我说。

改由我坐在遗有爸爸体温的椅子上，椅子的高度使我的两条细腿无法着地而晃晃悠悠。我别过头问：写什么呀？你想写什么就写什么。他头也不回地说。如此的体温、如此的高度已经使回信成为负担。我趁爸爸不注意悄悄打开垃圾桶里一团团的纸包，于是看见爸爸在书桌前如墙般背影后的种种表情。那些开头似乎是想寻找一条与我妈妈沟通的途径，更像在寻找一条与自己交流的方式。而我寄出的信往往成为这些永远没有寄出的信的儿童版。

十岁的一天，爸爸带着一个女徒弟回家，人漂亮，声音也甜美。一直有人给爸爸介绍对象，爸爸总说再过些日子吧，等孩子大些。又说：老实说吧，我都怕了。爸爸以他离婚后少有的好心情接待了他的女徒弟，两个人有模有样地一起下厨，在饭桌上两人越过我相互夹了好几筷子菜，最后她要走了，对我说：阿姨抽空再来看你哟（还那么撒娇似的拉长音“哟”了一声）。我翻着白眼：没事就不用来了。爸爸觉得威信扫地训斥了我一顿。第二天我就叫男同学到家做作业，也装得与男孩子有说有笑，爸爸与他打招呼，他立刻起身叫“叔叔”，我狠狠地瞪了他一眼，他慌忙坐下不敢跟我爸爸说话。爸爸很快地看出我的心计：我就是要他也体验一下我的感受。我粗暴地打搅了爸爸难得的好兴致，他并不生气，轻轻地哄着吃醋的女儿：你要是不喜欢就算了。我想爸爸也许对她动过情，但与我相比，她根本算不上什么。这让我优越无比。

十一岁那年，妈妈突然回国，打破了我们已逐渐平静的生活。她专程回来要带我去美国，而这时已经时过境迁了。太久没有表达的母爱很容易变成溺爱。比如放学回家路过小池子，我要玩水，妈妈并不阻止，而是纵容道，好好，玩吧，回去妈妈给你洗衣服。回家后，奶奶一看见我就说：怎么搞成这样了？妈妈站在一旁解释：小歌想玩水，我就由她去了。奶奶打断她：你怎么可以由着孩子胡来，万一生病了怎么办？请来的小阿姨都不敢由着性子任她胡来。妈妈不爱听，不喜欢拿自己跟小阿姨比，紧接着她立刻发现不对劲。记得几年前的情景是这样的：周末奶奶带我出去玩，同样由于纵容让我玩得泥土满身。回来被妈妈看见：怎么这样了？奶奶站在一旁翘着她两片薄嘴唇：给你们带孩子还带出问题了吗？真是吃力不讨好。妈妈连忙解释：妈，我这不就是问问吗？突然间角色暗中替换了。

月亮爬上我的窗口，把房间照得通亮。爸爸我替你出了口气。心里对妈妈进行伤害的秘密向往及其所带来的快感，让我感觉自己是危险的。在这样的夜晚，我常常想象爸爸会突然出现，像武侠片里的侠士，或者像蒙面的佐罗，把我带走，让妈妈悔恨终生。对，我要给爸爸写信，叫他来救我。我起来，以一贯的错误姿势给爸爸写信。

亲爱的爸爸：你好！

我现在是在极度的痛苦中给你写这封信的。

我来美国已经有些日子了。我一点儿也不喜欢美国，不喜欢这里的一切，尤其不喜欢妈妈的这个家。我觉得这里的人都好虚伪好虚伪的，人情很淡。有一次在机场，看见一个人把一个阿姨放下车，就开车走了。那个阿姨拎着一堆行李自己进机场。在中国哪有这个道理，一定是把你送进去的了。妈妈说没有必要，在机场停车很不方便。而且要看是什么朋友。我说不管什么朋友也不能这样。这样的美国到底有什么好的，值得她为了留在美国把我们父女俩丢在中国。就连妈妈在美国呆久了，也变得很虚伪。她口口声声说爱我，却在我最需要母爱的时候一走了之。一走就是六年，为了在美国和别人结婚，为了在美国不要我们，她对我负过什么母亲的责任？

人家都说母爱是伟大的，我怎么没有感觉到？我就是想来看看，是个什么样的美国让我妈妈可以不要自己的亲骨肉！现在看到了，也不想再在这里呆下去了。

爸爸，我想回国。

哦，顺便告诉你，我的妈妈不叫韩文琴了，她现在的名字是Marry·Wenqin·Berger。妈妈姓Han（韩），夫姓Berger，加起来就是“汉堡包”。你说滑稽不滑稽？

宋　歌

我并没有提及我妈妈的不忠诚，有些事情是亲人之间一辈子都无法谈及的。信我没有寄出，一写完就不打算寄出。只是后来这封信不见了，我四处寻找过。我怀疑是妈妈偷了去，可又不好问。它的失踪成为永远的谜。根据罗蒙诺索夫的物质不灭理论，它肯定还在这个世界的某个角落。这封信只要不让我爸爸看见就好，别人看见了我并不难过。

隔壁突然传来声音。他们对我并不提防，以为我听不懂。其实我已经能听懂大部分对话了，但是我不说，也不想让他们知道。像藏着某种暗器可以自卫。他们在我背后都说了些什么？

怎么会搞成这样子啊？她说。

他连忙说：我想我需要对此事负责任。

你现在知道有什么用？你当时怎么就不知道？

我没有像你一样有一根筋提醒自己时刻要隐藏什么。

她警惕地说：你这是什么意思？

我的意思是说这种事情总会发生的。

她语气激动地说：但不是现在，不非得是现在，不非得是以这种方式。是不是？可以等她大一些，我自己会告诉她。

他的声音出现了个跑调，那是她在他胸膛的一击造成的，但他坚持完成他的陈述：我刚才对她解释了这个问题，你离开她父亲，不是为了和我在一起。我希望你知道这个。

你认为这管用吗？

我不知道这管不管用，我只知道这是事实。

你这是什么意思？

没有什么意思，我只是希望你知道我不喜欢介入到你和你女儿的不和中去。

你已经介入了。

第七章

不能那样跑掉的是你，妈咪

第二天起，母女二人就在这不大的房子里玩捉迷藏。妈妈在厨房，我就绝不去厨房，如果我先进了厨房，妈妈进来，我就离开。她在厅里，我就在自己房间，她离开了，我才下楼看电视。到后来发现这种捉迷藏的生活原来也可以成为一种乐趣，真是与人斗，其乐无穷，更何况是带着斗智斗勇的心情与她周旋。

我正从冰箱里取冰淇淋，就听见妈妈进来的声音，我立刻关上冰箱门，准备离开。妈妈一把把我抓住：你就打算一辈子不理妈妈了吗？她的头发蓬松，表情虚弱，声音却仍然十分响亮，像经历了一场两国谈判似的面色沉重。我觉得自己可以把她气成这样，不枉此行了。

我一把甩开她的手：现在你知道你是我妈妈了吗？你不觉得太晚了吗？

她的手一松，就像被对手抓到把柄一样气短下来，立刻决定放弃对峙。我趁机跑了。

她冲着我的背影叫：你这算怎么回事？你不能那样跑掉。

我回过头对她说：不能那样跑掉的是你，妈咪。

她知道我说的是什么。她知道是什么阻止她成为快乐的汉堡包太太，从她结婚的那一天起她就知道。那天她站在白皮肤的婆家亲戚中，身后除了姐姐一家，没有一个中国人。来宾全是白人，全是大卫那边的人。她是在结婚一年后才有勇气告诉宋伟她已经结婚了。她觉得再不说，他们从别人嘴里得知更不好。过去的生活被一张离婚书切断后所带来的伤痛远超出她的想象。她失去的不仅是一个家庭，一个女儿，而是她所有的后路。宋伟知道了，就等于女儿知道了。女儿在电话里果然第一句就是：你是不是又结婚了？她说：你太小了，有些事情你不明白。女儿说：我明白了，你是又结婚了。你再也不会回来了。电话十分清晰，女儿的叹息响在她的耳边，她甚至能感觉到女儿呼出的怨气。

妈妈抖着声音对刚进厨房的汉堡包先生说：我对她叫、对她吼、对她凶，都没有用，什么都没有用。她根本就不怕我。我没有威信，而她知道这一点。大卫，帮帮我吧。

她对丈夫使了个眼色，叫他给我点颜色看看。这是我最讨厌妈妈的时刻之一——就是她向别人抱怨我。这给大卫一种错觉，感觉自己要行使一下继父的权力。她丈夫大喝一声：海伦，你给我站住。在这个家里，你不可以用这种语气对这个女人说话，因为她是我太太。

我一时有点被唬住，不过还好，立刻就镇静了：我一看到你的这个鼻子就知道你是犹太人。这是我从一本小说里刚看到的，纳粹杀人时说的一句话。

妈妈也发现自己大大的失策，她不应该借她丈夫来压我。我连她都不怕，我还怕她丈夫吗？这酿就了我对妈妈进一步的怨恨。

大卫松了松领带，像探出壳的乌龟那样前后左右晃荡一圈，大跨步过来将我堵在楼梯口：小姑娘，你到底有什么问题？

你就是我的问题。我比他更凶，你管我干什么？你凭什么管我？你又不是我爸爸，永远都不是。这几句话我已经讲得相当流利了，尤其“永远都不是”这句我“never ever，ever never”叫得像绕口令，很有韵律。

哟，谢谢。麻烦你以后多多提醒我这一点，好让我知道自己多么幸运没有一个像你这样的女儿。他突然声音一粗，却十分慢条斯理地说。这样一来，它的台词味才充分地显现出来。这是大卫对我说的最重的话。

我冷冷地扫了他一眼，意思是狐狸的尾巴终于露出来了。

小姑娘，你给我听着，而且你给我听好了：你住在这个家里，你给我老实点。我是一家之主，哦，相信我，这一点我是清楚的——因为我是付账单的那一个。我是否可以在自己家中得到起码的尊重？他在我身上完全看不到一个拖油瓶的可怜兮兮，相反比他还像户主，好像全世界都欠了我的。有一次我听到他与他母亲通电话，提及我时，他说，她很不卑不亢。

我告诉你们，我才不想在这呆着。我是被绑架来美国的。我要回家，我要回上海。我一刻也不想再呆在你们家了。

蹩脚的英语却给了我直白的表达。她跟母语不同，我的母语已经可以作文了，我的英语才"呀呀"学语，先学名词，再学动词，拼凑出牵强的主谓句，却是直奔主题的，不拖泥带水。讲英语的时候，我觉得有不受谴责的豁免权，对这种语言及这种语言产生的后果。它让我觉得非常幼小无辜，于是有了由于弱势要求原谅的倚仗。所以常常会见到初学外语的人脸上的那种特有的体己的笑容。我就是那样的笑。有时候因为发错了音，表达了完全相反的意思而引起人们大笑时，我还觉得自己可爱。

他看出我对英语的仗势欺人，决定不再原谅，不再让我的倚势仗势奏效。就在那种专有的特别自我体贴的笑刚挂上脸时，他的脸先挂了个"我已经不吃这套了"的牌子。他叹口气：你看，我们为了你做了那么多事情，这些难道不值得你有一点的欣赏吗？

他是要我欣赏他如何在人道主义的感召下接纳别人的孩子，

那种收容难民的崇高风格，美国的中产阶级最乐于表示。

我很不客气地挫败他的优越感：那都是你们欠我的。

他真切感觉一种歉疚，只是与我所指的有所差异。他像其他许多美国人一样，童年成长声中一片的——宝贝儿，你不应该把碗里的东西拿去喂狗，要知道，中国孩子连饭都吃不饱。现在面对一个来自贫穷国家的没有童年的苦娃，一个正派的美国中产阶级能不起歉疚恻隐之心吗？他觉得全人类都亏欠了这些孩子。中国像我这样的苦娃不计其数，他帮助一个算一个。他想。

妈妈看着我就像看着一个潜伏在家中的小奸细，无奈地说：你来美国也不是为了生活和学习，你就是为了把我们搞疯。

大卫冲我妈妈无奈地耸耸肩，表示他帮不上忙，最后他说：我想我们应该去家庭调解处寻求专业辅导。

这回轮到我和妈妈一起冲他喊：我不需要，她需要。我们的口吻是反谬论的，好像大卫刚才说的是“你有病”，我们得说“你才有病呢”予以反驳。

大卫说：对，你们都不需要。我需要。

英语虽然不好，可脏话全会了，而且是最污秽的那种，就是人类繁殖后代的行为。我把学会的骂人话在他们面前好好地实践了一通。妈妈好像在观看小丑表演，嘴角带着一丝嘲讽，眼里藏着一抹忧伤。而大卫就呻吟一句“哦，上帝”，现在他知道这个孩子的童年结束在哪里了——就结束在这张嘴巴上。

作为孩子应该有一个唇线模糊的嘴巴：微微上翘，嘴角往里窝的那种。孩子吮吸奶水、牙牙学语、吞咽童话，需要那样一副嘴巴才匹配，才让大人安全与放心。出于理想，也出于梦想，大人需要孩子对自己对世界都有一股子天真的热忱。而这个十三岁的孩子唇线分明，牙尖嘴利，成年人的痕迹已经锁在她的嘴角间，成年的语言注在一个孩子的容器里。骂了一会儿，自己都觉得无趣，像弄堂里穿花短裤的无聊妇女，却是一个孩子的形骸：翘俏的鼻子，不均匀分布的五个雀斑，一双大大的毛茸茸的大象脚软毛拖鞋。

可是我已经没有台阶下了，我向他们庄严地举起中指。

大卫大叫：上帝啊，你是从哪里学来的？我相信在这个家庭里从来没有给你这样的教育。

在学校。

在学校！？

是的，在学校。他们每天都对我这样。

妈妈迫切地问：那你告诉老师了吗？

我就很生气地瞪着她，她又不是不知道我不会讲英语。

她明白了，可又说：那你为什么不对妈妈说呢？

我就更加生气地瞪着她，她又不是不知道我们之间的关系。

她才知道我在美国没有她以为的快乐和幸福。妈妈转为心疼：太过分了。

她详细地问了我事情发生的地点与时间，说：那以后我们这个时间不走这条路，省得再碰上这帮坏孩子。

大卫奇怪地问我妈妈：你为什么叫海伦不要走这条路？

咱们惹不起还躲不起吗？！

不不不，这就是你们中国人的处理问题的方式吗？太忍让了，已经到了没有原则的地步。而这并不解决问题。我要给学校打电话，我需要和他们面谈。

大卫真的找到学校，学校当然害怕“种族歧视”的帽子，连忙找来那些学生和他们家长当面向我道歉，保证不再对我无理。果然，第二天他们外交化地咧口冲我大笑，就是那种从小戴牙箍矫正出来一嘴好牙撑得唇很饱满的标准笑容。如果没有那么好的牙齿，这笑大概会真诚一些。现在不行了，笑容太外交化了，笑得大概还有点自制，他们彼此耸耸肩委屈而崇高地对望：忍忍吧，不忍怎么办？我们不忍，倒霉的还是他们这些有色人种。我在一片貌似友好、千篇一律的微笑中更加孤独。不过很快地我的牙齿上也戴了一副闪亮的牙箍，不久我的笑容也变得美好了，大家不分彼此地微笑起来。

这些我的白人继父永远不知道，他大概还天真地以为平息了一场种族仇恨，因为他邀功般地对我说：你看看，对于那种污辱，那些孩子已经向你道歉了。那么对于你妈妈和我的污辱，你是不是也应该向我们道歉呢？

妈妈的肚子越来越大，家里的气氛越来越紧张，我们就是在这种尴尬的气氛中迎来了我到美国的第一个光明节。妈妈从来不热衷于任何犹太节日，现在却到处招揽亲朋好友来家里过节。

妈妈刚从储藏室取出一只光明节用的九头烛台出来，见大卫与我都在，假装天真地手舞足蹈道：猜猜怎么回事？我准备在家里办一个光明节的派对。而且还很煽情地学美国人的口头禅，“棒极了”“酷”乱叫一通。同时做着夸张而剧烈的脸部表情，等待着我们也这样手舞足蹈地与她前呼后应。

可惜她只能看到她的女儿两眼大瞪看着自己妈妈的滑稽表演。

哦，亲爱的，这很好。大卫的表情并不太热衷，只是彬彬有礼地安慰他过于激动而显得有点可笑的妻子。以前过各种犹太节日都是他前妻在张罗，现在和一个中国女人结婚，他已经好几年没过光明节，不过他也无所谓。

根据大卫的说法，他这辈子只做过两件与犹太教有关的事情：一件是出生七天后按照犹太人的习俗做了割礼，说到这时，大卫的眼睛往上一翻，那是被迫的，我什么也不记得了。另一件事情是娶过一个犹太女人，说到这时，他的眼睛又往上一翻，这次不是迫不得已的无奈，而是他有话要说。那是因为她不像犹太女人。我想这等同于很多人说我爸爸不像个上海男人，是褒义，没有恶意的。大卫又解释：你知道我们犹太人非常担心会把儿子宠坏，可是从来不担心把女儿宠坏。所以犹太女人有个绰号“犹太公主”。

妈妈嗔怪：只是很好吗？表现再热烈一点。

大卫立刻明白妈妈过节背后的动机，夸张道：太好了，我们会有一个很好的时光。可是他的表情还是不太热衷。他对这个家庭的关系已经感到力不从心了。

以前我和妈妈一吵架，他一副救世主的样子，后来知道他谁也救不了，只会玩火自焚，于是也就退得远远的。海伦在厨房里，因为有两个女人尖声地顶嘴，他迅速地溜去上班。有时撞见我和妈妈尖声对叫，他会带点歉意和反感地笑笑，意思是他不是故意的，意思是我们让他这么为难。

他承认自己对中国家庭的人情世故的困惑。越是生活时间长，这种困惑越真切。一天，也不知道为了什么我和妈妈又吵了一架，妈妈气得不叫我起床，也不叫我吃饭。她想让我知道她的重要性，这天下没有免费的午餐。我自己拿着冰淇淋去看电视，这是她严格禁止的。我也是想让她知道我不用她管，我过得好着呢。大卫走过来说：你就吃这个当早餐呀。我说我乐意。大卫说你妈妈气得都不吃早饭了。我说我管不着。大卫半玩笑半认真道：还是你厉害呀。要是我和你妈妈吵架，一般我都是被气得不吃饭的那一个。我们正说着，我妈妈已经撑不住了，突然出现在电视机前大喝道：都几点了，还不上学？！校车都要开了。

大卫退出后，妈妈开始在各类亲子教育的杂志上寻求帮助。那些杂志总是不厌其烦地做着各种心理测验。你不知道那些问题有多无聊——你认为你孩子的最大的问题为——后面是一连串的选择题：易生气、无责任感、不守信用、有暴力倾向、记仇不宽容、不合群、反叛、古怪等等，妈妈通通画上线，而且在“记仇不宽容”“反叛”下面画了两条线。我就趁她不注意，把问题改成“你认为你妈妈最大的问题为——”而且在“无责任感”“不守信用”下面也画了两条线。

现在妈妈终于找到了一个缓解气氛的办法，那就是过节。谁会在过节的时候生气呢？她需要一个节日好让这个家庭聚在一起，好让气氛不这么紧张。

海伦啊，你知道什么是光明节吗？光明节，又叫圣殿节，是犹太人纪念两千多年前，犹太先人用只够燃烧一天的灯油给犹太圣殿带来了八天的光明。光明节主要吃的是……

我打断她：我要过圣诞节。

犹太人是不过圣诞节的。

所以我要过圣诞节。

妈妈苦笑，望了一眼她的犹太丈夫，大卫假装听不到，趿着拖鞋走开了。

我又说：圣诞节有漂亮的圣诞树，上面有许多灯具。而光明节只点蜡烛。灯？蜡烛？当然是灯了。

妈妈会带你去看灯具，但咱们家就不摆圣诞树了。还有啊，海伦，犹太人和中国人一样都是比较敏感，比较有民族情感的种族。犹太人和犹太人之间可以开一些他们种族的玩笑，但是我们就不好去开这种玩笑。比如中国人之间也会开一些玩笑，但是外国人说这些玩笑，我们听了会不舒服。这两个民族都是具有反省精神的民族，批评中国人最多的还就是中国人，相信我，批评犹太人最多的也就是犹太人自己。海伦啊……

妈妈一边说，一边接着擦那只烛台。抬头时，发现她的丈夫进了书房，她的女儿上了楼，只剩下她和一只九头烛台。

当大姨一家四口浩浩荡荡地出现在家门口时，我才知道我妈妈多么孤独，多么需要亲友团支援。

你们可来了。我妈妈大声地打着招呼。

大姨身体没有完全进来，已经咋咋呼呼地嚷开了：哎呀呀，这是谁家的小姑娘这么漂亮啊。

妈妈立刻道：小歌，叫人啊。都是要做姐姐的人了，还这么不懂事呀。她就是这么把她的错误水到渠成了。好像这个姐姐是我要做的。她还不等我这个就要做姐姐的人纠正错误，又转过头向她姐姐一家抱歉：现在的孩子都不爱叫人。要我说啊，所谓的“代沟”就从现在的孩子不肯叫人开始。

大姨不计较，故作怂恿地对我妈妈说：你这个女儿你可得看紧了，十六岁以后你们的门槛就会被踩烂了。大姨长着厚实的肩与腰，一对无拘束的奶子。好生养，而且有点缺心眼儿。缺点心眼儿的女人往往善良。我妈妈可能是因为插过队，像比她丰富了一个人生似的。两姐妹毫无相似之处，除了那股子上海弄堂里培养出来的对小家庭建设经久不败的兴致和稳扎稳打的野心。

改由我姨夫出马。姨夫弯下腰，这是大人对孩子的礼贤下士，笑眯眯道：小歌啊，过节快乐。你可来了。我们可想你了。你妈妈一想起你就难过。

大姨夫这时刚拿到终身教授职位。他在国内就是学物理的，到了美国读了个物理博士，接着做了三年的物理博士后，现在是物理教授。大姨说，就冲这样，他就是一个从一而终的人，何况两人还一起吃了那么长时间九十九分一磅的鸡大腿呢。

后面是我表姐牵着她两岁的小弟弟——在美国出生的孩子，他一出生就得学上海话、普通话、英语，他一气之下，干脆不说话了。他们一家在我面前演绎美籍华人家庭，都生两个以上。

我说：过年快乐。

姨夫说：现在还没过年呢。

我现在就是度日如年啊，我说完扭头就走。

妈妈冲着我的背影对大姨嚼舌头：还在生气呢，都不肯跟我说话。

大姨说：宋伟这个人是个好人，可就是对孩子的教育有问题。不然这么大的孩子哪里来这么多恨。还不是他们对她说了什么。

不许你们说我爸爸坏话，我转过头大声地说。本来就是，她把我爸爸压迫成这个样子，还不许人家反抗！我要他们知道：他是我爸爸，他是轻视不得的。

好好好，不说，是不该说。大姨明朗地道歉，双手一抬做投降状。

我们家宋歌对她爸爸孝顺着呢，妈妈也连忙赔着笑脸说。她倒从来没在我面前说过爸爸的半点不好。我对此的解释是她对我爸爸的内疚使她决意不在我面前破坏爸爸的形象。

我又走开。她们没有再嚼舌头，等我走得更远些时，她们的舌头又启动了。妈妈说：小歌在国内时，我明确自己有一个女儿在上海，我要把她接来，为她提供最好的环境。现在她来了，我倒觉得失去了她。

大姨说：也不能这么想。就说婷婷吧，有一次她们学校组织参观老人院。她一回家就说，爸爸妈妈，将来我也要把你们送到老人院去。我当时听了特别难过，问她为什么这么说。她说老人院好，什么都有。后来想想，也明白——婷婷是在美国长大的，她的观念跟我们不太一样。

妈妈说：我也不指望她对我能有多少感情，更不敢指望她将来对我多孝顺，再说英语中也没有孝顺这个词。孝字老字在上，子字在下，美国文化里哪有这种精神。我只是觉得我们也不能跟冤家似的。

姨夫说：你们看吧，来美国的中国夫妻一般都要有三个月到半年的摩擦期。摩擦期后，如果丈夫先混出来，能够养家赚钱什么的，这个婚姻就保得住。如果是妻子先混出来，混得比丈夫好，这个家就完了。依我看啊，这个跟孩子的关系也是这样，也得有个摩擦期，可能还比夫妻的长。就说婷婷吧。她八岁来美国，跟着她爷爷奶奶来，说我不吃你家的饭，你做的饭没有我奶奶做的好吃。她见到我们的第一句话是，爸爸妈妈，我需要在你家住一段时间，等我十八岁了，我就搬出去。我对她说，这是你的家呀。

我妈妈稳稳地点头，像是得了真传。

有人敲门，门就开了。

大姨劈头盖脸地说：阿姨问你件事，那些信是你自己写的吗？

躺在床上翻杂志的我一时没有明白。

就是那些你在国内时写给你妈妈的信呀，是你爸爸他们教你写的？

我不记得了。我懒洋洋道，接着翻各种时尚杂志。

你是不记得了。可你妈妈可为那些信难过了很久。你的态度是她的情绪表。她没事就看看美国国旗。我不明白，有次她说美国国旗有点像航空信封。你看你妈妈想你的信成什么样了。可是每次一收到信又是一堆难听的话，每次一打电话，你又惹你妈妈生气。每次打过电话通完信，她都要难过很长时间。我就劝她，这么难过，以后就少打电话少写信。

宋伟的来信，永远是哀而不怨的；女儿的来信，永远是怒气冲天的。刚到美国时，女儿还会把得奖的作文夹着照片寄来，后来不寄了。先是歪歪扭扭威胁道：逾期不归，后果自负。后来知道她再婚，又歪歪扭扭指控道：少来这一套，我们不稀罕你的美金；不要以为你的美金可以弥补什么，钱不是衡量一切事物的标准。总之是最煥发情绪的司空见惯的句式，说不清楚这些信是女儿写出来的，还是大人教她写出来的。女儿毕竟不是别人指挥得动的。成年人，尤其上一代人的表达方式，加上女儿的语气和感情，再经过一个孩子歪曲的字迹更加有了分量。漂洋过海，经过漫长的旅途到达她面前时，有了唇齿无法达成的尖利。偶然间注意到“弥补”二字处有涂改液来回摩擦留下的白块，她翻过信纸冲着灯光一照，发现原本为“迷补”。这样一点的发现让她希望这些信不是女儿写的。她打电话过去，你想不想妈妈呀？不想。你都不要我们了，我为什么要想你？小歌，你告诉妈妈你现在多高了，多重了？你回来不就知道了吗？

想不想听阿姨说你妈妈的事情？她一边说，一边用手拍我。

我不想听，如果你只是想为她说话。我翻了个身，躲开她手能拍到的地方。

阿姨知道你对你妈妈和你爸爸离婚又再婚这一切不高兴。她今天走到这一步，纯属情境使然。你不要老是怪她。我想大姨心里大概也觉得我妈妈有点对不起宋家，又因着姐妹关系，本能地进行维护。

我怪她，我就怪她。如果有一天，我结婚，我不要我妈妈知道，因为那是一个谎言是一个骗局。我还怪你。

你怪我什么？

都是你把我妈妈办到美国来的。

大姨感觉到我对她的敌对态度：今天宋家的悲剧她也难辞其咎。

那做媒的保你们结婚，还保你们生孩子吗？我把你妈妈办到美国来，那以后的事情我哪里管得了。再说，大卫又不是我介绍的，她和大卫在一起的时候又没有邀请我去作陪，我能怎么样？阿姨的脸比她的话更有内容：两片弯眉倒挂着，像窦娥叫冤时的那种委屈——丈夫虽然是喝了我熬的药，可确实与我无关的呀。任她这般，嫌疑仍是上了身的。

她说：长大后你会发现，有时候好人也会做错事。好，你所发现的都是真的。而那也只是故事的一部分。

那另一部分呢？

我和大姨现在走在这片住宅区的小路上。远处有教堂的钟声和悠扬的圣歌，尾音被拉得极长，最后断得不干不净，像是被风扯断的，悬着心再等，又能等出一小节若有若无的声音。分不清是接前头的，还是另开一曲了。风再大一点就又淹没了它，那样的脆弱。近处的人家半掩的门户里流淌出笑声与琴声，却是那种最家常最具生命力的声音，那种百折不挠的热闹。

我不是愿意听大姨说话，而是我认为大姨是唯一可以套出些事情的人。她的大大咧咧，厚厚的嗓子，毫无想法的笑声就意味着她扮演这样的角色。

关于我妈妈，我不知道我大姨的陈述是否真实，我更不清楚这些年后我的记忆是否可靠，现在回想起的当然加上了我的杜撰。

MEIGUOLÜDIAN

美 国 旅 店

第八章

什么是爱情？什么是面包？

飞机离开虹桥机场，她心里隐约地庆幸着什么。八十年代初，还没有太多的中国人可以做这种远征，与此行相比，她觉得她在中国经历的一切，甚至她的家庭都是微不足道的。唯一足道的是留在她前襟的一片又硬又黏的斑痕，那是前一刻她女儿的一把眼泪一把鼻涕。她拿飞机上发的热毛巾擦，就是擦不去。女儿的悲痛竟像化石一般存留在她身上。

她还没有来得及具体地憧憬什么，却发现自己已经没有退路了，当她傍晚站在系主任办公室门口时，她很清楚地知道这一点。就像我奶奶逃家一样，没有退路，不信回个头看看，那片划开的芦苇路在你背后迅速地封上。

请问我能得到下学期的奖学金吗？真的，我非常着急。她趁自己还没有调整出情绪时先把话抛出来，她知道情绪会带动尊严，而尊严在这个时候是最要不得的。她根本没有看他的眼睛，而是看着窗外，玻璃擦得太干净，就像没有玻璃。

请坐，请坐下来慢慢说。他抬起头笑笑，这么吃力的笑显然是从另外一档子思考中挤出来的。他用手指比划了一下他对面的沙发与转椅，让她选择一个。没有差别，都是专门为给他找麻烦的人设置的。

她走到沙发前，一坐上去，身子就像正在融化的雪人一直往下陷，陷成麻烦制造者的可怜样。

我能为你做点什么吗？美国人的口头禅，就像中国人问“吃了吗”仅在唇舌上过过，没有对他人饥饱的关心。他没有注意到这个女人已经暗中做了调试，没有看到她长裙下两条腿如何吃力地把持着，阻止身体的下陷，他只是觉得这个东方女人虽然落魄，但气质高贵。

对不起，我实在没有别的办法才来的。我非常需要这笔奖学金。我刚来不久，各方面都不适应，就说一点吧，我现在不开伙，饿了，就啃一片面包，我只是想看看自己可以多长时间不吃米。还没容适应不适应，我就去打工了。作为外国学生，我没有合法打工的资格，只能打黑工，先是帮人家看孩子，后来不愿意了，我不是嫌累，我自己的孩子在中国我都看不了，来这给别人看孩子，我觉得非常对不起我的孩子。后来我就去了餐馆打工，餐馆老板说很累的噢！我说我不怕累，我在大陆插过队。老板是香港人，问我什么叫插队，我说就是一天到晚地干活。可是现在餐馆生意不好，我也被炒了。对不起，请原谅我的语无伦次。

她知道自己越是语无伦次，越是条理清晰；越是文不对题，越是切入正题。

一点点激动，一点点悲伤，还有一丝惺惺作态。行乞和调情一样，需要渐渐地酝酿出一整套的气氛。还有斑斑血迹，像刚被劫后惨怛的空室。

他心疼地点点头，意思是没有想到富裕的美国还有这样的人间惨剧。不要着急，慢慢说。一切都会好起来的。他永远只会这样说。面对贫穷与苦难，他永远表现出一种责任与慈悲。

她说到她的女儿：一生从没有这么累过。以前上山下乡，年轻不想事情，只是体力上的辛苦，现在我是三十好几的人了，打工、读书，真是心力交瘁。更让我撑不下去的是女儿不在我身边。我有一个女儿，今年六岁，我想她啊。每次一打电话，她就问，妈妈，你什么时候回来啊？我现在唯一的乐趣就是给女儿写信，还画了许多小公仔。

她还及时地落了几滴泪，数量不多，但它落得很有质量，且都被及时看到了。她的本事在于，越哭越好看，既不肿眼睛，也不红鼻头，反而有那么一股子楚楚动人的劲儿。

他感动了，而我却受不了了。她把我们在大洋这边努力维持的体面通通不要了，而且还在一个老外面前。我感觉自己成了她行乞的工具。他还没有见过我，也不了解中国，只是从那个叫斯诺的人那里知道那片黄土地的苍凉贫穷，他想这样的土地养育出的孩子多么需要食物与爱。我不再同情她了，甚至觉得她有点无赖。

你没事吧？他从宽大的椅子上站起来，感觉应该对这眼泪负点责。

我的英语本来就不好，一紧张就更语法混乱了。你明白我说的吗？

我都明白，都理解。他说。

她抬起头：你真的理解吗？眼睛却在说：我希望你不仅仅是理解了我的英语。

相信我，我都理解。他点点头，这次理解更深了一层，责任也更重了一层。我想会有办法的。他是一个讲话极为谨慎的男人，总是先说一句“我以为”“我猜想”，好让你知道有些方面是他力不能及的。

谢谢。

你需要喝点水吗？他是想借着倒水，想想自己到底能为这责任承担多少。他乐于助人，但有原则，不做对自己不利的事情。换句话说，他并不舍己救人。系里复杂，派别纷争一直存在。他一直很小心。

我来。她说。他就坐回去了。

她站起来走到桌边，就这么几步路，她也有的放矢地让她的花裙子旋转了几圈，展成一把伞。在一个下了班的时间，在一个累了一天的系主任面前，她这是干什么啊。现在她取出一个杯子，倾下身子取蓝水桶里的水。水声吸引了他的目光，落在她身上。

她不自觉地将许多女性的柔情带到其中，这是一个充满细节的女人。一个女人的温柔、善良、柔弱，还有不幸都间接地转化为资本，非常诱人的女性的资本。女人的秘密武器是什么？不是美貌，也不是智慧，女人只需牢牢记住自己是一个女人，并为此保持着一种姿态。这就足够了。

他没有料到她还有更细节的动作等着他。

突然花裙子旋转到他的面前，她反而把水端给了他，沉默地殷勤着。他有点愣，没有料到她有这么一招。我也没有料到，我可能比他更不了解这个女人。

哟，谢谢，不过我希望你喝。

我会再倒的。她又将水往他那推了一下。

这个时候，他和我同时注意到一个细节：她握着杯子，杯底垫着纸巾，将杯把冲向他。她怎么能把递水这个动作做得这么周到，这么细致，她并不清楚。让我来替她说明白吧，真不能怪她，一个女人，背井离乡，走投无路，她需要抓住一点什么，她管不住自己。

她冲他笑了一下。这时的笑是很经典的，一滴欲垂未垂的泪落在鼻梁上，那是稍早时讲述“悲惨经历”时弄出来的泪。它像是一种痛苦，她似有意躲避，脖子似蛇颈子那样适度地游动着，举脸之间有那么一刻的抖缩。现在她用食指轻轻擦泪，食指在脸上做了神秘的更换，再那么一张一弛地一笑，她一下子妩媚起来，一个三十五岁的中国女人恰到好处的妩媚。

他方便地握住杯把，有点愣。他在这张系主任椅上不是没有见过诱惑，而如此异样的诱惑还是第一次，深藏不露的诱惑——东方式的，以柔克刚、以守为攻的逼近。而这对于这个深谙男女私情的男人而言就是性感，一种真正的性感。与此相比，卖弄风骚的丰乳肥臀就显得粗俗了，简直不能看。

他的目光没有及时收回来。

她看到了，她意识到自己闯祸了。她的整个表情就像在动物园里伸手去挑逗半睡的狮子的孩子，现在狮子睁开眼睛看了她一眼，她突然有点害怕，不知道事情何去何从；同时有点向往，秘密向往着闯祸的后果。

他问：你一定很想你的女儿吧？

她看了他一眼，然后望着窗外默默地流泪，他没有再说话，像是不忍心惊动她似的。这是他的方式，他对这些眼泪表示敬重。然后他几乎是心痛地来到她面前，将她揽入怀中，让她尽泄她的委屈。她也利用这个结实的肩膀好好抒发了一番。承受着一些轻柔的抚摸，像拍哄一个入睡的婴儿。他腾出一只手伸入她乌亮的秀发，亲吻她的黑发，再亲吻她咸咸的脸颊。是带着怜爱的亲吻，对失意者的安慰。一切会好起来的，一切都会好的。他在她耳边嗫嚅道。

她马上看到自己作为女人的实惠。他说：我会好好考虑一下的。她微笑地道谢。他又说：我会和他们商量一下的。她知道这话是说给别人听的，面子上的事情总是要做的。但当眼睛探到眼睛时，才发现没有那么简单，立时躲开。躲开了，又不免有点落寞。她小鸟依人仰着半张脸：谢谢你，教授。明天见。她假装看不出他舍不得她走：我打扰你太长时间了。他果然有点扫兴，像刚上瘾的一个爱好，要马上放弃。

第二天，他们在电梯相遇，空空如也的电梯，一男一女，两人都感到无端的紧张，是荷尔蒙惹的祸。他们都没有意识到这一点，直到电梯一直升到顶楼，两人才缓过劲来——他们忘了按钮。两人不知所措地笑笑，笑得有点傻，甚至谈不上是一个笑。两人还抢着去按钮，两只手碰到一块，同时收回，再同时出发。谈起一些无聊的话题，像天气。她没有再谈奖学金的事情，她不能在这种压力下谈钱，一谈就前功尽弃了。话题是他主动挑起来的。他第一次觉得这个敏感的话题这么的随和。如果你能辅导学生，对他们会是个帮助。她想，对她才是个帮助。她当然知道，他并不需要什么助教，只是想帮助她渡过难关。两人感觉到他们正在继续昨天未完成的部分，他们的身体以一种非接触的形式接触了，那是他们有了性爱后再也没有享受过的快感。他们都很遗憾。

出于感激——她是这么认为的，她说想请他吃顿便饭，他也欣然答应了。两人先是随便地谈起系里的各种纷争，她突然说，你想看我女儿的照片吗？我的荣幸。他接过她递过来的照片。嗯，她真漂亮，她的漂亮显然继承了你。谢谢，其实她更像我丈夫。总听你说你女儿，却从来没有听你提起你的婚姻。她苦笑：孩子是永远说不完的话题，而婚姻不是，尤其是坏的婚姻，常常让人无话可说。那你呢？他认真地想了一下：应该说我的婚姻是不错的，没有什么可抱怨的。不过好的婚姻同样无话可说。好的婚姻都很安静。他不知道他已经开始抱怨自己的婚姻了。他说完，借故上洗手间，其实是给他温柔的太太打了个电话：亲爱的，我需要开一个会，不回家吃饭了。

他有一个相当不错的婚姻，两个人同属于文学青年。忧伤的时候，像阿尔芒对玛格丽特说：当你的泪落到了我的手上，我立刻就爱上了你。激动的时候，歌德的《迷娘》就是最好的表达了：你可知道那柠檬花开的地方，黯绿的密叶中映着橘橙金黄，怡荡的长风起自蔚蓝的天上，还有那长春幽静和月桂轩昂。总之，都是一些学生腔的爱情，抒情、文艺味十足。彼此不知不觉像一副齿轮按部就班地旋转，直到有一天，一方觉得乏味了，不转了，另一方想转也转不了。我想就是我妈妈单枪匹马闯办公室的那一天，兴致尽了。这段婚姻完美而乏味。

吃完饭，他送她回家。她突然想，这是一个很会照顾人的男人，如果将来女儿过来，他会是个尽职的继父。一想完，自己也吓了一跳：你想得太多了，韩文琴。她请他上来坐一下。两人再次被置于单独的空间，想找一些话来说，竟找不到。于是两人将自己作为话题交给对方，墙上的两个影子越来越近，近到任何话都是障碍。这些吻还是比较纯洁的，轻轻的、动情的，甚至掺一点儿羞耻。而羞耻感却最容易让肉体欲望膨胀。再后来就吻得不那么纯洁了，两个人都使上了一股劲儿要将对方掏空。彼此摸索起来，寻到一处，出现了片刻的迟疑，迟疑之后一切都变得不可收拾。这个年纪，这个场合，一切不需要太多的过场，一切好像是瓜熟蒂落。他走后，她才恍然大悟：这一顿饭怎么吃出这么多花样了？

这一天，系里每周一次的教学会议上，她一下子就找到了他的眼睛，他隔着所有的人群，向她笑了笑。有了私情的眼神就是不一样。会后，两人有闲聊的机会。他说，昨天晚上在沙发上没睡好。她没有问“为什么睡沙发啊？是不是和太太吵架了，因为我吗？”，她不这么问。她说：那今天早点休息吧。他心里一团乌云，乌得像隔夜的墨汁，让他看不到半点希望。是的，今天我要早点回家了。她又说：今晚你不来了吗？

两人的关系就是这样。他前进一步，她就退后两步，他想放弃了后退一步，她倒上前了一步，不让他断了希望。两人这样一进一退地维持着关系，以为可攻可守了，不想却是进退两难的尴尬。她性格中的冷静、坚韧甚至隐约的伤痛都被披上了异国情调的神秘面纱。对他来说，她就像那个精致易碎的景德镇出的小瓷人，明明知道它碎不了，却不得不随时防备着。这种患得患失的爱情让他觉得年轻，玩得起，像个小伙子。于是他的爱情有了分量和实质。社会的长治久安和富足让生活单调，活跃的激情就剩下爱情和欲念。他心里一片温存的遗憾：他要怎么样她才明白他的用心良苦呢？他决定明说了。

那天，他们看了一场意大利歌剧《托斯卡》，多段的咏叹调，他的手轻轻地在腿上打着拍子。他显然是一个对生活还有信心的人。她想。接下来的晚餐点了烛光。万事达卡广告做的那种：烛光晚餐二百一十块钱，鲜花三十块钱。气氛？气氛是无价的，其余的都可以用万事达卡。烛光让他们的目光深情起来。他宽大的手托着高脚杯摇晃着，他探出鼻尖闻了闻，说这酒不错。半杯透明的红葡萄酒随着他的转动一圈一圈晃荡着。

我去过中国，几年前，很希望能够故地重游。

是你单独去吗？

不，和我的妻子，哦，对不起，我是说我的前妻。

她假装听不出问题的关键——他已经与太太分居了，而把问题淡化了：没关系。我也会这样。讲英语就更容易犯语法错误了。

他没有讲他富有的太太如何以他岳父的百万遗产为筹码挽留他，如何软硬兼施地挽留他。他不愿意讲这些，他不愿意讲他的太太。但是他提醒到，下一届系主任他很可能当不上了。我需要知道你是怎么想的？

她得到暗示：他不知道他值不值得。他需要她给个说法。他没有理由为一个外国学生付出不成比例的代价，包括他的名誉。

而他是一个把名誉看得很重的男人。

她从心里感激他，感激他为她承担着声誉上的损失，感激他为她而与太太分居，感激他为她而放弃一贯的生活模式。其实她希望的只是一份奖学金，对两人的事情不要太深究，她相信这也是他的希望。本来嘛，爱情在这年头应该是方便的事情。两人中间隔着的那一步让他们把自己藏在白天里，夜晚才启用他们的身份。

她还拿不准，其实他也拿不准。直至系里有闲话出来，他们才感觉到压力。

一个有夫之妇，一个有妇之夫；一个教授，一个学生；一个系主任，一个助教。系里立刻有闲话出来，尤其是她的中国同胞。留学生身在海外向来是宽于律己、严于律人的。有人说，什么留学啊，根本就是留而不学嘛！专业就是找老公。有人说，我也学会了，下次我要奖学金也跑去哭一场，我还直接到校长那去哭得了。

他们当然也听到了闲话，本来就是说给他们听的，不然怎么心甘。她只是对他说她不读了。他问是因为他吗？她摇摇头，说博士要念五年，我不需要懂那么多东西。他说五年读下来，你会发现其实你什么也不懂。她说现在我已经差不多什么也不懂了。他说那就等你彻底什么也不懂的时候再走吧。她突然对他说：对不起，我给你添麻烦了。声音柔懦，令人不忍，像那种特别懂事乖巧的小孩，受了委屈，也不哭不闹，一个人默默承受，还想着安慰别人。见她这般，他的心都疼碎了，他又下了一个自己预先也不知道的决定。他说，他要辞去系主任的职务，这样她在系里的地位不至于太尴尬。

他一直是个小心翼翼的人，除了在她这件事上。他是第一次跟着感觉走，服务他心灵深处的燃烧，而不是他的大脑。事态发展迅速而情形严峻，他的大脑还来不及进行经济、名誉、地位、习性等种种的现实考量。事后他也许为此后悔过，但我觉得她是他唯一不计成本爱的女人。

她摇摇头，表示这不值得。他握住她的手，说：我已经决定了。她郑重地考虑了一会儿后说：你牺牲太大了，还是我离开这所学校吧。本来两人的关系挺不算数的，现在搞得跟真的似的。

后来，他辞去了系主任，她也离开了学校。两人还双双离了婚搬到了一起，制造出一副众叛亲离、相依为命的样子，而这种感觉正是他们想要的。他们以为这就是爱情。她说：现在我们只有对方了。他立刻接道：足够了。他又说：去打听一下接你女儿来美的手续吧。她问：你不介意吧？他哈哈一笑：我娶个太太还多出个女儿，这等于是我到商店买了一件大衣，临走还搭了件衬衣。买一送一。她终于笑了。这似乎比他辞职、分居，更能打动她。不久他们就结婚了，成为合法夫妻。他们就是要告诉社会舆论：虽然他们并非所愿地伤害了社会公德，但他们仍然尊重法律。

我虽然对妈妈的突然改嫁有诸多不满，但从不认为她单纯地是为了绿卡、为了钱。五十年代出生的中国女人从来不想着靠男人。现在的我能明白了布莱克所言：一个人在无路可走时，强行征用爱情。因为只有爱情能给人安慰。而就是“牺牲”这个词让她以为找到了爱情的真谛。有了牺牲，有了舍弃，有了抗争，爱情才有了厚度。

这种感觉，她并不陌生，时光倒流，她回到与我爸爸相爱的日子。同样因为牺牲抗争，她曾经一度认为她是爱我爸爸的。

第九章

什么是爱情？什么是大米？

时光倒回更前面，知青回城时。火车站到处都是回城知青。站累了就蹲下来，蹲累了就躺下来，躺累了就起来不耐烦地踱着步。火车终于进站了，从远处呼啸而至，两只车灯发出光芒，接着所有人的眼睛都跟着发出两道光芒。人群沸腾起来，其中一个是我的妈妈，她两眼发光。那是希望，希望结束这里的一切，而不是开始城里的生活，来不及希望太多，还不敢。这点希望已够用了，仿佛自己个人乃至这个国家就这样开始有了光明。

没有工作，没有住房，没有目标。回城后每天都出去走走，也是给家里紧张的住房留下空隙。她像一个纯粹的陌生人，缩手缩脚地逡巡于这座城市的大路小道。到处都有像她这样的回城知青，这座城市就这样年轻起来，以前年轻姑娘基本上看不到，街道上走来走去多是提菜篮子的中年妇女。大家就都这样走着，想着，也对看。你也是刚回城的知青吧？看得出，我也是，也看得出吧。人人都有故事，都自以为特殊，其实每个人都在分承别人的故事，于是都没有时间去听别人的故事。她的故事毫不新鲜，无法吸引别人，连自己也吸引不了。

她就是在这种情况下与我爸爸恋爱的。家里不同意她和王海涛的事情，因为他还在农村，于是介绍了一个男人。她心里想着王海涛，没有太注意他。有一次去她女友宋红家，认识了女友的弟弟，与他聊起事情。她问他：你有女朋友吗？他说没有。她笑道：是不是女朋友太多了，不知道哪个是了？他笑了，嘴角一缩，羞极了。他反问她：那你呢？你有对象吗？她就跟他聊到王海涛。以后她与他频繁地聊起王海涛，他是很喜欢听的，带着笑听。后来就不那么喜欢听了，露出不耐烦的表情。不喜欢听，可还是听了，而且听进去不少。再后来，就一点不肯再听了。以后你少跟我提那个王海涛。他嘟着嘴巴，头一仰，眼睛一瞥。他男孩般的一厢情愿给人以赌气的感觉。

她一开始不明白，后来不明白也多少明白了。多看了几次，她发现这个叫宋伟的人其实不比王海涛差，长得比王海涛要好，家庭环境也好，最主要的是他的母亲有能力把她留在上海。她开始微笑起来，笑里有点暗送秋波的意思。爱情毕竟不能当饭吃，经历过“文革”，知道利害关系。她不是容易被爱情冲昏头脑的人。

可是真明白后反倒要装得不明白似的问：为什么呀？他说你知道为什么。她说：我知道什么呀，我不知道。他有点恼了，不知道算了。他生气的模样很是霸道，却也十分稚气。她抿着嘴笑了，调戏道：你喜欢我？！那揭露性的语言把一切责任都归于了他。他的脸一下就涨红了，像被别人识破什么似的有点挂不住了。她跟抓住他的把柄似的笑得更得意了，轻蔑与自信全齐了。她像许多人那样揶揄他：你怎么这么高啊，三年大饥荒怎么一点没有影响你呢。他嘿嘿笑道：我这么高大，可以帮你挡子弹。她笑了：现在又不打仗，谁要你去挡子弹。他又嘿嘿笑道：那挡挡风挡挡太阳也行啊。她也笑了，已经有点小两口吵架拌嘴的意思了。

他们开始像所有的恋人那样吃吃饭，看看电影。都是一些粗糙的电影，看出惊人的票房收入。就是那几部，当时没有看过这些影片的人几乎没有。但那是好的恋爱场所（可以接受的消费，可以让恋人公开亮相的地方）。总是他先到，若无其事地在电影院门口晃荡，一会儿后穿着的确良的她，扑着小手绢来了。那个时候，只有学前的女童穿花裙子；只有她们敢于追求美丽，而且被允许。的确良对成年女子已经很受用了，里面的胸罩依稀可见，已经吓唬到中年以上的社会。两人相会于电影院门口，假装不认识，前后进入电影院。其神秘与周密布置不亚于现在逃避狗仔队的名人恋情。

最激动的事情他也做过，就是趁黑，趁情节紧张，他在她腿上捏了一把，有点不老实的捏法。她皱了一下眉，并没有把腿抽回的意思。她默认了，知道男人都有挺混的时候，她心里可能巴不得被这个男人这么混一下。老实得战战兢兢的男人最让女人没劲了，那还有点男人样吗？当她意识到这一点又有点绝望：她总自觉是个文学青年，与大街上闲逛的女人不一样，竟也会有这种贱骨头的想法。

后来，她跟着他回家见他的父母，父母还没有回来，他的姐姐与她打过招呼后就上同学家了，识趣地给他们让出地方。屋内有点热，她脱下军大衣，浅黄色的毛衣露出凹凸有致的身躯，鼓鼓的胸与纤腰有那么大的起伏。站在五斗柜前，一条腿弯曲着，身体重心全在另一条腿上，支撑出身体的忸怩，一个俏佳人的造型就出来了。他的眼珠子像失去了功能，不会转动了。他看呆了，而她不知道他看呆了。她完全没有意识她的一举一动正邀请房子里唯一的观众注意她的丰美。你说你爸妈会喜欢我吗？她指着柜子上的全家福，扭过脸问。脸扭转的角度与身子搭配得十分妩媚。这时的妩媚成了一种险些让他进入危险的信号。喜欢喜欢，他艰难地咽回直流的口水，做着激烈的思想斗争。

他突然走近，像儿童看见钟情的玩具，伸出手在她的胸部摸了一下，有点激动，有点霸道，还有点无赖，是荷尔蒙惹的祸，它可以使人胆大妄为到平日想象不到的地步。由于他的动作缺乏连贯性，没有上下文，于是显得莫名其妙，而不是经过双方调整出来的两厢情愿。

她见这个男人真混起来，尖叫道：你干什么你？好像不知道男人有真混的时候。然后怒气冲冲地跑出去。

他追出去：你说我这是干什么呀？本来是想请你来见我父母的，反而把你吓跑了。

她不理他，还是往前走，脸上挂着泪。

他接着追，唉，我也是。他是真心的后悔，认为自己太胡闹了：你说我摸那一下有什么用？！能解决什么问题？！

她扑哧一声笑了，飞快地投来一眼：讨厌。用上海女人有点嗲又有点硬的声音去发这两个字，倒像是撒娇。那意思是两情若是久长时，又岂在朝朝暮暮。这下更是让他怜爱得不可收拾了。他走近她，步伐迈得庄重。她举起娇气的小拳头捶了他一下，然后顺势倒在他怀里，有点害羞，又是那么自然地接受了他。那拥抱直接感觉到双方肌肤的饥饿。一层又一层的冬装，虽然生理上碍事，但在心理上已经完全被废除了。

叙述到这时，我很不正经地想：她的第一次是给我爸爸的吗？以她的行为与反应来看，她那时应该还是一个遵守中国当时社会规范的女子。美国的行为解释为“橘树之江北，则化为枳”好了。

他们的事情很快遭到他家里的反对。他母亲说：你知道她的爸爸是什么样的人吗？他是你爸爸的仇人，在“文革”期间，就是他去告发你爸爸的。要知道，他曾经是你爸爸的下属，你爸爸曾经有恩于他。他真是忘恩负义啊。

历史的问题就交给历史去解决吧。那么孩子气的他突然像中央人民广播电台的广播员，字正腔圆、抑扬顿挫。

他母亲说：交给历史解决？你就是历史，历史的问题要交给你去解决。

他对他母亲说：我能解决什么？我只能解决我和她的问题。我非她不娶。

他母亲说：如果他们一定要在一起，她也不会阻挠，只是住房问题他们自己解决。她不会给他们任何资助。

她是知道他与他家里闹翻后才感觉他们进行的是一场真正的爱情，她也明确表示她跟定了他：如果你妈妈一定反对，咱们就私奔。她忘记自己首先爱上的就是他那有点权势的母亲。她自以为倾尽心力，然而都是潜意识的谎言。两人非把自己搞得像当代的梁山伯与祝英台。至于他们是先成为梁山伯与祝英台才开始相爱，还是先相爱才成为梁山伯与祝英台，他们并不在乎。

他们与整个上海抗争，搬到了弄堂里的小房间。接着就开始吵架，全是日常的琐事。王海涛这个名字再次出现，只是改由他说了。他说：后悔嫁给我了，明天就找你那个王海涛去吧。他现在不是成为美国华侨了吗？她食指颤抖得一句话也没抖出来，最后冒出一句“你就猪吧你”。越吵皮越厚，她回敬道：对，前脚和你离了，我后脚就跟那个王海涛结婚。此话刚落就有“叭”一声像伴奏一样将吵架推向了高潮——爸爸又砸东西了。妈妈立刻痛哭，说与他无法过下去了。爸爸却像不明白自己做错了什么，委屈地站在那里，天真地噘着上嘴唇，他想：你这种话都说得出来，我砸点东西又算什么。他真诚地认为自己的理由站得住脚。

他吵架的时候，会突然拒绝做一个成年人，像孩子一样说话，像孩子一样砸东西。像是对自身属性的厌倦进行调整的方式：抛弃自身的属性。

起先是摔一些便宜而且响动大的东西，像碗儿啊，盘儿啊，镜子啊什么的，后来砸东西的档次越来越高，像收音机啊，台灯啊。越是砸贵的，越是解恨。妈妈痛恨这一点。砸东西完全是心智不成熟的表现。每每这时，她都哼哼一笑，痛恨他到了极点。

姨夫第一次出国带回了三大件，就把他们家原有的音响送给我们。一次吵架，我爸爸操起玻璃杯就往音响上扔。妈妈眼疾手快，冲上前护驾。杯子就砸到了妈妈的背上。而这件事在以后的三百次争吵中被妈妈提起，每次都眼泪汪汪。她控诉道：你还敢用杯子砸我。她不认为这与事实不符，在她的记忆里这就是事实。爸爸被她这么一哭一闹，心里一慌一乱：我砸过人吗？不可能吧。脸上却是孩子式的抵死不从。爸爸不打人，不好意思，像是自己这么个大块头打人明摆着以强欺弱，只是砸砸东西消耗一下过剩的体力。

后来呢？我问，后来怎么样了？

后来就有了你了。

这么快？

大姨既轻又爽地一笑：那个时候也没有什么娱乐活动，也没有电视，早早地就睡觉去了。同时她飞快地扫了我一眼，就是那种挺让人讨厌的大人的目光，像探测器进行一种摸底性质的观察探索，甚至有点像调戏——不知道我听懂了没有，又担心我听懂了。大姨整个讲述过程的乐趣就像是自我娱乐。有点像上海弄堂里冒出的一两个小流氓，没多大恶意，同样也没多大胆量，只是对过路的女子搭搭讪，过过嘴瘾。骂回去，他们也不生气。他们巴不得你骂呢。

其实我哪里有她想象的天真。我也学弄堂里的那些老到的漂亮大姐姐，拿出对待调戏的姿态：不屑理睬就是最佳的蔑视。像鲁迅笔下的大清国留学生把脖子扭几扭，挺着我还根本挺不起来的胸脯走了。

大姨又说：再说你爸爸妈妈吧，他们不是因为你妈妈来美国才不好的。他们在上海就不好，就一直吵架。

我知道。我说，我一个不吵闹的孩子却有一对吵闹的父母。

知道就好。

那他们如果在国内会离婚吗？

大姨认真地把这个问题想了一下，说：那可能不会。那就那么凑合、将就着过吧。

我就是讨厌这样。

我走在前面，大姨在后面叫：你妈妈一直想着你，她在美国一落脚就回去看你了。

我生气地加快脚步，说：我知道，可我就是不想被她这样子。

我想表达的是：她不可以在事业婚姻家庭各方面都美满后想到我，需要我，我不是个玩具，呼之则来挥之则去。她不可以这样。当然，现在我可以分析出当年的情绪而且用语言概括，而那时语言表达尚未成熟，只是一味地不甘心。诉诸言语是成年人的事，孩子只会诉诸情绪。

MEIGUOLÜDIAN

美　国　旅　店

第十章

我才是牺牲品呢

这时天开始暗了下来，风更紧了。又是冬天，太阳早早地收工了，只留下一小条，风一吹，连这一小条也心虚地缩到云后去。教堂的歌声本来就又远又细，天色一灰就完全侵蚀了它，终于化成烟散向万家灯火中。

发生在你爸爸妈妈之间的事情只是发生在他们之间的事。你和你妈妈的关系是你们两人的关系。听大姨说，我和你妈妈在我们很年轻的时候失去你外公，我们的爸爸，我愿意用任何东西换他的一天，或者一个小时。而你和你妈妈有一大段路要走。人们会因为各种原因犯错，这不等于你就不爱他们了。你可能更爱他们，因为你看待他是一个人。这段话大姨显然是准备过的，讲得非常流利，像背课文。

我不知道能不能再相信我妈咪了。

有一点是可以相信的，她爱你。

我怎么没有感觉到。我感觉她更爱美国。

那是因为你心里对你妈妈的抱怨妨碍了你意识到这一点。

那又怎么样？她又有孩子了。她已经不需要我了。她又要抛弃我了，像六年前那样。

抛弃？她想，这个孩子英语还没学好，中文已经不行了。大姨说，大人的事情你不懂。

我是不懂，我就是不懂她为什么会这样。但是我明白，如果是我爸爸先来美国，他不会和我妈咪离婚的。他不会这样的。

两边的房子亮起五颜六色的灯及“圣诞快乐”的字样，字迹不算精致，应该不是华人家庭，中国人的英文写得都很漂亮。风是越来越大，太阳早被刮跑了。我们连忙翻仰了衣领，不是怕冷，而是怕被风掳了去。天色暗了，现在还在路上闲逛的，恐怕都不是什么良民。我们往回走。

我妈妈正在厨房里做好吃的光明节的油煎饼。这时的妈妈已经是个标准的汉堡包家的媳妇了，她学会做许多犹太食物。她明明知道我和大姨干什么去了，仍装得一无所知的样子问：你们去哪里了？大家都在等你们。

大姨也装得与妈妈没有通气合谋过的样子，转过脸大着嗓子对我说：怎么，还担心你女儿被我拐走了吗？这么久没见我外甥女，还不许我们说点悄悄话呀。

两姐妹说话期间交换眼神，妈妈像是在问怎么样了，阿姨还她一个眼神：该说的我都说了。妈妈就想从我脸上印证，发现我并没有和解之意：那种由于误解而不理解的敌意没有从脸上退去，而由于了解而更不理解的敌意已经明明白白地上了脸。她又去盯她姐姐，意思是：那恐怕不该说的你也说了吧。

这时，一个俊俏的白人青年向我走来：你一定是海伦吧？我听了关于你的许多事情。

我一下认出了他，他的父亲曾经也这样向我走来。一样的步伐、表情和语调。父子二人神似形不似，他可比他父亲英俊多了。颧骨高高的，下面有一层阴影，就是那种最耐看的脸型，就是那种只能在米开朗琪罗的雕塑上看到的脸型。

他们一定说了我不少坏话。

他笑笑，又是与他父亲一样的笑，笑得偏袒。

我是婷婷，海伦的表姐。婷婷的眼睛一扑一扑的，完全是在撒网。

她撒出去的网立刻有了收获。杰生对她突如其来且气势壮观的笑容回报了一个彬彬有礼的笑容，他并没有因为习惯这种目光而使自己的笑容显出丝毫的懈怠。只是笑得有些疲倦——对司空见惯的女性爱慕的乏味、菲薄，及自己无法冲出这片宠爱重围的绝望。当后来我知道杰生的故事时，回忆起他的这个笑，才确定了那种绝望，确定了当时的形容是准确的。

但是杰生不知道自己带有绝望色彩的微笑更能激起她们的兴奋。她们确定他是珍贵的，那么多情的眼睛，而他的手臂却是空的，空着的理由当然是因为他的专情了。那是最难得的男人。

大家坐在客厅的沙发上。背景是深蓝色的丝绒窗帘，火炉里噼啪噼啪的干柴烈火声，火焰跃跃欲试的舞蹈，让人觉得温暖是这样一步一步地逼近这个家庭。它温柔地铺开光芒，照在过时的沙发上。墙上的壁画，淡红色的光一层一层地扑上去，梦幻般地好看起来。火光使大家都显得亲切些，我们的表情、语气和服饰，在这温暖的火光里跟着亲切起来。

半圆形的沙发，丰盛的小点，火炉边上的礼物盒和扑出热气的火苗，这些毕竟是浓烈气氛的所在。以为多年期望的氛围终于有了着落，我们也就不像平日那样容易生气、彼此不原谅。所有的眼神都是和善的，气氛是团结的。说些简单的话，没有话外音。他们说他们的光明节过一天点亮一支蜡烛，光明节结束的时候这九头烛台就全亮了。我们说我们中国人过春节从初一到十五，直到吃了汤圆这个节才算画上句号。他们说逾越节是犹太人出埃及时得到启示在门框上抹绵羊羔的血。我们说中国人贴红色春联和门神也是为了辟邪，这大概是你们的那个摩西顺便教我们中国人的。讲着讲着，已经有点五千年前是一家的感觉。

终于到了拆礼物的时候。妈妈对夫家每一个人的喜好和需要精确了解，不像前几年手忙脚乱地打听她夫家四代喜欢什么。她公公喜欢瓷器，婆婆喜欢丝绸，杰生喜欢球类用品，他比较实在。大卫九十三岁的祖父最好对付，随便送他什么，他都会像恰合心意那样双手交叉地往胸前一拍，然后给人一个结实的拥抱，说他喜欢极了，说这正是他想要的。任何人拆礼物，大家都腾地一下分享欢乐。其实都事先打听过对方喜欢什么，拆礼物的时候仍然强打起兴致，很识趣地装出一副儿童般天真又吃惊的表情，开着一张虚情假意的口。大家替他发出“噢”的声音，好像这礼物他们也有份一样。

杰生伸过头悄声对我说：父母离婚时我也不高兴，不过你得往好处想想。比如，你就可以得到两份礼物了。现在他在父亲家，过会儿他母亲会来接他去舅舅家。

婷婷像一切情窦初开的少女一样，在喜欢的人面前有着过分的活泼，而且讲出的话比平时蠢十倍。她挑起一封信：哦，杰生，你的。杰生拆到卡片，没有说话，只是快快收好，躲在跳跃的火苗后说：没有什么特别的，就是祝我节日快乐什么的。

是谁？婷婷问。她的下巴略微地上仰，脸成三十五度倾斜，眼睛飘忽着。她知道自己这个角度是相当迷人的。

只是一个朋友。

你女朋友吗？婷婷又问。她仍然保持着那种最佳角度。

不是。杰生像被人击中要害似的迅速地驳回。

这种迅速马上被婷婷解读成男人对自己在乎的女人吃醋的安抚。那就好，婷婷嗔道，像占了上风的女人那样笑了笑，得意与自信都有了。接着又问：那是谁呀？

杰生匆忙地扫视了一下在场的人们，然后转向逐渐形成局势的火苗：他是史蒂文，我高中同学。对了，他让我向你们大家问好。

没有人太多地注意，包括婷婷。她最多只是发现她的最佳角度有点自作多情，他根本没有注意，他在想别的事情。至于想什么谁也不知道。

拆完礼物在花园里有个小小派对。这个家庭常常会看到这种双语广播。起先大家都是讲英文的，讲着讲着就你讲你的英文，我讲我的中文。讲中文的女主人与讲英文的男主人并没有因此冷落对方，他们互相不忘交换一下外人看不到更看不懂的眼神，像偷情一样，又像在说：你那边情况怎么样？我这边情况不错。可是过了一会儿，他们这种目光的交流也被放弃了。

他们讲中国话，谈中国事，吃中国菜，像一艘谈笑风生的中国船驶入美国。大卫反而像一个少数族裔。他知道他永远无法走进他们的话题，他们的谈话，满满的历史，重重的乡情。他，一个异国人，更是心里心外被排斥得远远的。刚才两个民族的类似在这时完全不算数的。他曾对我妈妈说，你和你姐姐还有那些朋友都会说英语，为什么在一起总是说中文？他们笑，他也跟着笑，尽管什么也听不懂。不笑，多孤独呀；笑过，才知道更孤独。他领着他的儿子进书房聊天，就像摩西领着族人出埃及一样。

对于我妈妈那个年代的中国人，政治曾经是他们的最爱，现在只是拿来调情，还有怀旧。他们最高兴就是在一起聊聊过去的事情，唱一些老歌，觉得非常亲近。他们这一代人，一辈子都会在他乡与故乡、物质与精神之间挣扎，难有解脱之日。

婷婷用英语问：你们都在唱些什么？为什么这么高兴？

姨夫笑笑，用中国腔的英语翻译了一遍。同时向大姨和我妈妈看了一眼，觉得自己翻译得不透彻，需要她们的协助；更是希望把这种事情变成集体行动，如同那个年代从来没有个体行为一样。

婷婷的疑问更大了：你们不是说“文革”很苦吗，那你们为什么还唱歌？还唱得这么快乐？

哦，哦，嗯，这个嘛……姨夫小声地回应道，我感觉到他声带的抖颤，像在课堂上被学生一个不知道怎么回答的问题考倒，很茫然地又向我妈妈和大姨望去，再次希望有人分担这个问题。

现在想来，仍能感觉到姨夫的抖颤和茫然。他知道他们与他们在美国成长的子女在某些方面永远无法沟通，如同忠字舞和摇滚乐永远唱不到一起。

我的妈妈也立刻看了我一眼，很是提防的看法，像是看到我几年后的模样。是的，妈妈比我更早料到那么一天。

大姨用嘴努努婷婷手上的食品，笑道：光看看现在他们吃的东西，炸薯条加可乐，已经不能再美国化了。他们懂什么中国？他们怎么可能懂“文革”？他们看“文革”就跟老外看“文革”一样，以为就是打砸抢……

我妈妈突然打断她：打、砸、抢，砸跟抢，我是做过。不过我这辈子没打过人，当红卫兵抄家我也没跟着他们去打人。我也不是说自己没打过人就什么的，但我就觉得吧，打人不对。

妈咪，你刚刚就打过我。我突然提醒她。

妈妈呆了一下，不知道我会冒出这么一嗓子。我要她知道她这辈子再也没资格说她没有打过人了。

姨夫和大姨笑了，这是成年人对孩子自以为是的纠正这种稚拙的行为善意的嘲笑。他们认为打孩子不叫打人。大姨连忙替我妈妈教训道：你妈妈为什么打你？因为你妈妈爱你。你要是街上的野孩子，你妈妈还懒得打你呢。

我说：那就让我当街上的野孩子吧。

咱们这代人呀。姨夫面对自己就像面对实验室里一次失败的实验，手指头点兵点将：咱们都是牺牲品。手扫到我妈妈那就停止了，后面是我、婷婷表姐和小表弟。

我在心里说，把我划进去呀把我划进去呀。我也是牺牲品，我才是彻底的牺牲品，因为他们都以为在为我牺牲。我是“强迫中奖”。

姨夫突然抬起那双在实验室里让显微镜训练得异常敏锐的科学家的眼睛，他盯着大家笑：都是为了孩子啊。要不然我是想回国的。在这像个三等公民。那天一个学生想以我的种族开玩笑，问我是日本人还是韩国人，我说我是中国人。他说你怎么会是中国人呢？我说我是哪里人不重要，重要的是我是你的教授。

他属于那么一种中国人：在中国时也不怎么爱国，到了国外才猛爱起中国，加上受了点“种族歧视”后，爱国爱过了头，一下子成了民族主义者。

我说：三等公民，就是等回国，等回国，再等回国吗？

他们很快注意到这个孩子虽然话不多，但每句都不是废话。

可惜孩子们不一定领情啊。大姨一边说，一边与我妈妈交换了一个可怜天下父母心的悲壮的眼神。她是说给我听，给婷婷听，给我们这些到美国却不与父母同心同德的孩子听。家长聚在一起谈孩子，同仇敌忾得很。

我突然明白自己一股子恼火的缘由：她一定要背你，她还不断地回头对你忍辱负重地一笑，你叫她歇歇，她婉言拒绝，谢绝平等。她只要你知道一切都是为了你，仅此而已。你在她背上越想越不对——等等，这是怎么回事？谁要你背我了？这时她又回头对你那么自卑地一笑，搞得你满心窝囊起来。这就是中国父母“一切都是为了你”那种带牺牲的剥削。

我气愤地对妈妈说：我才不要你为了我留在美国呢。然后离开餐桌，荡秋千去了。

我妈妈看了我一眼，抱着我的小表弟：别急着长大，也别急着去说话。

第十一章

幸亏你不是我唯一的孩子

大姨一家刚走不久，大卫的前妻就来接他儿子。

看到她，就知道杰生完美的基因从哪里而来，他父亲的那一半基因显然是不显眼的。她有犹太女人中不多见的金发碧眼，长相古典，非常脱俗。神情有一种隔世的天真，到底是从小丰衣足食，不知人间愁苦的那种天真。当她父亲的大部分财产落入比她还年轻的继母名下，天真的神情也只是从她脸上消失了七天，第八天它又重驻在她脸上，以一种富家女才用得起的冷静超然的气度说，不就是钱嘛。

儿子已经上了大学，她连唯一不富裕的时间现在也富裕起来。我妈妈曾经委婉地劝她找一份工作，当然你不缺钱，但是工作可以让一个人获得成就感，不至于无所事事。她笑道：那是你们共产国家的女人才会有的认识，这个世界上能做的事情太多了，阅读旅游打高尔夫球，而工作是走投无路才做的。离婚后周末参加各种派对，做一些有利于增加知名度的交际；偶尔在社区里做点义工，表达她对这个社会还有终极价值的关怀。最近她办了一个读书写作俱乐部，以自己为筛子，过滤出一帮和她一样的寂寞的阔太太，在一起舞文弄墨。写的东西虽然不怎么样，但是精神可嘉，是理想主义者。

我第一次见她，就知道她是大卫的前妻，而不是同事或者朋友什么的。怎么说呢，他们是一棵树上两片相似的叶子，有共同的根、杆、枝，他们很容易触及对方，所要做的只是向对方稍微地靠拢。这样的婚姻是完美的，不过有点寂寞。大卫没有感觉到寂寞，直到我妈妈出现了。

她和我妈妈彼此问好，那种礼节性的没有个人情感的微笑。大概我妈妈还想起她第一次见大卫前妻的情形：在杰生十六岁的生日派对上，她第一次以大卫爱人的身份出现在这个家庭，她是那么不知所措，而他前妻是那么落落大方。正如大卫事先告诉她的那样，他前妻永远不可能陷入可笑的境地，永远不做有失自己善良与尊严的事情。

我妈妈立刻回报她同样的笑：礼节性的、没有个人情感的，只是多了她前夫的眼神。留在我妈妈身上的还有大卫沐浴后的生物气息，用碱性香皂清理自己体味后的大卫就是这种气息——它证明了他对她的亲密，而且是在没多久前。当然我妈妈日渐膨胀的肚子是最好的证明。

我很快就确定了对立，缘于大卫。她也明白，却无法说，只是盯着对方看。她特别漂亮的蓝宝石般的眼睛在傍晚的暮色中发出猫眼似的绿光在我妈妈周身上下寻觅，又小心翼翼地避开我妈妈的目光。她在看我妈妈，却又不让我妈妈看到她在看她。

她大概第一次有机会这样去看一个上海女人。我妈妈柔和的脸上透露着一种坚忍，她想这大概就是所有上海女人脸上的神情。她想她父亲那典型的犹太商人的精明能干加上上海女人的精打细算，不知会生出个如何会盘算的女儿，反正绝不是她今天这个样子。

随着四十年代犹太人“到上海去”的口号，她的父亲从欧洲到了上海，生活没有着落，开了一家杂货店，为了早点卖掉，总说：这是贱卖啊，我们马上就要离开这里了。这名上海女子是他的老顾客，在新闻处工作，同情被迫害的犹太人，翻译反纳粹的言论在中国宣传。有一次打趣道：总听你说要走，怎么还在这里呀。他笑：走了就看不到你了。不久这名女子突然病逝。她的猝然离去，就像琥珀一样，被死神美化地终结在一个女人最美丽的恋爱状态，永远享受他的缅怀。

1945年，她父亲伤心地离开上海辗转来到美国，后来娶了她的母亲，再后来又娶了一个比她还年轻的继母。这两位女人自知无力与一个琥珀似的中国女人抗衡，一生都郁郁不乐。1994年，上海的犹太人从世界各地回到上海。这时的父亲已经是腰缠万贯的富翁了，他专程去她坟前，默然道：你死了这么多年我还一直惦着你，我死了谁会这样惦着我呢。果然他死后，她年轻的继母惦记的是他的钱。

可她觉得眼前这个上海女子完全不是这种情况呀，除了“到美国去”的口号有点类似之外，再也找不到相似之处。抗战的中国人与流亡的犹太人的恋爱，无论怎么想只会让人同情与尊重。而这个上海女人和她丈夫在一起，让她一不小心就想起绿卡和金钱。所以她要特别小心，避免心头对她的追究。她并不要这么想她。这个女人最可爱的地方是永远不做有损于善良的事情。她盯着我妈妈的肚子笑道：

怎么样了？

有点紧张。

生孩子总是紧张的，因为你完全没有准备。第二个孩子好多了。

因为准备好了？

不是。是因为你知道你永远不可能准备好，只是准备着抓老公的手尖叫。

妈妈笑了，这次的笑比刚才多了许多个人情感。

然后她告诉她丈夫的前妻，大卫与杰生还在交谈，他们好像兴致很好，有说不完的话。不如她坐下来吃一点东西。大卫的前妻拿了一块油煎饼，意思意思，却夸张地说它们十分可口，其实它们仅仅是可入口。我妈妈在任何事上都不糊涂，唯独在她的厨艺上糊涂。她自作聪明地向这个犹太女人介绍起犹太食品的菜谱。大卫的前妻含着笑听着。那种笑，充满了老手对新手的嘲笑，并不带多少敌意。大卫的前妻说：不能再吃了，我现在正在减肥。借故摆脱我妈妈的美食。

在她进屋找她儿子的时候，发现了我。她走近我，眨着少女般纯真的眼睛说：你在做什么？我的心肝。

我表情淡漠地说：我在思考。

她忍住一个即将爆发的笑，这么点的孩子还思考上了，真逗。她忍住说：哦，思考？嗯，那能告诉我你在思考些什么？嘴角藏着一个没有去干净的笑，可一说思考这词，没藏好的笑又跑了出来。

我扫了她一眼。我像所有的那个年纪的孩子一样讨厌大人不把你当回事。

她这才认真起来，像是对刚才的笑的弥补。她在另一只秋千上坐下，她与秋千的搭配很般配。我指的不是形态学上的搭配准确，而是知觉上的一致性。一与她交谈就知道准确性从何来。她比我还天真，一个可以永远荡秋千的浪漫少女。她对我说：我知道，你妈妈又要有一个孩子了，和我的前夫。她以为这么一说，这个男人还与她有着某种联系，而这个孩子亦与她有关。她又说：你有点不快乐是吗？小宝贝。这样的一个古典美人原来也对别人的家事充满了好奇心。

我说我是想离开这里。她重复道：离开这里？对，离开这里。我相信有一天你会离开这里的，不过不是今天。为什么？因为你还没有准备好。你怎么知道我没准备好？如果你准备好了，你就不会坐在这里和我说这番话了。

我问：你恨大卫吗？她想了想说：不，从来不可能恨他。他给了我一个最好的儿子，我怎么可能恨他？我嘲笑地说：这种话我常在电视中听到。那意思就是说我不相信她的话。她又想了想说：等你长大了，你就不容易恨了。不是因为你变好了，而是你发现没有什么人值得你恨。恨太花感情，你舍不得。

妈妈远远地偷看我们，探头探脑。她不知道她的女儿与她丈夫的前妻能有什么好谈的，她不愿意别的女人介入我的生活。她竟然玩起了小把戏——放食物时从成堆的食物中快速地瞅我们一眼，用纸巾擦嘴巴的半捂脸的同时瞄过来一眼。而她天真地以为她低劣的表演可以不被我们发现。

妈妈走过来，笑着说：我就是想问你们还需要什么吗，今天的沙拉好极了。

不用，谢谢。大卫前妻站起来，看着我，对我妈妈说，你女儿非常可爱，而且好相处。

谢谢。妈妈客套道，又一想，她的女儿与她怎么会非常好相处？她的女儿好不好相处怎么由她说了算？

大卫前妻见这个上海女人又想多了，连忙退出。我也该进去看看大卫和杰生了。她又在我头上吻了一下，很高兴认识你。

我也装出很亲昵的样子：我也很高兴认识你。

妈妈用目光为大卫前妻送行。她的背影像一个倒放的梨，《索菲的抉择》里就是这么形容漂亮女人的。同时，妈妈微笑地煞有介事地问我，你吃得怎么样了，喜欢妈妈送的礼物吗？等大卫的前妻走远，妈妈说：她和一个孩子有什么好谈的？真是见了鬼了。你们谈了什么？

我在地上一用力，荡了起来：她说她很喜欢我，因为我是一个非常可爱的女孩子。她只有儿子，就是想要一个女儿，如果我不喜欢这里，她说她很想收养我。她还说如果你再敢打我，我就给她打电话，她会叫警察来抓你，把你关起来，你就再也见不到我了。因为我已经住到她家了。

妈妈安静地听着，并不动怒，眼帘半合，嘴角含着一个笑，像是看着一个孩子努力地在吹牛皮，等牛皮大得不能再大时，再轻轻将它戳破。她突然轻轻地说：你为什么总东张西望？再往下说。她是在说，你的谎撒得多不自然。

我并没有被人揭穿后的挂不住脸，我说：你不认为我是个好孩子，不等于别人不认为我是好孩子。

我正想告诉妈妈，我已经用坏英语写好了一份收养广告：一个可怜的中国小姑娘，十三岁，懂事，聪明，可爱，爱干净，急需一个有爱心的家庭收留。突然屋里巨大的吵闹声把我们所有人都吓没声了。

能想象院子里中国母女吵得不亦乐乎，屋内大卫与杰生这对犹太父子也面临着决裂吗？我们连忙进到屋内，只见大卫抖动着一张贺卡对儿子咆哮：这是什么？一向保守可靠的三七分的发型也走了样。属于七那边的头发一下违规全弹跑到三这边，长长地垂在耳边。褐黄的头发像是被劣质的发水烫焦了，缺乏光泽。我只看见大卫这么生气过两次，这是一次，另一次是与我妈妈吵架。

对不起，我并不想让你以这种方式发现。

杰生的母亲压抑住内心的紊乱和恐惧，怯生生地问：你们在干什么？

大卫指着书桌上的贺卡，手指抖动得厉害：告诉你的母亲，把这张贺卡念给她听。

杰生没有理会他父亲带侮辱性的命令。他紧锁双唇，眉心微微挣扎着，挣扎出一层被羞辱的自尊——虽然蒙羞却毫不怯懦，像一名落难的王子。他知道当众宣读这么一份贺卡，等于当众剥光自己的衣服。他绝不这样自取其辱。他更知道如果他服从了父亲，受辱的更会是他的父亲。杰生当然比我更了解他父亲，那个把体面看得比什么都重要的男人。在家里会把袜子反过来穿，因为舒服的缘故——要知道缝口线都在里面。但是一旦有人敲门，他会立刻正过来，哪怕来者仅是伸手递过一个包裹扭头就走的邮差。这样一个充满细节的体面男人，绝对忍受不了这张贺卡的不体面。

大卫也急于收回成命：好呀，你不念，你没有勇气念吧？其实是他没有勇气让儿子念。

杰生仍然双唇紧锁，不予理睬。

大卫把那张贺卡丢到杰生的母亲面前。好脾气的大卫从不这样，狠狠的，鄙视的，像是一件令人作呕的排泄物急于脱手。

她没有马上伸手去接，而是用眼睛去看，好像说：那是什么呀？不就是一张贺卡吗？

大卫命令道：看。

她用眼睛说：一定要看吗？

大卫点点头。

她知道再也避不开了。真相逼过来了，她再也阻止不了了。

我们看着她迅速变化的脸。那发自内心的恐慌一点一点漫步到她的眼睛、嘴巴、四肢和身体。她的好看全部被吓光了，终于她抖动着恐惧的嗓音：杰生，告诉我们，这不是真的。告诉我们。

对不起，这是真的。杰生由衷地抱歉起来，眼睛里一抹悲伤。

不是的。她坚持道，这不是真的。

是真的，你知道这是真的，妈妈。杰生突然点破她。

哦不，我不知道。不知道。我什么都不知道。这位失去了好看的妇人竟然也会像拨浪鼓那样摇头。

你知道，你只是不敢承认，就像你不敢承认爸爸有了外遇，你也是知道的。杰生就这样把他母亲的一个秘密给捅了出来。

这个细节提醒了我，除了我爸爸，这里还有一位女人需要我的同情。仿佛她的痛苦我也有份，虽然知道一点不关自己的事，也这般为她难过。

这个女人竟然越发不真切。穿一件很喜庆的红毛衣，单薄的双肩像扛着件实物，脸部表情十分沉重。可就是那种颜色那种质感，那种沉重的表情也没有让她实体化起来。连同她的古典美貌，也那么落队不真切。她之所以完美也许就在于她不真切。婚姻对她是一种信仰。她如何对丈夫的夜归佯装不知？面对夜归遗留着另外一个女人的气息的丈夫，她不可能不察觉，她只是阻止直觉向她告密。与别人交谈中仍会脱口而出“大卫呀”，而且用的是一般现在时。让别人与她自己都觉得她的丈夫只是外出讲学了，正在日本樱花下，给她寄来明信片。有时候她的话题好不容易离开了她的丈夫，她说她最近在读海明威，然后会突然转到“因为大卫是研究海明威的”。而且暗中与那个上海女人较劲儿，自认各方面都比上海女人强时，她才彻底地悲哀起来。先是她的儿子告诉她，爸爸爱上别的女人了，她曾经是爸爸的学生。她还不以为然地说教授应该爱每一个学生。终于大卫要与她摊牌了，也是这样把她逼到真相里去的，她也是这样绝望地呻吟：哦不，这不是真的。同样的音高，同样的表情。

这是一个容易被忽略的细节，毕竟她不是主角。而她最大的美德就是甘心做配角，而且不要求安慰，因此也没有那种得不到安慰的难过。现场仍然集中在她的儿子与前夫身上。

古典美人还在自欺欺人，继续她的逃避：我不知道，我也不想知道。

杰生再次识破她：对，这你说对了。你就是不想知道。你一直在逃避。对于我你不是不知道，你是不想知道。

六年后，杰生重病在身，我曾与他谈过他的母亲，谈起了这个细节。我确信杰生是唯一一个和我一起记住它的人。他说他母亲一生不太想事情的。一开始是装糊涂，后来装得多了就变成真的糊涂了。从此也就是一个幸福的女人了。

杰——生，大——卫，她禁不住叫着他们父子的名字。她知道任她如何拒绝，一切已经无法挽回了。

话题像是跑开了，大卫立刻收回，像他面对跑了主题的课堂。他喝道：你怎么可以对你妈妈和我做出这种事情？

他夺过那张贺卡，一下子撕成两半。他还想接着撕，手指却一再地错过准确点，贺卡的厚度不允许他这样。他大概以为这样就可以销毁一件事实，就像后来撕毁妈妈的私人银行账单，撕毁它就可以否定它的存在。现在竟然撕不烂，他的目光哀伤极了。

我听得出来，也看得出来，一股力量暂存在他体内：血液在他的血管里涌动，随时准备冲破那层纤细的浅紫色的血管喷涌而出，形成一种局面。他的呼吸越来越重，越来越困难，鼓起的青绿色的筋脉在表皮之下跳跃着。这一切表达着他对他极度的忍受。一旦放弃这种忍受，场面就会失控。

让我告诉你吧，你让我太失望了。让我再告诉你多一点。不过没有关系，我马上又要有另外一个孩子了。他发怒的时候，额头儿更亮了，射出可怕的冷光，他一句一字道，幸亏你不是我唯一的孩子。

这时，我在一旁想，我妈妈心里一定也是这样庆幸着——幸亏我不是她唯一的孩子。

好极了，爹地，那么我想我应该说声恭喜你了。你可以有几个孩子，但是我却只能有一个父亲。那么现在由你告诉我，我们两个谁更惨？杰生惨笑一下说。

我在心里也说了同样的话。

这是你自己选择的，那么我也就只能选择不接受你了。大卫说得那么哀伤，他的眼神溢起一层层的鄙视。那鄙视不是大卫的作风，而是他的教养。他是老派的人。

你认为是我选择成为这样的人吗？是我选择让你和妈妈伤心吗？我没有选择，I am who I am（我就是这样的）。

这样的谈话将何去何从，导致什么样的后果，他们都很清楚。可是没有办法了。只能这样。杰生转身夺门而去，他的步伐坚定而又迅速，甚至没有意识到自己撞到了门口的鞋架。半晌，杰生的母亲才叫着他的名字，跟着他出去。

在这个以深蓝色的丝绒窗帘、红色的火焰翩翩起舞为背景的节日，这个漫画式的老人瞪着敞开的大门，一边头发长，一边头发短，还有愤怒得充血的红鼻头。他一个肩斜抵门框，一种柔弱无助的感觉出来了。当然这个时候他自己并不知道，于是可怜更加到位。那画面从节日气氛中跳了出来，独立存在于我的记忆中。

我妈妈走近这个漫画人物，目光温存。他也急不可待地亮出他需要安慰的老脸，索性让她看见自己老泪纵横。她伸手拥抱他，随便整理他激动的头发，她很认真地找出原来的发际，用手指头挑开他的鬈毛头，还原到起初的三七走向。动作轻巧而娴熟。她小声地在他耳朵嘘道：没事了没事了。那股子热气进了他的后背，像在安抚一个受委屈的孩子。他也着实受到了安慰似的弯下腰扑在她肩上，那是一个单薄的肩头，但却有令人温暖的支撑。当然安慰他的还有她肚里他的孩子。

我后来才知道事情就出在那张贺卡上，是杰生的爱人写的。大卫无意中看到这张贺卡上热烈入骨的示爱，于是发现了这个秘密：杰生喜欢男人，一种过分的喜欢。他的英俊他的才气对于女人都只是装饰品，却是为另一个男人而设的。以后大卫谈起儿子，只是心痛地说他应该结婚，多么优秀的一个青年。他当然知道这不是结婚不结婚的问题，但是他坚持这么说。他痛斥三藩市这座同性恋的大本营。这么一个把体面看得比什么都重要的男人，偏偏摊上一个“不体面”的儿子。

接下来的事情就是“据说”了。据说婷婷跑去找杰生：你一生没有爱过异性不觉得遗憾吗？他反问道：那你一生没有爱过同性不觉得遗憾吗？婷婷眼里有了一丝绝望，跟杰生眼里的那种绝望有几分相仿。她最后说：杰生你抱抱我好吗？这一抱，婷婷绝望得更加彻底了，知道那手臂不是为她设置的，是没有结局的。她望了杰生几分钟，转身跑了。

几天后，这栋房子的远处出现了一个白人青年，凝视了一会儿，转身离开了。他就是大卫的儿子。杰生再也没有回这个家，直到六年后。

以后的许多日子里，我时常看见大卫一个人面对墙上的儿子，冲着这个儿子发脾气，也冲着他自己发脾气。每次电话铃一响，他日渐衰老的目光就发出一道孩子式的探询，电话一被拎起，目光便转为无望徒劳。我妈妈带着揭人隐私的语气说：如果想他了，就给他打电话。谁在想他了？他心虚地说，被人当众揭发后的羞愧恰恰证实我妈妈说对了。我妈妈叹口气说：你说咱们俩怎么回事？我有一个女儿和我不亲，你有一个儿子和你也闹成这样。大卫也跟着叹气道：我们还有机会。我知道他们是指他们将要出世的孩子。他们想：在我们身上的失误可以在下一个孩子身上得到纠正。我在心里也叹口气：这个家庭里怎么不能有一点正常的人跟事呢？

可怜的大卫这时无论如何也想不到，他在失去第一个孩子的不久也失去了第二个孩子。

第十二章

你背着我爸爸干的就叫 cheating

这里很静。走的人少，步子又轻。学生一般不愿意上这来，即使到这都不由自主地放慢步子。像我走在这，脚步轻拿轻放，总担心不小心吓醒了威严。这里的地板跟教室区的像是两个时代的，新新亮亮的。办公室的门打开，我一进去就关上了。

米雪小姐原本不想对我如何，也没说什么重话，只是希望看到我悔不当初的伤心样。开始她是用“品行”“诚实”这些词的。她说：令人吃惊的是，许多学生作弊竟是无师自通。对心中没底的答案就答c，因为卷子放下来后很容易改成a，b，d，然后再说老师看走了眼要求重新打分什么的。十几岁的孩子就学会投机取巧，这能不让我们痛心疾首吗？你知道老师最讨厌什么动物吗？

女孩子两眼大瞪，连起码的猜猜也懒得做，很不凑趣。

米雪小姐自讨没趣地说：最讨厌的动物是cheetah（印度豹），因为它听起来太像cheater（作弊者）了。

我，偏不在她面前表示我有所谓，把手插到裤子口袋里。

她急得要命，拼命在我面前忍住不说出“道德败坏”这样的话。最后忍不住了：作弊，这是非常严重的问题，我希望你能很严肃地对待它。这是关于道德品质的问题。

刚从中国来的小女孩就是不明白：十六岁的玛丽每天放学要先去接她两个月大的孩子；彼得的钱包里从不缺避孕套，可是从来没有人说他们的道德品质有问题。而她不过是脖子往前伸了伸，这跟他们比起来算什么呢？这怎么就道德有问题了？

我的英语流利起来：你们美国十几岁的中学生动不动就怀孕，这才是很严重的问题，这才是关于道德品质的问题。

米雪小姐斜着身子看了我一眼，好像发现鸟讲人语般吃惊：这个孩子平时话都说不清楚，怎么突然英语就好了起来？她不知道愤怒能让人唇枪舌剑，让人伶牙俐齿。

第二天，妈妈也进了这扇门。进去时她的脸是白的，出来时脸又青又红。一半是被气的，另一半是被羞的。她就用这张恼羞成怒的脸把我押到停车场，三下五下折起我细长的手脚，装到车里，又用安全带狠狠地固定在座位上。

下着大雨，又是下班高峰期，所有的车子都动弹不了，车灯红彤彤亮成一片。天被雨哭得脸肿肿的，一副愁容满面的样子。我侧过脸望窗外，麦当劳那个鲜艳的黄色标志高高竖立着，我以前一直觉得它像一个好看的微笑，今天觉得它像一只撅着的等着挨揍的屁股。我再侧过左脸，是妈妈侧面的大特写。恼怒像火一般从她好看的眼里喷出，她保养得很好的脸，也残留着被火烧过的拧扭。难怪微笑变成挨揍的屁股了。

要骂就骂吧，我已经做好准备了。我挣扎一下绑在身上的安全带，大义凛然地说。

你真是丢人丢到家了。她的声音像回到了少女时代，又高又尖，似乎被金属打击乐猛然一敲，响亮出一种压迫后的愤怒，你怎么可以作弊？你在欺骗：你在欺骗自己，也在欺骗别人，最主要的是你欺骗知识。你知道事情的严重性吗？美国人最在意诚实了。

少和我谈美国人，你又不是美国人。

那在中国就可以作弊了？你在中国就作弊吗？她左手扶着方

向盘，翘起右手细长的手指头数落道：逃学、偷窃、作弊，你还有什么没做的？

我还没有吸毒。

你敢？！

你不要逼我哦，不然我明天就吸毒去。

她果真不敢再逼我了。她知道我的一身反骨远超出她的认识。

世界上任何东西也许都可以通过欺骗获得，只有一种东西是无法欺骗的，那就是知识。她一下子成了“中央新闻”，字正腔圆，抑扬顿挫。

我沉默片刻。

读书不是为了老师，不是为了父母，是为了你自己。你作弊到底是在骗自己还是骗别人？是你自己！

仍然沉默。

你知道cheating在英文里是什么意思吗？

我知道。你背着我爸爸干的就叫cheating。我激动地说，像堵了好久的污水终于找到泄口，又像一把迟迟不肯亮相的暗器，在最关键的时刻亮了出来。我的英语就是为了这个不备而来。

妈妈连忙斜过身子看我，呆了一下，是与米雪小姐同一种的吃惊。她才发现我的英语程度远比她认为的要高。我已经能将这个cheat活学活用了。cheat，破坏规则、作弊出猫、欺诈哄骗。这个词还是英语生动利索些。考试作弊是cheat，感情中的不忠诚也是cheat。它将出轨者那点侥幸、卑屈和玩弄公之于众。

我要回家。我叫。

你正在回家。她也叫。

我要回自己的家，回上海的家。我说罢就去打车门，妈妈迅速地把车门锁了。

我要下车。我提高嗓门说。

你哪里也去不了。她的嗓门比我更大。

妈咪——我突然大叫。

闭嘴吧。

妈咪——车。

一辆面包车已经冲了过来。

我无力描述那场车祸，只能用一系列的字眼概括：血、救护车、鸣叫，交通混乱。他们并不一定是按照此排列顺序发生，有些是瞬间同时发生的，有些则有前后。我们被送到了医院。我无大碍，妈妈失去了她的孩子。她额头飘着散发，嘴巴半张，发出走调的呻吟。一见我，就像等待我去营救似的大张双臂。妈妈弱小极了，需要我在她身边壮大声势。小歌啊，你妹妹没了，你不能再走了。

我正在犹豫，一回头就看见她的脸出现垂死的老母鸡那种哀态：悲伤的目光从美丽的眼睛里流淌出来，身体也如同受伤的母鸡那样微微地抖缩。十一岁那年妈妈回国，也是用这种目光望着我爸爸，让爸爸不痛快却心甘情愿地让我来美国。

如果说我还无法从她的表情判断出她的真诚，那么她的手绝对是真诚的。妈妈握住我的手，随之在我手心做了一个极为轻微的细节性动作：用手指在我的手心上施了点力，很轻，却有一股内在的力量从她体内传递出来，而我要的理由她也传递给了我。与六年前机场的分别相反，她不是甩开我的手，而是握得更紧了。六岁那年被妈妈松开手去，就已经注定我对手的表达格外敏感。

越是惊天动地的事件，越是过眼烟云，记住的往往就是这么一个细微的动作。它被珍贵地保藏下来，许多年后的今天我仍然记得它的力度与它留在我手心的感觉。就是这微不足道的动作让我改变了主意，我没有回国。我真正见到爸爸是在五年后，高中的最后一年。

突然我们母女二人很悲壮地拥抱在一块，成为没有彼此的一体。在对方的怀里才知道两个身体是那么的合体，那么的贴身。

大卫插在我们中间，拱手让出主角的位置，看这对母女怎么可以风风火火地战争，现在怎么又糊里糊涂地和好。先是自相搏斗，现在又互舔伤口。怀孕又流产整件事好像与他无关一样，而成了这两母女的事情。他夹在中间，不是感觉自己失落尴尬，而是自觉碍事，似乎妨碍到了我们什么。他站在一旁，踱着方步。步子越跨越大，自责也越来越真切。

我和继父的关系也是从那以后开始改变的。我的意思是我和他本来没有关系，是通过我妈妈才有了关系。我们主要是通过共同享用我妈妈做的所谓的中西合璧的晚餐，穿着同样烙下我妈妈不贤惠痕迹的一排扣子的睡衣，来了解对方的。那以后我开始真正地了解他，而且接受他。

我站在他的书房门口。

灯光将他从黑夜中勾勒出来，就这样，明暗二色。灯光照亮了他因为秃而呈嫩红色的头顶。他的面部就像纸头像，不是公园里花几块钱三下五除二剪出的一个轮廓粗糙、面貌模糊的纸人，而是神秘的中国民间艺术家的杰作：线条清晰、眉眼鲜明。由于没有语言交流的管道，他的举止行为成为另一种交流。他那没有完全张开就合上了的双臂，跟在我妈妈后面伸出的随时准备帮忙的双手，端着饼干盒站立在我房门口的样子都是一幅幅极生动的剪影，且独立存在。它们尺度的分寸感与动作的艺术性，巧夺天工。那是语言之前的语言——它耐人寻味又不乏最基本的表达。

大卫的形象理应更深刻，妈妈的丈夫对于我不可能仅仅是几幅剪影，但我几次都扭扭头把目光移开，总用打哈欠瞪眼睛面对他，不愿加强他的形象。直到这时，我才发现大卫长得不难看，梳着循规蹈矩的偏分，眼睛凹陷，越发衬出那管标志性的大鼻子。他与我爸爸非常不同。我爸爸是个天生的孩子，而他是个永远的老人。那般的睿智，端庄典雅。一个十三岁的孩子还不能对这个对比给予更多、更准确的解说，在今后六年同一屋檐下的朝夕相处中，我会给予它更多的观察，直到可以完全诉诸言词。

我冲大卫笑了笑。大卫也很高兴地对我笑了笑。

其实大人很喜欢对他们友好的孩子。大人认为孩子拥有比自己纯净的心，来自孩子的友好就是一种获胜。越是成年，与世界有越多的接触，越是希望赢得孩子的好感。当然这一点是我成年后才发现的，孩子意识不到这一点。正是因为意识不到，这种友好显得尤其珍贵，而且神秘，带有某种不可探知的仲裁。

我叫了他一声：犹太爸爸大鼻子汉堡包。那是种孩子式的戏耍，要惹大人生气，也要哄大人高兴，总之注意到孩子就行了。

他看了我一眼，大概是想起那句“我庆幸自己没有一个像你这样的女儿”，对我抱歉地笑笑。他想这个小女孩再怎么反叛，也没有反叛到喜欢女孩子啊。他的身子倾出书桌，他的目光也倾出眼眶，那是一个邀请：让我进他的书房。

一排排的书规矩地立在书架上，书桌上躺着几本常用的资料书。其中一本字典翻了又翻，受过潮，又被岁月一点点地烘干，渗下一条条土黄色的印子。纸张膨松，两片深红色的硬皮封面如何也裹不住臃肿的身躯，索性随它春光外泄。这些书或站或躺都像战士，守卫着他们的国王大卫。这里是一堆有气息的知识学问。

你有很多书哩。你都读过吗？我指指书架。

哦，它们只是装饰品，为了让客人有个好印象的。我从来不读。只有无趣的人才读它们。

我笑了，他也跟着笑起来。

你喜欢读书吗？

我点点头。我想先应下来，以后可以慢慢喜欢。

他突然有点讨好地说：如果你喜欢，将来这些书都可以是你的，我的孩子。

现在回想，我知道自己的心是在这一刻被牵动了。这个失去两个孩子的父亲想以他的全部财富换取一点好感与亲情，就像愿意拿全部玩具去换取一点友谊的儿童，那般的无助与可怜巴巴。

喜欢读书好呀。他试探性地轻微地拍了一下小女孩的头，知道这次是被允许的，才施了力上去。我的孩子，我的孩子，他呻吟道。小女孩知道自己做了某种顶替。他看她的目光是那么慈爱，她却看不到自己，看到的只是他不在场的儿子。然而他带有乞讨性的慈祥已经让小女孩不忍把头收回来。女孩子甚至有点怜悯地想，就让他拍拍吧。

他也感觉到这种亲情的可疑。他感谢小女孩没有揭穿，没有像她妈妈那样跟在他后面大声唠叨：别死要面子活受罪了，给你儿子打电话吧。他感谢这一切。

他问我读过哪些美国作品，喜欢谁。

我说我在中国时读过《麦田里的守望者》，当然是中文版的。我喜欢J·D·塞林格。

他是犹太人。大卫冒出这么一句。

大卫的犹太特性早被我刺激出来了，现在只是找到了一个入口。接着他告诉我美国几位著名的犹太作家，辛格、贝娄等等，他说，他们都是诺贝尔奖获得者，他们都是犹太人。他又告诉我犹太人获诺贝尔奖的比例是世界其他民族的二十八倍。支配当今世界思想的有三位是犹太人：马克思、爱因斯坦和弗洛伊德。再接着他就说起法西斯惨无人道的大屠杀，而犹太人却从中学到置之死地而后生的自强不息。

这时他看见他面前的瘦小女孩，两眼大瞪，目光茫然、不解，还有点莫名其妙——好像在说这个大人在说什么呀？就是在饭桌上面对他的发言我最常见的表情。他知道自己讲多了，也深了。他感到对牛弹琴般的无趣，但是他并不遗憾，因为他尽了责任和义务。

大卫需要我在现场去进行这么一场演讲。他需要观众，然后进入无人之境。他忘乎所以，他只管他自己，自娱自乐。而他又会因此而受挫。因为他太把观众当回事，所以常对观众是否会产生共鸣不自信，一不自信就陷入冷场的窘境。

正当他挫伤之时，那个小女孩眨了一下她的黑眼睛，说：那个著名的作家海伦呢？她也是犹太人吗？

他笑了，刚才的失意一扫而光：她的继父是犹太人呀。

我冲他做鬼脸。

他一本正经地说：人人都是犹太人，只是他们不知道。

我是后来才知道这是马拉默德的名句。大卫欺负我年幼无知，随便摘抄名人名句，而且不说出处，长大后，读了书长了见识，我大有上当的感觉。

他说我现在应该读一些英文书籍。他站了起来，到书架前面，想找一本适合我读的书。他的目光扫视着一排排士兵的面孔，粗而短的手指划过一排排士兵的肩，就像元首阅兵。思考的时候就把圆圆的食指按在滚圆的鼻头上。

他挑了两本书，一本是他写的童话故事。我最欣赏的他的作品都与他儿子有关。这本是他为他儿子的出世写的，一个不着边际的童话。很难想象这样沉静的男人会写童话，而且写得有模有样，带有声音——一个少不更事的孩子闯入一家乐器行东击西撞出的各种声音。后来他又为他儿子的死写了一本书。六年后，杰生病逝，大卫悲痛欲绝，文字成了他唯一的寄托，字里行间无不是对儿子的思念。我读过，一本非常深情的小说。

我捧着他写的童话故事：真的是你写的吗？他点点头。哇呜。哇呜什么我也不清楚，只是一个孩子没有思索的激动。他笑笑，有些感动，让他感动的也正是一个孩子不假思索的激动。我是一个教授，同时也是一个作家；我教书，同时也写书。哇呜，我又叫，再次没有思索。他又感动了一下。对一个十三岁的孩子来说，作家从来都是叫人兴奋的。我是一直到现在才知道作家是这个社会可疑、顶难叫人放心的职业。

另一本是《老人与海》——我读的第一本美国文学，不仅因为它与诺贝尔奖有关，而且因为它与我的继父有关。大卫就是研究海明威的。我很奇怪他没有研究犹太裔作家，比如卡夫卡、贝娄或者辛格。他说：我关注的是如何做学问，并不是如何做犹太学问。你如果有兴趣，你将来可以去研究犹太文学。被他说中，我的大学毕业论文就是《美国犹太小说研究》。

选择海明威，在当时最重要的是与我的英语程度有关。大卫是这么说的：这就是海明威，干净简单，你应该读得懂。这本在我英语程度还很弱的时候接触的小说，为我与美国文学进行了一次美妙的约会。一个老人，一个孩子，一个大海，一条船，一条鱼，美到了极致。

他写得真好。他像沉寂在缅怀里的追星少年。我相信我继父清澈的文学感觉。

跟你比呢？我问。我并没有揶揄他的意思，当你对整个世界没有足够的认识的时候，你会找一个标准，而他就是我当时认为的美国现代作家的标准。

他笑笑，好像感谢我拿他跟海明威比较，又好像随便与人比较是件不好意思的事情。我不能和他比。到了这个份儿上，谁比你强，谁不如你，一眼就看出了。他是天才，与生俱来的。下面的话大卫是不会说的，但他是知道的：大卫生命中无数次地以勤劳与天才作战，他像与上帝摔跤的雅各，如果不给我祝福我就不走。大卫也在与命运中隐现的宿命摔跤，不达目的就不罢休。

我也是从文学开始了解继父这个沉静孤独的男人的。他没有美国大众身上那种毫无忧患意识的乐天派精神。一种东方式的忧患和温雅笼罩在他身上。这与他犹太人的基因有很大的关系。祖先被人迫害了太久，没有安全感。他自己说的。我在学校被人欺负过，因为我是一个中国人。他后来告诉我他小时候也被人欺负过，因为他是一个犹太人，而且是有钱人家的。他是一个三棱镜。在犹太人面前他露出犹太人的一面，在美国人面前露出美国人的一面，在我们家里，他是一个美国犹太人。

他突然心血来潮将他的文章给我看，要我念出声。遇见我不认识的字，我就拼出来，他解释什么意思，有时他干脆就换个词。他是这么解释的——海明威的东西从不晦涩。

我念，他坐在一边静静地听着我滑稽的英语，手指轻轻拍打着膝盖，带着享受的笑容说，如果全篇都是这种文字会给人们带来惊喜的。有时他打断我，不要再念了，这是一堆垃圾。

他的每一次评价，我都点点头，很是认可的样子。其实我根本看不懂，就像小时候背唐诗，从不理解。为什么看懂了才能认可呢？看不懂就认可不也挺好，至少善良。我每一点头，他就会心地一笑，还是为我不求甚解的认可。他看不出、也不在乎我吃力的跟随。于是两个人有了一唱一和的回合。当时我就想：如果我们只是这样的点头和笑该多好。他没有什么错，错就错在不应该去做我的继父。

一个很有意思的场面：我念他的作品，他听他的作品。就像为那些暂时还出不了书的作家办的读书会，自唱自醉。后来我知道大卫就是读书会里成长出来的作家。他年轻的时候时常出没于那类读书会，站在小舞台的中央，把手中的一笔一画和梦想传播出去，哪怕传播给了一片冷漠——听者从不当真。

我们没有别的交流，因为我们没什么可交流的，但是一切的交流都有了。日后我成为一名作家就是这交流的最大证明。

第十三章

爸爸的美国赶集之行

这种交流方式一直维系了很久，一直到书桌的颜色败下，一直到这个女孩的英语毫无口音，一直到这个男人的头顶沙漠化，我们仍然在继续。六年后他已经可以听到流利的英语，不再需要忍受。大卫仍然是手指轻轻拍打着膝盖：如果全篇都是这种文字会给世界带来惊喜的。有时仍然会打断我：不要再念了，这是一堆垃圾。只是他说“会给世界带来惊喜”的时候越来越多了，一两句自以为“会给世界带来惊喜”的句子，只是给他自己带来惊喜，最后连自己也惊喜不了了。

我对他说：等你得了大奖，像诺贝尔文学奖什么的，我要给你写个传记。

他笑笑。无论玩笑还是认真，他都可以接受。后来我不敢再说这样的话了，因为我和他都知道，他再也经不住这种玩笑。

海伦，你知道吗？我准备为海明威写本传记。写他的人很多，多得就像模仿他的人。可是我相信只有我写得最好。你相信吗？

我信。

谢谢你，海伦。他抬头冲那少女笑笑。就像六年前那么不假思索的信任，他感谢。

他眼前的少女身体的巨大变化，让人忽视语言已经暗地里偷偷地做了交换。当然是英文稀释了中文，中文的浓度不断地降低。他还记得我的第一篇英语作文是他帮助完成的。帮我加上一个the，再去掉一个a，加一个s。直到我怎么念怎么不像自己的，这篇作文才算完成。现在这个女孩子常常嘲笑她妈妈英语的先天不足。六年前让他担心英语用词不当的小女孩，如今她的中文开始让人担心。两种语言永远无法平分秋色，两种语言的交接似乎没有预兆。

前不久我发表的第一篇英文小说就是大卫替我寄出的，题目是《我的梦想就是种棵能长钱的树》。我妈妈看了说，这也叫小说？还能发表？而这方面我与大卫往往有共识，好像没有他特别喜欢的小说而我会特别不喜欢的。我们喜欢的理由大都接近，不喜欢的理由往往南辕北辙。我们都热爱海明威、卡夫卡。我不喜欢杰克·伦敦，理由是杰克笔下的中国人都很龌龊；他不喜欢卡波特（Truman Capote），理由是他是同性恋。

文学是我和继父之间最安全的话题。他常常会将他正在读的书和正在写的书告诉我。阅读与写作的过程对于他其实是非常隐私的事情，不好当众去谈的。就像一个人整理他的衣着、修整他的指甲，或者剃理他的鼻毛，是非常个人的行为，不好当众去做。现在他将自己隐蔽的思索告诉我，不设防。同时他也不再像六年前只对我说犹太人的光荣和杰出，会当着我的面对犹太生活和传统中的各种阴暗因素冷嘲热讽——就像他跟另一个犹太人一起似的。我感觉他开始真正信任我了。

我们两人正交谈着，我妈妈敲门进来半个身子，没头没脑地说：我希望你把你的这个脑袋浸泡到黑色的染发剂去，记住，不是红色，更不是彩色，是黑色。你爸妈都是中国人，生不出一个黄头发的女儿。

然后，她的表情出现了少女般的激动：海伦，你知道吗？你爸爸要来美国了。

这些年来她真诚地希望爸爸成功幸福。希望爸爸能够再婚，再生一儿半女，却一直接到爸爸不好的消息。先是与原单位领导不合，妈妈说，国内坐机关那一套我还不知道吗？唉，你爸爸这个人太正直了，请客送礼那一套他最不行了。后来下海开公司经营不善，妈妈又说，做生意就是一个奸字，你爸爸哪里行？总之，她一直为这个怀有少年情怀的大个子男人的不顺利寻找种种理由。她还说，爸爸性情中发达的男性气概及悲天悯人的侠义情怀特别容易吸引漂亮温柔的女人，只是脾气需要改改。她比谁都由衷地祝福我爸爸幸福。

她一直希望有那么一天：读完爸爸的信，她轻轻地吐口气，像是如释重负。之后把信递给我，你看看吧。根本等不及我看完信，她就汇报，你爸爸结婚了。她下意识地看了我一眼，看我对这件事情的反应，却先让我看了她的态度。她用眼睛讲了下面这句话——这下我就不用那么内疚，你也不需要那么恨我了。仿佛我爸爸一日不娶，她就亏欠他一日。

这个场面是我妈妈等待的，可是没有到来的那一天。几年后爸爸病逝，终生没有再婚。我妈妈也就处于终生的愧疚当中。

这样的代表团总是层出不穷。那段时间美国景点突然出现的一群西装革履、面容憔悴但精神抖擞的东方男人，其中一个就是我爸爸。身体仍然魁梧，只是身体里藏着一个不好的肝，不好的胃，喝酒喝的。到了三藩市，代表团里的大多数人都出去参观，他留在旅馆里，等着我去。那天我穿着一件有点旧、有点学生气的白衬衣——是根据我妈妈的指导——不要太与这个社会过不去的打扮。我到了就说：跟我走吧。我妈在家里做了一桌子的菜等你去吃饭呢。妈妈叫我请爸爸到家去坐坐，她觉得自己请不太方便，爸爸也不一定会答应，而爸爸总不好去驳他女儿的面子。

我把我爸爸接到我妈妈的家。妈妈老早就等着了，身体紧紧地靠在门框上，收紧已经略凸的小腹，尽量让出最大的空间让爸爸进去。爸爸进来了，妈妈还残留着收腹的姿势，她微微松口气后才将小腹还原。

进来进来，你瞧这里乱的呀。其实不乱。她一大早就开始收拾，为见面创造气氛。

大卫不在家，说是有事。我总觉得这是借口，他是故意让开的，让我的父母可以少些尴尬，或者让他自己少些尴尬。

两人进屋，说着话。说些宾客必说的话，也感觉到一些客套。都是简单的话，没有话外音。一切的问答都是对应的，问完这个国家问那个国家，答完这边情况答那边情况。是男人与女人的对话，不再是丈夫和妻子的对话。于是他们是一片的客套和礼貌，原谅和理解。表情也很简单，像中国古代长廊上雕刻的男女偶像，太平盛世下的歌舞升平，那般的轻歌曼舞。

我从厨房端了两杯可乐出来，他们立刻冲我笑笑，感谢我把他们从不习惯的礼貌中拯救出来。他们非常需要我在现场。现在他们都看着他们的女儿走来。十八岁的少女，那种长得有点漂亮于是就以为自己非常美丽的女孩子。

女孩的母亲想：现在的年轻人自我感觉怎么会这么良好呢？许多年后的一天，自己病得不轻躺在医院里，这个女孩子会带着她的孩子去看她。而那时的女孩子就是一个胖胖的讲话大声的中年妇女。她觉得这么想想才能与面前这位感觉过于良好的年轻人平衡。

女孩的父亲想：他再和这个女孩子走在一起时，不仅她会招来目光，连他也会招来路人的注目。他禁不住笑了笑，觉得自己有点浪漫了。

凭着自己对父母的了解，我猜想他们大概会这么想我。

我绝对是父母优缺点的大融合。这个少女拥有她母亲的额头鼻子，她父亲的嘴巴眼睛。甚至可以看到十八年前——确切地讲——是十九年前的那股子激情。她的父亲母亲如何铆足一股劲儿，一股子不达目的永不停止的劲儿及对彼岸的快乐永远够不着的焦虑，一心一意地制造她。然后在大家庭的饭桌上像老牛反刍一样将根本来不及体会的快乐重新拿出来回味，那份避人耳目所享受的快乐竟然被放大夸张了，比实际发生的强烈。原来肉体的快乐比起心理上的满足是微不足道的。他们在众目睽睽下望着对方激情浇湿的发梢，交换了一个意味深长的眼神——我们是这样的相爱。

时间的推移，场景的转换，过去的就真的过去了。现在，这股子激情使他们有点害羞，甚至微度的羞耻。这种羞耻感立刻让他们围绕这个少女展开话题。

英语没问题。小孩嘛，学得快。想不到吧？她现在的写作是班上最好的，老师当作范文读。是吗？小歌。她刚到美国时是挺不适应的，上课听不懂，而且她老觉得自己家庭跟别人不一样，心里有事。后来发现美国像她这种情况挺多的，就不再有想法了。现在应该说都不错了，成绩也有进步。这边功课简单，有时我还给她加点题，她表姐有一些国内的数学课本，有时我也叫她做点。钢琴课一直在上着。刚来时我担心她压力太大，没让她学钢琴，过了几个月什么都比较适应了，我就又带她学琴了。小歌，给你爸爸弹一首。对了，小歌，把你们科技课上做的模型给你爸爸看看。

妈妈流利而毫不连续的单口剧伴随着她的许多习惯性手势。中间也有停歇，观察对方的表情，等待对方的反应，也有爸爸时不时传来的“这样啊”“噢”的应和声。只是那声音比较起妈妈夸张的语气来，显得毫不重要。我就在妈妈的口头指示下弹了一首曲子，又秀了我的模型。

很困难地挑出我这六年的优秀表现，我妈妈带着一点夸张的欣喜陈述着，像向前来视察工作的领导汇报工作一样。妈妈也适度地加了我无伤大雅的小毛病，比如爱睡懒觉，还有点丢三落四。她说这些小毛病时，也习惯地掺杂着对我一贯性的微微的摇头，表示对年轻一代自由散漫的容忍。她要爸爸知道这些小瑕疵，正是因为她对女儿的身上那么一丁点儿的不完美的不纵容姑息产生的。当然这点小毛病也很大程度上增加了她的汇报的可信度。六年粗糙的美国生活在妈妈的打磨下有了光泽。逃学、偷窃、作弊、与她无休止的争吵，都从谈话中一一省去。其实应该听听她是如何对大卫抱怨我的，它的可信度高多了。妈妈当然不愿意让爸爸一到美国就听说这桩桩的不快，她更不愿意让爸爸看到她和我的不和，这是她绝对不愿意让我爸爸一家人知道的。她在反诅咒。

爸爸平稳地点点头，像是还满意妈妈的工作汇报。

我的在场，才让妈妈意识到她是女主人，有勇气起身尽女主人的责任：我随便做了几个菜，马上就好。小歌，带你爸爸参观一下你的房间。

我把爸爸领到我的房间，就像当年妈妈把我领到这一样。不同的是，我望到哪里，妈妈就解释到哪里；而爸爸望到哪里，我随着他望，爸爸问了，我也无太大的兴趣回答。爸爸四处察看后坐在床角说：要是跟着爸爸，爸爸就不能给你提供这么好的条件。我想爸爸一定也是因为这个送我到美国的，现在他认为自己做对了。我没有说话，事后我很想告诉爸爸：与他在一起的时光不是大房子可以取代的。

我问：你们这是什么代表团啊？

他答：上海中小企业家代表团。嗨，这个名字挺大，其实就是公家花钱让我们出来免费旅游一下。

我问：那感觉怎么样呢？

他笑：像赶集一样，像我们插队那会儿到镇上赶集——走马观花呗。

我问：美国跟你以为的一样吗？

爸爸"啊"了一声，没有听懂。

我又解释：美国是不是无非就是比中国先进些、科学些、进步些，同时也冷漠些、人情味少些？相对落后与贫穷也挺好的。什么事情都需要使上力气，花上心情。每件事情完成得都不容易。在美国什么都一刷卡就行了那又有什么意思呢？

他看了我一眼，没有作答，隐隐约约得知我并不局外，从始至终我都不局外，我什么都知道。

他没有继续这个话题，而是问：听你妈妈说你要考柏克莱，学医？

哪里，那是她说的，又不是我想的。爸爸，我要到纽约去上大学。

他立刻警觉地问：那你妈妈同意吗？

为什么要她同意？

他明白刚才在客厅的一片昏然的祥和是个幻象。他想了一会儿，急速地分析他对此所负的责任。他发现他对这一切已经无能为力了。他又不是在上海滩混世界的老大，他能怎么样？他只能说：小歌啊，你看爸爸这个人吧，嘴巴没边没沿的，说话有时候没分寸，爸爸以前说你妈妈的那些话也都是气话，这么多年了，你不会还记得吧？

爸爸，不关你的事。我恬淡地说。

妈妈突然敲门进来：说什么说得这么开心？我也听听。

没什么。也许是因为我和爸爸有过一段相依为命的日子，那份深情像一张网一样。妈妈应该能想象它的密度，而她永远也进不来。

妈妈败兴地说：哦，那吃饭吧。

到了楼下的餐厅，妈妈冲我爸爸招呼：随便做了几个菜。便饭。

妈妈没有像做他老婆时那样大叫：宋伟洗手去。爸爸也没有咋咋呼呼道：洗过了。其实他只是到卫生间背着手听了一会水流声，意思意思。真的吗？有没有用肥皂洗？妈妈像幼儿园阿姨问道。用了用了。爸爸又咋咋呼呼地想混过去。妈妈走近他：把手伸出来我检查一下。爸爸理亏却不认输地反驳：我又不是刚刚上完厕所，为什么要用肥皂。妈妈立刻转向我：小歌，告诉你爸爸，为什么吃饭前要洗手。讲卫生。小女儿奶声奶气道。你真是连一个五岁的孩子都不如。妈妈瞟了爸爸一眼，随手把他往卫生间的方向推。那一眼真是媚极了。

这些对我的父母已经是永远的过去了。属于夫妻的争吵与亲密对于他们真的过去了。

我爸爸嘿嘿一笑：太客气了。

这是张中国传统的红木饭桌，腿脚细细的，吃力地顶着一张沉重的桌面。雕刻着拐弯抹角花里胡哨的图案，给灰尘找到一个安全的栖身之地，也给妈妈一个与灰尘作战的机会。我妈妈在中国古董店喜欢上了这张桌子，它站在大厅的一角，上面摆着中国陶瓷，还有一瓶花雕。周围与之相称的有纸扇子，中国字画。你看它多好看。我就是喜欢红木家具，它们永远不过时。妈妈对大卫说。之后又去看了几次。大卫终于趁着一个降价机会买回来，事后妈妈并不喜欢。她只是喜欢想要一样东西的心情。

盘子、碗，叉子、筷子，妈妈的酱油、辣油，还有大卫的奶油、番茄酱，让我爸爸一目了然地看见妈妈与继父如何在一个地盘里相互侵略，又相互包容。

四菜一汤，都是我爸爸爱吃的地道的上海菜。说是便饭，我们已经吃了一个星期的准便饭了。妈妈这些日子里反复练习这几道爸爸爱吃的菜，不停地问我，好不好吃？跟你奶奶比起来？后来我出于同情与厌烦大声回答她：好吃极了。她才不往下问了。

桌上摆有鲜花，是我妈妈最爱的百合。餐具也是很少拿出来用的英国产的骨瓷，是妈妈和大卫结婚时，大卫母亲送的礼物之一。我们平时都是用餐巾纸，这次换上了餐巾布。

不需要去听我父母都说了些什么，其实他们什么也没说。那些谈话永远是无关痛痒的。现在想起，还是一片的温馨，仿佛是和睦的三口之家。

爸爸，你有女朋友了吗？我突然说。

爸爸说：小歌已经是小美国人了，学会美国人的直来直去了。

妈妈训斥道：你这孩子真是没大没小的。妈妈眉宇间轻微的动怒，眼神却充满了少女般的求知欲。她比我还好奇。她是希望我问的，因为她不方便问。

这有什么的？我就有男朋友了。

你有吗？妈妈盯着问，我怎么不知道？

你们现在不就知道了嘛。

海伦！

我笑着对爸爸说：这是妈咪在饭桌上最常说的一个单词，海伦海伦海伦，就像一只鹦鹉一样。一次我们到法国餐厅，她也这样突然“海伦”一声，人家还以为她在叫服务员呢。

爸爸的眉宇出现瞬间的迟疑，他想，等等，怎么一个叫“海伦”，一个叫“妈咪”，这两母女他完全不认识一样。后来一想，这是美国啊。他也只能这么想了。他自己消遣自己：海伦？

妈咪？喂，我没走错家门吧？

叫习惯了。我随便地打发他。妈咪也不搭理他，因为这个问题我们都不愿意谈，谈到一个程度，再深不下去。

爸爸感觉蹊跷，蹊跷到一个地步，他也只能暂且回避，回头慢慢消化。他另起话题说起我姑姑的孩子，成城这孩子真有出息，自己考上哈佛的全奖了。

妈妈说：我就知道这孩子错不了。成城从小就不让大人操心。当年她回国对我姑姑说，将来成城如果想出国深造，她一定会全力帮忙。我姑姑说：成城是会出国读书，但他必须自己考出去。

我听完就说：这个学期完了，我要飞到东部去。我要去那里上大学。

说完有点心虚地等待妈妈的反应，不料她只是轻微地笑笑。她无非想表明她不把我的话当真，不把孩子的任性当回事。

我说：你没有意见吗？妈咪。

妈妈仍然平淡地说：你最好是选择加州的大学，给我学一个找得到工作的专业。

我喜欢那边。我一直想去那边。

从什么时候开始？

我一直想这事。

爸爸说：好，独立。像你妈妈。

妈妈扫了爸爸一眼，爸爸马上配合地闭了嘴。妈妈接着说：她不去东部，她上加州的学校。这是我可以负担的。句号，不要再争了。

为什么我非要在这里？

因为这样我就可以虐待你了。

我妈妈像大多数的中国知识女性一样，敏感、有点自恋和对这个世界隐约的羞耻感，却严重地缺乏幽默感，特别是拿自己开玩笑的幽默。突然间幽默起来，我都不知道如何做表情。而我爸爸先我一步知道这时可以（或者说应该）笑。

他笑了，我才跟着笑。最后我妈妈自己也笑，她才意识到她也会幽默。而她感觉我爸爸是最早开发她幽默潜能的人。

临走，妈妈往爸爸手里塞了一包东西，再次从我的辈分发出称呼：这是给爷爷奶奶的。这是给姑妈的礼物，这个是给姑夫的。没有给爸爸的东西。其实我妈妈最想送的人就是爸爸了。可是那样礼物就不是礼物了。她几乎没有去看我爸爸的眼睛，埋着头，她在哭时从来不红的鼻头会在她害羞和激动的时候发红，红得晶莹剔透。她的动作急促而羞怯，却不想让我们察觉这种急促与羞怯，生怕她由于内疚急于想补偿我爸爸一家人的心情被我们发现。

我明白这些礼物的意义，它有自己的表达方式。就像妈妈改口按我的辈分称爷爷奶奶一样，它是另一种表达方式。礼物就是请求。

爸爸看着他前妻慌乱的手，说：你这是，唉，太客气了。他笑了两声，又接着说，那我就不客气了。妈妈把礼物从自己手上递出去时，一阵丢掉包袱后的轻松。

是我爸爸太客气了，客气到不想让我妈妈再这样内疚下去，于是收下礼物，收下我妈妈包装在礼物里的无限内疚。那么重感情地冲妈妈笑笑。这笑让我妈妈知道自己已被原谅了——他即使没有原谅他的妻子，但他一定原谅了他孩子的母亲。于是她更深地内疚起来。

第十四章

天下的父亲都一样

爸爸只在三藩市逗留六天，我开车带爸爸到处逛逛，我的学校，我常去的图书馆，我最喜欢的电影院。我们两个又像哥们儿那样，或者说就像一个锅里的豌豆。这是英语的说法，我的母语没有这种表达，似乎我英语的部分占了上风。而这部分恰是爸爸不熟悉的，我迫切地想让他了解我的一切。而我妈妈又迫切地想知道我爸爸的一切。每次回家，我妈妈都急迫地问我，你爸爸有女朋友了吗？

我说：你想知道啊，那你自己问呀。

她嘴唇一翘：你们每天在一起，难道他就没说吗？难道你就没问吗？你怎么一点也不关心你爸爸。

我说：这叫什么关心，如果关心他，就帮他找一个。

她知道我又在跟她斗气，便不说话了。

我没有告诉妈妈其实我每天都在问我爸爸这个问题。他交待我走后他确实谈过两三个女朋友，可是后来都觉得不合适。我提及他的那个女徒弟，他突然眼神一暗，带过一句：她小孩都已经能打酱油了。我想爸爸心里一定有某种遗憾，而这却是由我造成的。我对爸爸说对不起。他摸摸我的头，对不起什么呀。我们真在一起了也不一定合适。我不打算告诉妈妈这些，因为我并不信任她。

爸爸临回国的时候，妈妈终于改变了问题，换成问你爸爸有什么需要我们在美国为他办的吗？这次爸爸还真有事求我妈妈。爷爷得了老年人骨质疏松症，爸爸听人说美国有一种药非常有效，只是不知道哪里有卖的。在饭桌上我说了这事。大卫说他有一个亲戚在这家药厂做事，一会儿突然悟过来，其实是他前妻的亲戚，但他仍然可以帮忙问问。我爸爸听说了，说：哟，原来老外也讲走关系啊。我说：别的老外走不走后门我也不知道。反正与中国人联姻的老外都学会了中国人的那一套。

大卫帮爸爸买了药，交给我。我突然说：大卫，为什么你不自己亲手交给我爸爸呢？大卫看了我一眼，想琢磨我有何企图，然后说：我可以这样做的。相当理直气壮的样子。他就是想告诉我他毫不心虚。

这么多年相处下来，我发现他是一个可以让我接受的人，除了有点吝啬，有点故作姿态之外，没有太大的毛病。相中了一件家具，可以耐心地等待大减价，而且总能等到；钓鱼钓到母的小的放生，属于环保主义者；开车遇到暂停标志，即使在荒无人烟的地带，也要让车胎与地面摩擦三秒。他已经被我妈妈训练得很中国，像中国人一样晚上洗澡；吃惊时像中国人一样“哎呀”一声；会说亲爱的，我想吃你的上海泡饭。而且已经征服了黑蛋（他始终管松花蛋叫黑蛋），只是必须泡在上海泡饭里吃。而有时他仍然美国得十分地道。每次我练完钢琴，正觉得自己粗枝大叶，却总能得到他慷慨的赞美：真美妙真悦耳，你太棒了。从那种由衷与夸张看来，是地地道道的美国性格。连批评我也先以表扬为铺垫：你做得非常好，但是如果可以这样一点，那么你就完美了。

这时是高中的最后一年，我在大卫的大学拿了一些课，其中一堂就是大卫的英语写作课。我和他的关系不经介绍没有人会怀疑。妈妈笑问上继父的课有什么感觉？我笑答就跟在家一样，只是在家我不用做笔记，因为我不用考试。

他给我们讲美国文学。他竭力演出，其实就是努力地把美国文学入门者逗得哈哈直乐，而且他还要对下一批再下一批的学生重复同样的笑话。在最容易赢得笑声与共鸣的时候，他有意识地做片刻的停顿，让全教室出现整体的急切，他再继续，果然效果特别好。然后他的眼睛会投向全教室乐着的人群，像是欣赏自己的作品。就在他向全教室机警且飞快的一瞥中，看见一个像走了神的东方女学生，木讷，抵触。那是他十二岁继女在饭桌上的表情。

这个女生多是不笑的，这些笑话她已经听了三十二次了。我也觉得这个女生这样不好。一群人已经被征服得东倒西歪地笑，只有她像要跟别人过不去似的正襟危坐，脸上一副不屑一顾的老派。这是对别人劳动的不尊重，几乎关于道德品质的问题，而且严重地缺乏集体主义精神。更要命的是有时她会单枪匹马地笑在前头。就像一个相声段子听了十几次了，太清楚哪里是铺垫哪里是高潮，在高潮到来前早早安排好的笑声有时没有控制好，就提早释放出来。到了大家共乐时她已经笑饱了。几次后引起同学的不满，像是搅了他们的好戏。

总之，我笑与不笑都非常诡秘，与众不同。几堂课下来，已经有人知道我和大卫的关系了，甚至对我的分数产生了怀疑。

这天下了课，我与大卫驱车去爸爸的旅馆。我先下了车，大卫去找停车位。

爸爸一看到我就很高兴，可立刻又缩住笑容，脸一紧问我作业做完了没有。这就是父亲，他们绝不感情用事。做完了。我信口一说。他又追问真的做完了吗？我说今天是星期五，我向来是星期天晚上才做作业的。我这个人需要压力才能把事情做得更好。他笑，你怎么还跟小时候一样？

这时，一个白种男人向他迎面走来。瘦高、谢顶、多毛的四肢，坚挺的啤酒肚使上衣短了一截似的，是大卫。他像第一次走向我一样地走向我的爸爸，中国商务代表团清一色西装中的一个。那个男人梳着小平头，西装穿着倜傥。

爸爸吃惊地看看他，又讨教地看看我，想从我这里看出一点上下文来。可是我的脸没有为他提供任何线索。

白种男人越走越近，声音先到了：你好，我是大卫。一口蹩脚的刚从我这里倒卖过去的中文。

爸爸仍在猜测这个白人的真实来意。他的脸终于在站立在我继父面前时，出现了一个体面的笑容。在大卫面前完整展示了东方男人非社交的笑的全过程：从浅到深，从犹豫到真诚，从混乱到单纯。爸爸那只手犹犹豫豫到了面对面时，突然摆在大卫面前，像半路杀出个程咬金。

继父显然一时没有回过神来。等到他反应过来也伸出手时，爸爸的手已经微微地缩回。继父抢过爸爸那只准备收回的手，暗中使了一股劲，像是对刚才迟钝的补偿。

有意思的不是握手本身，而是握手的过程；重要的不是握手的过程，而是握手的象征意义。

继父真诚地拍拍我爸爸的肩头，轻盈然而有分量，似乎是男人间表达他们含蓄的好感，又似乎在说，他知道我爸爸的失去，但是他不打算道歉，因为那不是他的错。

这两个男人终于站到一块了。他们完全是不相干的人，而且是完全不同的人，如果不是我妈妈夹在他们中间，他们有什么关系呢？完全可以像路人那样不设防，那么友好而轻易地打个招呼，再擦身而过。现在他们像两个军团，经过一场充满误伤的战争，终于坐到一起碰了一下杯子。

有时候我很喜欢看两个男人之间的行为。他们似乎比女人善于应付这类局面。他们都知道怎么回事，但他们以不知道来掩饰，掩饰不了了，也要假装他们能应付，任何时候。有时候我会想如果我爸爸和王海涛见面会是什么光景。

我可以替我妈妈感觉出她在场时的内心混乱。站在这两个男人面前，就能知道妈妈从一段婚姻走向另一段婚姻所做的全部修正，甚至是矫枉过正。

十八岁的我已经可以替我妈妈对这两个男人进行一些分析了。继父比我父亲复杂多了。我爸爸是和谐的，尽管他经常发脾气、摔东西，但他是自然的、统一的，很少有自我冲突的时候。

继父表面上有着温和的性情，温文有礼、通情达理，但他满心都是悖逆，他无法摆脱这种几乎是与生俱来的悖逆，他无力跳出命运中规定好的东西。就像我父母那个年代的中国人没有选择地必须去爱毛泽东，否则就会孤立。就像我们这群少男少女会去崇拜某位歌星，在演唱会现场像吃了摇头丸似的尖叫、摆动身体。我们的出生已经有了一些安排，我们只能照办。我们既然不能选择出生，我们也无法选择这些安排。

只是继父内心的悖逆如同他表面的和谐，是建立在一种关系视野上的。悖逆在过程中呈现出一种分离，但在他性格的结果上却形成了和谐。因为他不服气，不断地在精神与现实、传统与现代、超验与经验、固守与变异中自我调整与说服，不断地对各种悖逆有机融合，终于整合为一种和谐。他的和谐就是由他的冲突形成的，这就是我妈妈的再次选择。

我这个讲法有点矛盾，可我妈妈能理解。她的爱情就是在这番对比和探究之后产生的。她为他艰难的和谐着迷，她理解他吃力的跟随。这与她的气质与经历相匹配。他让她觉得安全。他镇定了她。

爸爸与继父见面的时间很短，用各自非常有限的中英文交谈。谈得很简单，却很认真。他们感到应该用这种态度对待这次见面，毕竟此别今生都不一定会再见。果然这是两人唯一的一次见面。

两人微笑，且频频点头，很有默契。我走过去一问，才知道一个谈的是金星的事，一个谈的是木星的事。他们还以为他们谈的是一件事，见我过来，与我核对对方是不是这个意思，我笑道：是的。他们也笑了，非常纯真的笑：我就知道是这个意思。总在两种语言之间徘徊与困惑的我第一次感觉言语不通的便利。人类起建巴别塔，上帝下来变乱人类原本一样的言语，这是一种祝福。彼此用微笑交流，这样的交流是没有误会的，因它的朴素而具备最原始的准确。在善意的情感面前，一切语言都显得太具体太肤浅了。

我让出空间给他们，不去听他们到底说了什么。无须追究，因为最本质的交流就在这微笑中。

回家的路上，大卫话不多，安静地听着我声情并茂地讲述关于我爸爸的一切。听着听着，心里忧郁起来。他想，过不了几年，在这个少女的婚礼上，他会告诉她，她是这个世界上最美丽的新娘子，可是女孩子仍然会如此声情并茂地对他说关于她爸爸的一切。我猜想他心里说了什么，因为我问他你在想什么，他说他想他的儿子了。杰生这时刚刚从哈佛的法学院毕业，回到三藩市成为一名见习律师。

我不以为然地说：那么就告诉你的儿子。

他摇摇头：这就像在瘤上贴邦迪——不管用。我的意思是你不觉得在这个时候要求原谅有点自私吗？

好吧，我告诉你是怎么回事：你们就这么下去，你们会失去另一年，再一年。直到一天，你发现一切太晚了。另一方面，让生气走开的好处就是你也不需要再生气了。

大卫盯着我，意思是那你和你妈妈的关系呢？原来道理我也都懂，只是办不到。

可大卫办到了。几日后，大卫就请他孩子的母亲转告他的孩子，希望他能回来一趟。仅此而已，他并没有多说。到了那一天，他没有参加任何活动，还取消了一个会议，专门刮了胡子，修了鼻毛。全副武装地去跟儿子谈和。

现在他静静地坐在沙发上。

茶几上那盏昏暗不醒的台灯投出一小块的光线和大面积的影子，为大卫的这次谈和预备着心情。他恰好坐在台灯的暗影里，昏黄的灯光如同一把无形的剪子，将他从黑夜里裁剪出来。脸部比以往的任何时候都更具有剪影的分明，呈透明的黑暗。饱满的额头、深陷的眼睛、宽大的鼻子都上了色。他比以往的任何时候都具色彩。我为他泡了一杯茶，他竟然没对我说谢谢，仿佛陷进无法自拔的呆想。

他又回到了六年前我对他的认知中，回到剪影的时代。我喜欢这剪影，灌注了大卫的沉默而本色的语言。最基本的情感就在这剪影之中。

杰生很晚才回来。他刚刚从橄榄球场上下来，头上倒戴着运动帽，手上拿着橄榄球，汗水细珍珠般地撒在脸上。眉宇间洋溢着激动，赛场的兴奋还没有从他脸上完全退去。他带着自己世界的精彩突然闯入他父亲为他预备的世界里。他的神情与眼下青灯黄卷有点风马牛不相及。他显然没有把父子之间六年后的第一次见面太当回事。

面对大卫的隆重，杰生有点不知所措地说：对不起，我来晚了。

没有关系，无论你什么时候回来，我会一直等你的，一直等。大卫说，目光从老花镜中跳出来。

一直等？杰生眼珠子快速地转动了一下，很是提防，像是有一个陷阱等着他。

是的。我想我已经很长时间没有这么等你了。大卫同时也在等自己，等自己的愤怒逐渐退去，等自己的父爱逐渐回来。

爹地，你是要对我说什么吗？杰生不放心地说。总是这样的吧——在厨房里妈妈和你说话是为了一次免费的教导；在客厅里爸爸等你是为了一顿痛骂。

不，仅仅是简单的问候你还好吗？这些年你过得好不好？

我很好。

大卫看着儿子，说：我想你，儿子。不，我想我们。

一声“儿子”，杰生险些落泪，他才知道自己这六年的失去。可他偏偏对这猛来的一阵关怀凶狠起来：爹地，你突然间说，你好吗？你怎么样？我想你。你不要忘记是你叫我离开家的。好，那我回答你，我都很好。非常感谢。

那就好。那就好。大卫还是那么忍辱负重地一笑，像不计较孩子无理取闹的慈祥父亲。而那笑明显将自己这些年来的痛苦都收藏住。

这种微笑可以引起任何一个子女的内疚，杰生也不例外。他收敛自己的态度，问道：那你们呢？你们大家好吗？

我们也不错。我们还是老样子，海伦就要上大学了。还有婷婷，还记得吧，海伦的表姐。你知道她在读什么吗？在读哲学啊。大卫加了个感叹词，他的意思是：你自己看看，你把好好的一个姑娘逼到去读哲学了。

杰生不置可否地翘了一下左边的嘴角。

大卫沿着自己的思绪说话。他说：我可以问你一个问题吗？

杰生翘起的嘴角吐出一个词：可以。

有人说，大卫说到这里，稍停了一下，因为他要说到一个让他痛苦六年的字眼，他需要做如此的喘息，再继续作战。有人说，说同性恋是上帝憎恶的事情，是违反自然规律的。你怎么看?

杰生露出“我就知道有一长篇大论等着呢”的表情，他说：爹地，每次你问我对某件事情的看法时，其实是你想告诉我你对这件事情的看法。

你知道我的看法。

我想你也知道我的看法。

大卫点点头，坚持不与儿子计较，坚持用那种慢条斯理的父亲的语气：你可以不回答我的问题，但是你总需要回答人家这个问题的。我问你，不是要告诉你我的看法，而是要让你知道如何回答人家。一定会有人这么问你的，一定会的。他们不会这么容易就放过你。你要知道如何保护自己。

杰生失语了。不知道这番宠爱的话从哪来，又因何而来。杰生知道父亲已经将自己从“他们”“人家”群中分离出来，父亲一定分离得撕心裂肺。

大卫避开儿子的目光，像是自己领受不起一样：不要这么看着我；也不要以为我赞同你。如果我可以选择，我仍然希望你可以像正常人那样。只是我是你的父亲。

我是正常的，我并没有要求做一个同性恋。

大卫点点头，认真地说：我知道你没有，就像我没有要求有一个同性恋的儿子。

这进一步的宠爱让杰生更加失语。好一会儿后，杰生哑着嗓子戗道：为什么？我的意思是你以前对我那么的不屑。六年了，你从来没有关心我，没有生日卡，没有一个电话。六年啊。我等你电话等了六年啊。

我努力地想给你打电话也努力了六年，儿子。

现在你又突然接受我了。为什么？

大卫站起来。一边摘下眼镜，在他的衣角上拭去灰尘，一边点点头，像是说他知道他会这么问。他说：大概是因为时间到了吧。那天我陪海伦去送她的爸爸，我突然意识到，我有一个儿子活在这个世上，而我却不了解他。除了他是同性恋之外，他什么都不曾让我失望。他是一个好孩子，最重要的是他是我的儿子。无论你是什么，你都是我的儿子。这是最重要的。

大卫深凹的眼睛突然填满了泪水，为自己这六年面壁思过翻来覆去的痛苦。他重重地拍拍儿子的肩，那重量是他自己。他说：我爱你，儿子。

这泪水这重量让杰生的心极易被感动，他感到那是一种牺牲。杰生叫：爹地。

大卫顺着这叫声流了更多的泪：儿子，我想我们两人总要有一个人先跨出这一步。

可是我从来没有想到先跨出的这个人会是你，爹地。

儿子，这个人应该是我，只有接受了你，我才能接受我自己。你不知道这六年我是多么的自责。

因为你把我赶出家吗？

不仅是因为这个，大卫的眼神哀哀的，我常常在想是不是因为我做错了什么才导致你成为同性恋，是不是小时候我对你不够关心？是不是我和你母亲离婚让你对男女关系不抱希望？是不是我给你学业上太多的压力？我怀疑自己不是一个好父亲。

大概只有我知道大卫的书房这几年平添了多少关于同性恋的书，包括中国的《品花宝鉴》。有一次他问我，你觉得同性恋是天生的，还是后天的？我说不知道。这些假定没有得到证实之前，它们便是亚科学。像大卫这样的父母，就不可能不自责。

大卫小声地呜呜哭起来，一声哀似一声。嘘——嘘——杰生上前，抱住父亲，在父亲耳边轻轻吹着，温存地拍哄他的父亲，像在安慰一个孩子。但这不但没有止住大卫的泪，反而让大卫落下了更多的泪。

杰生移到他父亲对面，在他面前蹲下来，杰生对大卫说：同性恋是天生的还是后天的，也许这些还没有被证实，但是，爹地，我告诉你什么是已经得到证实的，那就是你是个好父亲。

谢谢你，儿子。

说谢谢的应该是我，父亲。

六年后的这一天，他们此刻的相见，经过太多的思念等待，犹如战乱之后的相逢那般的隆重。

第十五章

太太存点私房钱在中国没什么的

就在大卫与他的儿子在客厅里上演战乱后重逢的重头戏时，妈妈坐在起居室她那张长沙发上，我看不清她的表情，她见我走来，对我说：海伦，你爸爸出事了。

就在爸爸访美期间，他遭受了人生中另一次背叛。他的合伙人趁他外出卷款而逃。爸爸因此债台高筑。妈妈愤愤地说：太可恨了，他怎么可以出卖你爸爸呢？他也忍心？！他是你爸爸光屁股玩大的哥们儿。话一出口，却感觉自己不配说这话，于是退到一边自卑起来。我爸爸一次一次对人家掏心窝，一次一次被人家捅刀子。用我奶奶的话说，爸爸此生最大的不幸就是遇人不淑。

以后的一个星期，妈妈就一直这样坐在那长沙发上，不哭不笑，也不说话。我希望看到泣不成声的妈妈，让我知道她和我一样难过。她是那么平静，也许她心里难过，只是没有表达出来；也许她还有些庆幸，庆幸自己离开了这个倒霉的男人。

我禁止不了自己这么想，因为有一次一对家道殷实的台湾老夫妇来我们家做客，说起他们的经历：1949年我们去了台湾……妈妈笑道：那你们可走对了。我想妈妈现在也一定认为自己走对了。不然她今天就是一个穷光蛋的家属，而不是像现在这样坐在长沙发上。我从来摸不透我妈妈，自从六岁那年对我妈妈会回国的判断失误，我就一直处于对她的不了解当中。

就在我们母女各有心思时，大卫拿着一张纸走来。他的脸像鸡冠一样通红通红。佩戴这种色调的一张脸走来，将会发生的不难预测。大卫与妈妈爆发了我知道的最激烈的战争 —— 不是吵架，是战争。

比起和我爸爸，她与大卫的相处和谐多了，已经有了完美婚姻的雏形 —— 就是大卫和他前妻的样子。大卫完全没有意识到在他感受新鲜的异国婚姻中，重新找到了他熟悉的感觉，这种感觉让他安心。当然也会遇到意见相左的时候，他们首当其冲地把这怪罪于“文化差异”。比如大卫问妈妈：今天下班后需要我去接你吗？妈妈说No。大卫当真。妈妈回家发脾气：你为什么不来接我？大卫说你自己说不要的。妈妈说：我说No的时候心里想的是Yes。大卫说：那你就不能想Yes的时候说Yes吗？妈妈说：那你就不能在我的No里听出Yes吗？！

对对方异于自己的行径的探讨，对彼此永远达不到的理解的渴望，这使他们的关系不像他与他前妻那般相知相识，可也使他们的关系从来都不是乏味的。

大卫冲我妈妈扬了扬手中的东西，说：我们得谈谈。

好啊。妈妈坐在那张宽松的长沙发上故作自然地说。那种塌陷感让她一开始就处于低人一等的劣势。妈妈很快意识到这一点，暗里做了改变。

大卫弹一下手中的纸：这是什么？

什么？哦，不就是一张银行结账单吗？

我认为你欠我一个解释。

我不明白你在说什么。妈妈的坐姿看似随意放松，其实不然。她使了一股劲儿有效地防止自己陷入这种被动。从她手抓扶手的用力及两条直绷的腿，不难看出她的不适与紧张。她把自己放在沙发上，却没有把体重放上去。

哦，停止这套吧。立刻给我一个合理的解释，这是你欠我的。

我真的不明白你要我解释什么？我妈妈还是一种大而化小的语气。她在与大卫兜圈子，争取时间考虑作战方案。

那笔钱你做什么去了？大卫站在厅堂的一角，抖着我妈妈的私人银行结账单。

这对异国夫妻，尽管来自两个最善于理财的民族，两人脸上都有一股子要改变原本生活状况并且要为此付出努力的精明，还是对对方异于自己的金钱观念拿不出一个合适的态度来。

首先大卫很吃惊他太太的勤俭。比如他以前每一两个星期看一部电影，现在他太太用录像带取而代之。比如他太太从不放过任何一个减价出售的机会，总是耐心地剪下大小报纸的减价券。这个勤于家庭建设的上海女人比他这个犹太人还精打细算，将他那点菲薄的教授收入打理出相当不错的日子。他们付清了房屋贷款，而且打算另外购置一栋房子，用来出租。这些年下来，大卫好不容易才明白：他太太需要把每一分钱都用在看得到的地方。

更让他奇怪的是：在他看来，这个只要一撮米和一点酱油就能没有怨言地活下去的中国女人，会突然为了宴请宾客铺张浪费地大摆酒席；会突然为一个派对买一件上千元的名牌大衣。去年他们决定把他的车给海伦开，他再购置一部新车，他太太立刻翻开账本，盘算了一会儿说这次要买奔驰。他说有这个必要吗？她笑：节约就是为了可以奢侈。他想：她到底是个中国人，可以在节约与奢侈之间达到如此并行不悖的统一。

可是现在他再次糊涂了：这笔钱怎么突然看不见了，连个打水漂的声音都没有。他实在想象不出这个女人有能力突然开销这么一笔钱在一处看不见也听不着的地方。

我妈妈也很奇怪：中国人讲的“非淡泊无以明志”和“贤而多财，则损其志”在大卫身上一点也不奏效。大卫孜孜不倦地追求纯学术的精神世界，过着近乎于僵化刻板的生活，可这并不妨碍他对另外一个极端——金钱的务实且精明的态度，他对家里每一笔钱的分配、去向与目的毫不含糊。她想：他到底是个犹太人，可以将代表精神和物质两个极端的学术和金钱并行不悖地统一起来。

两人一直以来对彼此的金钱观抱着存异求同、殊途同归的思想，今天终于发现道不同，不相为谋。

我再问一遍，这笔钱去哪里了？我想我有这个权利知道吧。他蓝灰色的眼睛一抖，抖出了一股子气短：我有吗？

对不起。我妈妈面对如此大的气势，站起来缓解道。

我不需要道歉，我需要一个解释。

我也不知道，我还没有想好，也许什么也不做，只是存一笔私房钱。妈妈连忙为这场战争降级。她大概是这样想的：钱用到哪里并不重要，重要的是钱不见了。

而大卫却为这个真正地生气起来。他声音沙哑颤抖道：操你。大卫只有在公路上被人无缘无故地按喇叭或者被人冷不防超车时才脱口而出的脏话出现在客厅里，他自己都料不到。显然他把我妈妈的强词夺理当作公路上毫无秩序的蛮横超车，甚至更甚。

先来看我妈妈，垂着手，端着肩，背景是一片深蓝色的丝绒窗帘。像一个被丢入大海的孩子，她的表情相当无辜——像一个孩子做错了事却全然不知。但我得说，她是不天真的，是女人对作为女人的便利的了如指掌而来的狡猾。

太太存点私房钱在中国没什么大不了的。我妈妈突然为自己辩解了这么一句。

在我看来，就是很大的事。大卫的声音依然沙哑。

再来看看大卫，仿佛倒退了十几年，儿童被欺负被出卖的时候才有的神情，儿童的无助与委屈竟然来路不明地挂在这位体面尊严的男人脸上。他的头发花白，唇色泛白，乃至肤色灰白。一片暮年的黯淡。我想起了我爸爸，原来男人在遭受背叛时会如此相似。

你们老外有时候是很奇怪的。

大卫不是第一次听到他的中国太太管他叫“老外”，许多时候他会耸耸肩跟着喊自己一声老外，那动作是相当凑趣的。随后他的中国太太就会半嗔半娇地嗲过去一眼，那一眼是相当妩媚的。现在他第一次觉得这么别扭，还有轻度的受辱。他字正腔圆地纠正他的太太：你们中国人在美国，就应该学会和尊重我们美国人的生活方式。

我妈妈听到的是一股子的优越感，这是大卫不轻易流露的。不轻易是他的教养——也正是他的优越。

他们不记得有多少这样的时刻：她的黑眼睛和他的蓝眼睛相遇，像是从来不认识。一两句话所冒出的差异，将他们之间无数次的亲密接触化为乌有。

她的黑眼睛猛地杀出一道锋利：我希望你知道自己说了什么。

他的蓝眼睛坚决地挡住了这道锋利：我希望你知道自己做了什么。

我听出了较量。像两头斗牛，互相征服着，也互相讨好着。他们仍然希望对方先退一步，那样他们就放过对方了。

你想怎么样？她说。

我想怎么样？他说，我想这样。

大卫抖着账本，鼻翼翕动，歇斯底里地当着我妈妈的面将它撕成碎条。不是两只手一起撕，而是一只手固定着，由另一只手启动“撕”这个动作。从母体上一条一条消灭。然后揉成一团，向我妈妈那边砸去。一个标准的砸的动作，手臂从他的腰部出发，经过头顶，迅速地将纸团向我妈妈砸去。纸团的抛物线与地面形成一张弓，却由于极端的气愤，动作无法到位，纸团经过那只手漂亮弧度的漫长旅程，在他面前两米处就提早降落了，气息奄奄地落在他面前。他冲上前，踢了那纸团一脚，终于把它踢到我妈妈的面前。

如此一系列的动作将他的气愤推上高潮。足够的鲁莽，足够的气魄。

我妈妈并不吃惊，他会这么做的，六年前他就曾经这样撕过他儿子的贺卡。她没有去捡，连低头看一眼也不，却回头看我，焦急地寻找支持。她那么明确地向我投来一个需要助威的眼神。

十二岁来美国的小女孩一直希望有个机会递上这种助威的目光。这一刻，我不得不承认，这些年我一直装着一个小心思：那就是希望他们吵架，然后让她想起我爸爸的种种好，知道离开我爸爸是多么大的错误。这个心思太隐蔽了，甚至自己都不知道。现在有了机会，却递不出那种目光。

这算是高潮了。他们都安静下来，他们感觉有这个必要。他们沉默了一会儿，小心避开心头对对方的追究，必须沉默，必须避开，否则场面就会失控。

大卫说道：我觉得我们需要一些专业辅导。

大卫以前看过心理医生。我妈妈虽然也承认真实地暴露自己有利于对自身性格的了解，但她骨子里根本就瞧不起那玩意儿。她是用“瞧不起”这个词的，由于经历丰富而来的优越感，从而产生对一切肤浅事物固有的轻蔑。他们这一代的中国人所经历的无法探知的心路历程远不是美国心理医生所能理解的，更谈不上治疗。后来大卫说，你经历那么多，都没看心理医生，我也不需要看了。今天大卫重新感觉自己及他的太太都有严重的被矫正的需要。

我妈妈问，你认为那有用吗？这日子还能过下去吗？

不要问我问你自己。

这次恐怕我们想到一块儿了。她说。

他点点头：真要到这步吗？

我知道离婚这个念头正有一搭没一搭地在他们心头起着涟漪。他们都有上当受骗的感觉，当然谁骗了谁，他们的答案是不一样的。他感觉自己从这个女人单枪匹马闯进他办公室开始，就步步走入她的圈套。是她在诱惑他，是性骚扰。她一直在利用他，她从来没有爱过他。而她才觉得冤呢。不是吗？一个女留学生，面临生活绝境，他是她的上司，小小的要挟，微微的强迫，以一份廉价的奖学金换取了她整个身心。性侵犯。这是实质。

上当了，他们想。婚姻本来就是上了爱情的当。他们有些不甘心。

他离开现场回到书房。这时他发现了我，明白我全听见了。大卫皱起眉头，急急地看了我一眼，深凹的眼眶里疑云难消。他耸耸肩，首次将这个典型的美国动作做得十分无奈，像是讨教，含糊地带过一句什么：我就是不明白。声音很小，像说给我听的，更像说给他自己听的。

我运动着嘴巴，却不说话，只是不停地用力嚼着口香糖。不支持任何一方。

妈妈后脚到我的面前，她的目光比大卫复杂多了：验证、核对、索求，是向同类要求答案。她的声音也比大卫清楚多了，她说：我没做什么呀？女人存点私房钱这在中国没有什么大不了的，你知道的，对吗？在中国。

我还是没有说话。我不参与他们的战争。

妈妈又用上海话说：对勿对？侬晓得格。一用家乡话，似乎隐藏着更深的含义，期望也更迫切。

我对她期望的答复是吹出一个大泡泡，同时拿英语懒洋洋地说了一句“不关我的”——这时将泡泡“啪”地咬碎——“事”，于是这个词特别响亮。将事不关己高高挂起的中立态度明明白白地告诉她。

妈妈盯着她的女儿看。

我把自己裹在过大的硬而挺的牛仔装里，像一颗小糖果。肩部开到小臂，裤腰开到小腹，裤裆开到膝盖，全部都向下耷拉着。肥大的裤子露出半截内裤。还有酷野的手镯和挂链钱包。高中生就是喜欢那种码号上十分夸张的衣服，我们班的几十个同学不分男女全是这种酷样。每个少年都分承了别人，从形态到思想。十分青春的五官也是同样十分消极地耷拉着。目光是那种高中生特有的轻蔑，对自己对全人类的轻蔑。嘴唇上像挂着千年老锁，好不容易开了锁，也是那种电报式的短语。

她复杂的目光一下子单纯了，没有指望的单纯。我至今还记得我妈妈目光中的那种单纯。她早我一步意识到这个少女的没有准则。这个十二岁就来美国的中国小女人并不权威，也已经不那么中国了。意识到这一点，她沉重地吁了口气，像是对一个没出息的孩子指望不上了似的，心酸到了极点。她能怪谁，是她把一个青涩的中国女孩变成一个麻辣的美国少女。她转身离去。

只剩下我一个人在吵架制造出的硝烟弥漫的现场。我站在他们所处的位置的中间，看着这团纸和它的碎条。我打开，就像当年打开爸爸扔进垃圾桶里的信。我看到妈妈的私人存折：一笔突然消失了的数目。然后揉好放回原本的位置，就像将爸爸的书信重新扔回垃圾桶一样，就像小偷行窃之后将现场恢复。厚实的乳白色地毯，丝绒窗帘质地沉稳，水晶吊灯，恢复了一个安宁家庭的常貌。

只是那张长沙发的皮革扶手上添了几道指甲的划痕，那是我妈妈窘迫的手留下的。

第十六章

我们要讨论一下性这个话题了

他们第一次分房睡。大卫没有回卧室，住进了他的书房。接下来的几天非常滑稽。三个人谁也不和谁说话。在庞大的红木餐桌上，大卫突然冒出句：麻烦把番茄汁递一下。两个肃静进食的女人的头抬起，心想大卫是不是有和好的意思呀？我妈妈正想把她前面的番茄汁递给他。大卫把头一转冲我道：拜托了，海伦。我妈妈看了他一眼，把手上的番茄汁放回原处。一言不发的中国少女伸长个手臂去拿，再伸长个手臂递给大卫。大卫感觉自己这些年对这个女孩子的拉拢还是卓有成效的，至少他看不到一个中国帮。

我的嘴唇紧抿，像一起谋杀案幕后的知情者。

我的父母吵架，谁也不主动和好。就以孩子作和解的话题，一方问孩子今天怎么样？小歌今天这样了那样了。另一方这么一答，两人就算和好了。我是他们最安全的话题。现在我又成了妈妈与大卫的纽带。

海伦，麻烦你去叫大卫听电话。

海伦，你去告诉你妈妈今天我不回家吃饭了。

他们的交流还在，只是以我为渠道。我看着这个日渐衰老的男人与一个小腹微起的女人之间的争吵，觉得滑稽。他们一定是寂寞难耐了，才找个事情来吵吵，消除寂寞。

当然有些事情光靠我是不行的，他们只能自己面对。比如我妈妈以为她怀孕了，因为她的月经晚到了一个星期。她终于敲响了书房的门，尽管敲得已经十分小心翼翼也觉得像是不速之客。那种感觉她并不陌生，当年她就是这样敲响了系主任的门。

我需要和你谈一件事情。

我知道，我在等着。他的表情相当严肃。

她知道他误会了，解释道：只可惜我想谈的事情大概不是你想听的那件。

那是什么事?

我……怀孕了。她说这话时，自己也觉得有点不合时宜，这个孩子来得有点不合时宜。

不会吧，果然大卫惊奇道，后来也感觉自己的表现太明显了，哦，我的意思是你已经是四十出头的女人了，海伦都已经十八岁了。

她说：可是我的经期非常准时。

大卫叫了一声上帝，就开车出去了。回来时手上拿着一只测孕器，递给他太太，催促道，快试试，快试试。

她并没有马上去接那只测孕器，而是说：你看起来相当紧张。

我只是有点吃惊。你不觉得我们这个年纪有孩子让人吃惊吗?

不，你的表情不仅是吃惊，那是害怕。你在想我们现在这种关系，如果我真的怀孕了事情只会更复杂。

我根本没有说这话。

但是你是这么想的。

你想得太多了。我们还不知道你是不是真的怀孕了，我的反应都还不是反应。

正因为不知道，我才看到了你最真实的反应。

让我们知道是不是真的再说吧。如果是真的，我们不得不面对。

不得不？她重复。她想他对她两次怀孕的态度真是大转弯。大卫，听着，没有什么事情是不得不的。

测验的结果是两人虚惊一场。

现在有人终于可以松一口气了。她听见自己说这话时有些意味的轻笑。

大卫看了她一眼：我现在说什么都不会让你满意。

她也不回避道：对，因为你根本就不想它发生。

你想它发生吗？大卫又看了一眼她，我承认如果你现在怀孕，我会有点招架不住。我现在连我们之间的关系都招架不住。但是不意味着我们以后不会有孩子。我的意思是我们之间的关系改善以后。

不可能了。你不用担心了。

大卫仍然回到书房去过夜。大卫刚走，我又和她发生了一场关于怀孕的争吵。

是这样的：

我照例走进他们卧室对正在洗漱的妈妈道晚安，我说：妈咪，大卫还不回卧室睡觉吗？

她摇摇头，一会儿后她又说：大卫很计较。

她说的是英语。平时只有我们母女二人时，她只对我说中文。只有在她的美国丈夫在场，为了让他不觉得见外，才与我用英语对话。现在她改用英语，以为英语为她燃起了另一轮希望。她的目光满是期望。她知道如果是六年前，那个上海小姑娘会幸灾乐祸地说：活该，谁叫你嫁的呀？现在该少女只是懒洋洋地答道：嗯——哼。

她接着说：犹太人在金钱上就是计较。这在世界上是出了名的。我看啊，判断一个人是不是犹太人标准不再是信仰了，而是他们的金钱观。不是有这么个笑话嘛，一个犹太银行家的儿子在取得博士学位后，改信了基督教并讨了基督教信徒为妻，银行家伤透了心。一天他看见他的两个孙子在玩剪纸游戏，就问他们玩什么，两个孩子不假思索地回答：我们在玩银行家的钱。老银行家一听，顿时心花怒发，说：我的孙子还是犹太人。

嗯——哼。

她又补充道：海伦，你别看是他每个月发你零用钱，可像买钢琴这些大块的开销他一点儿都不愿意帮忙。像你大姨要给你外婆寄钱，你那姨夫根本没有二话，问都不会问。好嘛，我这要给你外婆寄点钱，那个费劲儿。还有，你大姨有一年要跟我借点钱，他说借是可以借的，不过利息要算上。要搞清楚呀，她是我姐姐啊，人家开这个口肯定是有困难，我管人家要利息，这以后还怎么做姐妹？

嗯——哼。

当然任何事情都有两面性。中国人最容忍和忍让，所以才容忍出每四个人就有一个中国人的强大生命力来，过分地忍让也就显得太软弱了；犹太人很认真，讲信用，可是认真过了分，就是计较了。

嗯——哼。

你怎么光嗯哼嗯哼的，你是嗯哼是的，还是嗯哼不是？

我的嗯哼只是代表我听到了。

难道你不说些什么吗？你不是对任何事情都特有看法吗？

不要再告诉我这些事情了。

怎么了？

没怎么。

她叹道：以前和你说什么，你还反驳几句，现在连反驳都懒了。

天呀。你难道看不出来吗？我不关心。我已经不是六岁了，你要和大卫怎么样我根本无所谓，你要和他离婚，或者再结婚我根本不在乎了。我有我自己的生活，而我自己的事情已经太多了，我要升学要工作，现在我爸爸又出事。可你和我讲的全是关于你自己的事情。别说他是犹太人了，他是人都会恼的。

她认真地把这话想了一下，说：那不一定。中国男人最大方，他们就不介意老婆存私房钱。

她又认真地想了一下，又说：至少上海男人是这样的。

我想她大概想到了我爸爸。

我说：那也要看这笔钱到底用到了哪里。妈咪，钱到哪里去了？

她突然学我的酷样，眉睫一收，嘴角一鼓——就是少年人那种不愿理睬天下所有人的模样，说：不关你的事。完全是我的口气与口头禅。

随便，反正我也不关心。我转身离开时，她脚底下垃圾桶里的测孕器进入我的眼帘。有一团弯成像问号形状的黑发遮羞般地压在测孕器上面。

你怀孕了吗？妈咪。

没有。

你在准备怀孕吗？

没有。

那你用它做什么？

因为我担心我怀孕了。可是我发现你们比我还担心我是否怀孕了。

我们？大卫吗？他是什么反应？

男人的反应。妈妈冷淡地说。现在轮到我问你了，你怎么知道这是测孕器？你只有十八岁。

因为我已经十八岁了，而且智力正常。

如果是这样，我觉得我们有必要谈谈了。在这个问题上，我不希望你和美国孩子一样。

我记得刚才吃饭的时候，你还对我说，你希望我和美国孩子一样。这是妈妈在饭桌上对我说起的一个见闻：今天我在超市看到一个小姑娘，五六岁大，要买一个玩具，她妈妈不答应，她就在地上又哭又闹，我看那意思是不买就不回去了。我远远地一看就知道国内刚来的。国内的独生子女非常不像话。好像天下唯我独尊，这样长大后，如何面对社会，如何与人相处？美国孩子就没有这样的情况。

我又说：那我告诉你，美国十七八岁的少女妈妈比比皆是。

妈妈拿我的断章取义毫无办法：所以你想怎么样？你也要你妈妈像美国妈妈一样，在女儿出去约会的时候替她准备个避孕套吗？

为什么不呢？

她瞪着眼看她眼前的少女，一副riot girl（暴乱女丫）的派头：颓废而极端，公然蔑视和反抗社会主流趋势。头戴三角巾，由于父亲到来而暂时收敛的串环和染头又还原了。身穿着一件带有字符的鲜艳喷彩体的吊带背心，露肚脐，肚脐上穿着圆环，亮晶晶的，老远就冲你打招呼。黑色的指甲油，十个手指带了八个奇形怪状的戒指。旧式的学生鞋突然又流行起来，少女哭着闹着也要，后来在二手店里买的。她刚来美国也是二手店的常客，是为了省钱，而女儿不是为了省钱，她新嫩而富足，所以想复古想陈旧，反主流些。她记得昨天我还是穿着一件掩护得跟城堡似的匪气十足的牛仔服，今天怎么就这么节约起布料了。她不知道一个极端就是为另一个极端做准备，她只知道两者之间的中端，她叫它正常，而我叫它平庸。高中生最看不起平庸，它比什么都不是还什么都不是。

你怎么又在肚脐上戴耳环？她刚问完，却又发现我的舌头上也穿孔戴环，她叫：天啊，你是不是有什么自虐倾向啊？

妈妈到我们学校很不解的是：我看人家白人学生打扮都还正常，头发颜色长短合适，为什么你们亚裔拉丁裔学生不少把头发染成鲜艳的蓝或绿？猛一看就像只彩色羽毛的鸟。妈妈只当他们盲目效仿，自甘堕落，并不知道他们中间也有不少人成绩良好、性情温良，他们只是对忽视他们的主流社会包括家长索取一份注意力。我就是这样。一块真真假假的刺青及在耳朵以外的身体部分穿针打孔，这种不伤害别人，却又让人难受的恶作剧就是希望妈妈注意到我，不要总想着生计，不要只关心SAT考试、校区或大学排名。

这也着实引发了骚动的折磨感。

她是怎么长成这样的？十四岁对自己的东方面孔突然改头换面，戴蓝色的隐形眼镜，染黄色的头发，以为这样就是金发碧眼了，与别的小朋友一样了。十五岁为了能去夏令营游泳，吃避孕药来推迟经期。十六岁用大卫的刮胡子刀剃腿毛和腋毛。十七岁带回家一个男孩子，大方地告诉家长，他是我的男朋友。这样的成长经历远在她的预测之外，她们经历着完全不同的青春。这样的美国女儿之于她，是另一种种族，她们有着大概比两个种族之间还难以逾越的文化鸿沟。她除了能叫句“天啊”，便不知所措，拿不出一个恰当的态度来对待。

这一天，我刚约会回来，客厅的灯就亮了。海伦，现在几点了？你去哪里了？

这时的我正在检验着普通意义上的男人，开始偷偷约会，但谁也不认真。半夜回家，提着鞋子迈着轻而怪异的蛇步穿进自己的房间。我不是怕把他们惊醒，而是怕他们认真，更怕他们醒后无休止的盘问。

我和帕特出去了。

我不是跟你说过许多遍了吗？大学之前不要谈恋爱。

然后她有模有样地走进来告诉我，她用测孕器是因为月经晚了，又突然向我表达她对我的忠诚：海伦，妈妈不想再有第二个孩子了。这辈子你是妈妈唯一的孩子。

好的好的。我无动于衷地说，打了个哈欠，现在我要回去睡觉了。

我们谈谈性这个话题吧。

妈妈突然说，而且突然改说英语，让英语去说她难以启齿的话。

外语就像一件外套，加上非民族性的夸张的手势和习惯动作作为道具，成为一种盾，从此有了某种可以防守的便利。她躲在盾后面，以为也能谈几句性的话题。即便这样，这话到了妈妈口中，还是无端地不自然起来。我敢打包票，她肯定又是受了某本亲子杂志的影响，它们总会讲一些套话：什么如果你不用“正确”影响他们，那么你的孩子就会被“错误”影响；什么你若不积极地花时间在孩子身上，他们会惹上麻烦要你花更多的时间去收拾。我妈妈感觉有对话的必要，只是她强行套用美国家长的模式，有点造作。她甚至无法正眼看我，好像说错了话想立马打住，好重新来过。

说吧，妈咪。然后就一脸祥和地看着她，这一看她就更受不了了。

是这样的……哟，你要不要喝点东西？她完全掩饰不住她的不自在。

不，谢谢。我就是不让她脱身。

她闭了一小会儿眼睛，坚定决心，豁出去了。她开口说道：像你们这个年纪对性都特别好奇，其实没什么可好奇的。

我涂得像两片银贝壳的单眼皮一翻：我早就不好奇了。

她害怕地追问：你什么意思？

我就那么若隐若现地一笑，她更害怕了。

她皱皱眉，就是我奶奶蹙眉的翻版，表示她觉得我太随便。我也跟着皱皱眉，表示我觉得她太不美国，太不酷。

海伦，你看看，男人女人是不一样的。当一个女孩子说我喜欢你，她的意思是我们可以成为男女朋友；当一个男孩子说我非常喜欢你时，他的意思是我想和你上床。当一个女孩子说到我家来玩吧，她的意思是我想把你介绍给我的父母；当一个男孩子说到我家来玩吧，他的意思是我想和你上床。当一个女孩子说我想进一步的发展，她的意思是我爱上你了；当一个男孩子说我想确定一下我们的关系，他的意思是……

我大声地与她异口同声：我想和你上床。

妈妈没有听出我的调侃，而是认真地说：你终于认识到问题了。

这种时候她更习惯用英语，而我也更习惯听她讲英语。犹如种种常人嘴里吐不出的词汇在妇科医生那里有绝对的空间。当那些敏感羞涩的词汇还算大方正确地从她唇齿之间轧压出来，说中文的妈妈会突然脸红起来——这些话我可说不出口。可是事后，说英文的妈妈又会稍微轻松——我已经对她说过了。操用中文与英文，是表达自己的两种方式。我们同时用英语时，英语的那种率真也让我们少了那份针锋相对。

最后我有点不忍心了：妈咪，我都知道。学校里都教过。

我突然的体贴与善解人意让她有点失措，她只好笑了笑，觉得自己无能的那种笑，畏缩地站在一边。我想如果我把在学校听到的看到的告诉她，她会一蹶不起的。更让我受不了的是她对无知的优越感，你们也太早熟了。我像你们这么大的时候，我什么都不懂。

我对她说：妈咪，不要担心我，担心你自己吧。管好你自己的事情吧，管好你和大卫的事情吧。

我和大卫的事情不用你管。

你们交流有问题。

是有问题，因为我的英语先天不足。她突然开起玩笑。

妈咪，你知道我的意思。

我们很好。

是吧？我轻快地应道，你和大卫最后一次的性生活是什么时候？

她愣住了，脸刷地就红了，然后像被掐到要害的猫那样惨而无力地“呜”了一声。如果地上有条缝，她会一头钻进去的。她不可能这样问她的父母，中国子女不可能这样质问父母。她想这是谁对谁进行性教育啊？女儿给她扫了一次盲。她望着面前嚼口香糖的少女，这是谁家的女儿啊，该少女与她在音乐学院门口所期许的那个女儿完全没有重叠嘛。那天帕特捧着一束花来家里接我，正赶上他们都在家。妈妈对大卫小声嘀咕：这个孩子是谁呀？大卫说：他是海伦的同学。你不记得了吗？他曾经来过我们家。我妈妈点点头：我知道，我是说这个女孩子是谁呀？

天啊，你不觉得一个十几岁的女孩子开口性闭口性的十分下作吗？她说。她希望我成为一个对自己对他人都知道羞耻二字的中国传统少女。一个女孩子不懂害羞是件糟糕的事情。

MEIGUOLÜDIAN

美 国 旅 店

第十七章

现在应该是物归原主的时候了

大卫在他的书房睡了几天。

我妈妈和我站在书房门口，他正睡着，两只胳膊趴在书桌上，供着一个大头，耳朵贴着桌面，侧露出一张宣告战败的灰白的脸。耸起的肩膀显得格外大，是个温暖的肩膀，我的妈妈曾在那里安过家。外套滑到腰部。妈妈蹑手蹑脚地走过去，迟疑了一会儿，她想自己是否要做这个讨好性的动作，她不愿意让大卫感觉她理亏或者有主动修好之嫌，但还是伸手将落下的外套披了回去。妈妈那双修长的手做起这个动作格外的温存。这个动作惊动了大卫，他的头从胳膊上落下，还碰倒了一本书。他没有去捡，连看一眼也不，而是一睁眼就去看他的太太，就像任何一个清晨一样。

当两个人一说话就会吵，而且还可能是用两种语言吵的时候，不说话最好。

站在门外的我温情地看着这对异国夫妇，心底第一次希望他们好好地过下去。我叹了口气，目光也惘然，何必呢，都这把年纪了。

他还是开口说话了：我知道你的那笔钱做什么了，你不想知道我是怎么知道的吗？我调查过了。眼睛却说：你看看你吧，一个好好的正派人逼急了也能跳墙。

妈妈并没有马上回应他的宣战，而是扭过脸对我说：你回自己房间做作业去。我的妈妈像一场战争爆发前叫自己的亲人撤退、准备独自奋战的勇士。也许我错了，她是因为犯了错，不愿意让我知道才把我从现场支开。

大卫更直接地对我说：你可以回自己的房间吗？我想和你妈妈单独谈谈。

他们需要我离开，让他们自由地争吵。我扫了他们一眼，那种眼神的意思是：谁想听了？

我不知道他们具体吵了什么，但是可以断定这笔钱的去向使他们的关系更加恶化。后来妈妈终于同意一起接受婚姻心理咨询，算是一种妥协，一种屈尊。他们两人做过一些尝试，说自己宁愿共同面对问题，而不是一个人什么也不面对；还说两人一起生活了这些年，如果他们之间没有一点真情，没有一点值得挽回的，他们不会走这么久。但是很遗憾，他们的关系并没有好转。

大卫并没有太多时间经营他的婚姻，因为杰生突然病了。病得很重，重到了什么地步，已经写在大卫的脸上了。大卫变得异常的细心与体贴，连说话的声音都变了，变成初为人父的样子。面对一个无力表达自己不适的婴儿，他急于去掌握他的感受。杰生说不吃苹果，大卫也连忙说不吃不吃。对一个病孩子，父母总是特别谦让和宽容。杰生知道这是因为什么，甚至想一直病下去。这样，他就永远是世界上最好的爸爸了。除了这些古老的代沟，他从来没有怀疑父亲的爱。是父亲教他认星星，教他下棋；他记得他们为一场球赛争执不休，看着日落唱着《红河谷》。杰生的母亲用梳子一点一点整理他因病而脱落所剩不多的长发。这个女人总有得体的表达爱的方式。

他们一家三口终于再次坐到一起。我妈妈也来看望过杰生多次，可每一次的看望都让她觉得自己多余。他们友好的目光恰恰让她觉得：自己在这个家庭里多么多余。以后妈妈每次看望杰生都会拉上我，既然多余就再多余一个人吧。她大概这么认为。

三个月后，杰生哥哥死了，死于三藩市一片明媚的阳光之中。没有追思礼拜，只有一个小型聚会，婷婷也参加了。我轻轻地拉了拉婷婷淡漠的手，冰冷得寒心，那是一具多年前就冷却了青春的生命。她很少与我谈起杰生，也缄口不谈她的哲学。她是这么说的：哲学这东西能谈吗？有什么好谈的？好像能拿哲学怎么样似的。她知道她的哲学对于她的现实生活毫无帮助，有的只是障碍。

我们站在他的墓碑前，大卫伸手到西装内侧的口袋里去抽一个信封：这是杰生的遗言。杰生不想有葬礼，他说如果有的话，他就不出席了。

大家笑。就在这个时刻，就在这个公共场合，他对一切的人视若无睹，隔着人丛向他孩子的母亲点点头。他让我们大家在同一时刻得到同一信息：他只关心她一个人的感受。她回报她孩子的父亲一个点头，表示她收到了他的关怀。这使他们之间的意会有了礼尚往来之感。我断定那意会是走火出来的。一个以他们孩子为中心的活动，他们拒绝不了那种情分。而那目光证明他们内心的交流从来没有间断过。大卫与我妈妈也时常有这种目光的交换，却交换不出这么多内容。

我妈妈当然也看到了，但是她优雅地不让别人看到她看到了。

轮到杰生的母亲致词。她一身黑色，经历各种颜色才懂得黑色。好像有一首诗："黑色黑色，是美丽的颜色，当你失去一切，只有黑色，黑色是最美丽的颜色。"一直以来对外界事物的充耳不闻，及大智若愚的操守，终于使她有种超凡脱俗的纯真。几个月的病情她早已暗暗想到险处，现在不过是险情发生了。她说她还保持着打电话给儿子的习惯动作，拿起电话才想起他死了。说着就泣不成声了，这位悲伤过度的母亲当场就晕倒了。

大卫一个大跨步过去扶起他孩子的母亲。他带着侠气的营救，搭配上她离群寡合的古典美貌形成了一幅英雄救美的画面。人群中有声音说：她是不是需要一些水？后来我才分辨出那是我妈妈的声音。大卫说：相信我，现在水是她最后一件需要的东西。她只是需要休息一下。他右手支撑她的身体，左手除下自己的大衣，过右臂时，他换左手去扶她，右手除衣。然后将脱下的大衣披在她身上。动作不动声色的淡泊和流畅说明那习惯成自然的相知相识。他太太就在他的怀里安稳地躺了会儿，一切并不陌生。

我用“他太太”这个词了吗？哦，这是我当时的感受。也是我们大家的感受。

她微微好了一点后意识到发生了什么，看了我妈妈一眼，隐约的歉意。她不是那种不懂得场合与人情世故的女人。她挣扎出大卫的怀抱，想把大卫还给我妈妈。

我妈妈只装着看不懂那一眼，轻轻地把大卫往他前妻那一推：你最好先把她送回家。

大卫就站在他旧爱新欢的中间地带，等待着她们任何一方的进一步明确。

这里有我。我妈妈又说。

大卫对妈妈感激地点点头，这是全场他与妈妈唯一的一次交流，然后就扶着他孩子的母亲上了车。

大家给他们让道。披着大卫外套的她一直回头看我妈妈，她想知道一切是否妥当。

众人尽量当它没发生过，一派抽象的和睦。妈妈仍然对一些人进行安慰，也被一些人安慰着，只是这安慰中多了一层意味，他们说话时往往低头看自己的手，声调柔和，表示他们了解她的感觉。显然妈妈的识大体为她赢得了几分赞许，就连一向与她不太来往的公公婆婆也向她投来一两束认可的目光，他们轻声在我妈妈耳边保证他们的儿子会马上回来的。妈妈优雅地一笑。那种东方女人十分柔和且最具忍耐力的笑容，非常受人尊重。

可是妈妈一回家就收拾起了东西。起先我以为她生气要离家，发现她并不是整理自己的衣物，而是大卫的东西。我知道事情严重了，打电话到大卫前妻家里，叫他回家。我说你要是再不回来，恐怕就回不来了。大卫说：你妈妈刚才不是还挺正常的吗？我说：你和我妈妈生活这么久，对中国女人恐怕还是一知半解。大卫说：我怎么不了解了？她们看起来像小绵羊，一结婚全成了大灰狼。这时就听见他前妻柔婉的声音：大卫，你应该回家了。我突然不忍起来，美国版的“王宝钏”正在上演。

大卫赶回来追在我妈妈后面问：你做什么？

妈妈头也不回地说：我在打包。

大卫大步流星过去：我知道你在打包，你为什么打包？

妈妈仍然亮给大卫一个背影：把东西放回它们应放的位置。

你这是什么意思？大卫追着背影问。

现在应该是物归原主的时候了。妈妈终于给了他一个正面。

我不明白。大卫明白。

今天在葬礼上你还不明白吗？

看在上帝的分上，大卫的手势很大，她是我儿子的母亲，我们的儿子死了。

她远比你孩子的母亲重要。

不，她只是我孩子的母亲。

是吗？那一眼、那一抱怎么解释？

好了吧，如果你这样说，我更有话要说。你和你的前夫呢？那笔钱呢？告诉你，我还没忘记。想起它我就讨厌你。

我们不一样。我对他有歉意，有责任。那不是爱。

那为什么我不能有这种感觉呢。那也不是爱。

我知道那不是爱。那就是比爱更加要命的情感。我知道那种情感，我也明白否认这种感觉的感觉。我有过这种经历。

可我们现在不是正在接受心理辅导吗？

是的，我们都在努力，这一切都有意义，但是并不真实。

大卫突然对我妈妈说：我仍然爱你。

他像流尽最后一滴血的战士，又说：我想你应该知道。

我的母亲一愣，这句她与大卫每天都会说的话，今天像是藏有玄机。这句话首次变得扑朔迷离，它可能是分手，也可能是和好。

大卫见没有回声，问：你呢？他那深凹的眼睛异常地深情。

我的妈妈也第一次深情地说：我也爱你。

他们相互对望了一眼，情深意切，然后把目光转开。因为他们知道：他们的局面已经无法挽回，连爱情也无能为力，就算这么望穿秋水也是于事无补。他们也想从头开始，但他们更想不再继续了。这才是他们最真实的情感。

我第一次知道“我爱你”也可以理解成“分手”。这使我在很年轻时就窥见了爱情的深邃。更讽刺的是，我的婚姻也是以“我爱你”来结束的。

临走，妈妈给了他一个拥抱，恋人分手时才有的那种拥抱。那种紧度那种柔度。大卫伸出手，替我妈妈捋了捋垂下的发梢，擦了擦眼角的泪。这是他们最后的亲密动作。

大卫是个不坏的男人，更重要的是他适合她。我已经替我妈妈开始回忆了，并且遗憾。

第十八章

我永远是你的大鼻子犹太爸爸

当他们恬静地谈起离婚的种种事宜的同时，我接到姑姑的电话：爸爸由于郁闷喝多了酒，开车回家出了交通事故，撞死了人，正面临一场官司。而那天妈妈和大卫找我说他们很抱歉，他们决定离婚了。

我冲妈妈大叫：我爸爸出事了，出事了。他出车祸了，人死了。

她着急地说：你说英语吧。谁死了？

我的英语表达妈妈很快领会了，说：吓我一跳，还好不是你爸爸死了。

可我爸爸会坐牢的。

妈妈上前安慰我：海伦，现在就剩下我们母女相依为命。

大卫像所有美国家长那样给我一个结实的拥抱：我可以为你做点什么？

我说：有一件事情你们可以做的，就是祈祷我爸爸平安。如果他出了什么事，你们也别想有好日子过。

爸爸出事后我时常无端地发脾气，而妈妈变得十分谦让，像对病中乱发脾气的孩子。她知道我心里很难过，竭力要对我好一些，可是我并不领情。饭桌上她不断帮我夹菜，可从来不问我是不是爱吃这些菜。从来不问，没有必要。她有权为我决定，她了解她的孩子。我却总是生气地把菜夹回给她。那个反感母亲美国化的小女孩现在开始反感妈妈的中国化。

她还不断地与我谈心，突然间要变成我的把兄把弟，谈话时会突然出现年轻人扮鬼脸耍酷的表情——将下垂的嘴角和满是皱纹的眼角挑起——以为这样就和我是朋友了。什么我们部门的白合小姐打算去哈佛，她到哈佛不是为了学习，而是为了找老公，她说优秀的男孩子都在哈佛。什么史密斯太太是我见到的难得的谈起钱会害臊的美国人，那天我们一起出去吃午餐，是她付的钱，后来我把钱还她，你不知道她有多脸红，我喜欢这样，像中国人。朋友间一谈钱就伤感情了。

她想这样活在我的生活里，也让我这样活在她的生活里。这样把两种生活混成一体。我要是真顺她的意思和她说话——像哥们儿那样地说话，说到半截她会突然点着我的额头，要我拎拎清楚她和我的关系：我是你妈，不是你的把兄弟。她不断更换新的沟通方式，结果却是越显生疏。她的自信心就在这期间不见了。

我告诉她我要搬出去住，妈咪，我的爸爸出事了，我不想再和你生活在一起了。

她才明白，我把爸爸出事也清算到了她的头上。你爸爸出事了，你怪我吗？是我骗了他的钱吗？是我叫他喝醉酒开车的吗？

是的，我怪你。如果不是因为你，我爸爸就不会像今天这么惨。妈咪，你还不明白吗？我有我的生活，你有你的生活。我不像你，我也不想像你。

我想我跟她是不一样的人，而我也绝对不要成为妈妈那种人。可是这一点不是时时刻刻都很清楚，比如有一次我们参加大卫系里组织的派对，其中一个五十来岁的教授当场高歌一曲美国国歌。回家路上妈妈对大卫说：那个先生非常有魅力。坐在后座的我也忘记时刻与她唱反调的宗旨，点头附和：是的，他并不算英俊，但是非常有吸引力。妈妈回头看了我一眼，没有想到，看待男人我们英雄所见略同。正因为并不清楚，所以我要讲得特别大声：妈咪，我们是不一样的，我不像你。

妈妈莫名其妙道：我并不要你像我呀。

我立刻应道：我们总算有一件事情是有共识的。

接着，妈妈与大卫各自为自己的新生活重新张罗。妈妈忙着回国探亲，这一点也很让我生气，这个时候她还有心情探亲。大卫忙着另找住处。他把房子留给我妈妈，净身出户。他什么都不计较了，连独子都失去了，还有什么值得他计较的呢。妈妈请他先不要搬出去，等她从中国回来再搬。这样可以监督我是否逃学、是否回家过夜。

于是我有了一段与继父单独生活的日子。我时常找碴，指桑骂槐地指责他应该对我爸爸的不幸承担责任。

我爸爸惨透了。我做出漫不经心的样子，一边翻着五花八门的杂志，一边平静地说我爸爸的事情，一切与他无关的语气。作为一个男人还有比我爸爸更惨的吗？他老婆给他戴绿帽子，一到美国就跟人跑了，婚还没离呢。钱也被自己的哥们儿骗了。现在又出了车祸，要被判刑，加上他身体又不好。怎么什么倒霉事都让我爸爸摊上了？上帝太不公平了。我爸爸是那么好的一个人。凭什么呀？！

他忧伤地看着我，他十二岁的继女又回来了：那个穿白色连衣裙，目光戒备的刚从上海来的女孩子，现在躲在十八岁发育良好的身体里，一切的敌意与戒备仍然存在，只是更外交化了一些。他知道我虽然经常在他的书房里指手画脚地辩论美国风行的文学作品，口若悬河地戏说好莱坞明星轶事，不男不女地抨击美国的外交政策，但我心底从来没有放弃对他的指控。一旦有机会，对他是六亲不认的。而且现在已经到了可以用英语表达的时候。

他看着我，不发一语。然后他说：上帝是公平的。你妈妈已经回去看你爸爸了。

什么？我妈妈回中国是为了看我爸爸？

他说：不然你认为在这个时候还有什么值得让她放下一切回中国的吗？

一天，妈妈从中国打电话回来说爸爸的判决下来了，六年有期徒刑。你爸爸不让我告诉你，可是我觉得你应该知道。喂，喂，你还在那吗？我说我还好。那你怎么不说话？我现在要睡觉了。我决定明天就回三藩市，你叫大卫来接我。我在用电脑。你吃饭了没有？我明天早上还有早课。我们竟然是这样对话的。那是这个家庭很不快乐的日子，谁都不快乐。

放下妈妈的电话，我出去喝酒。半夜回来发现大卫还在等我。他不像我妈妈那样追在我屁股后面盘查不休，只是疲倦地睁着两只灰蓝色的眼睛说他等门等得很累了，然后就转身上楼睡觉。这些年总是妈妈扮红脸，他扮白脸，毕竟不是自己的孩子，管起来总有点棘手。现在他又与妈妈离了婚，更何况他心里一堆的事情，他才懒得管我。其间他回头看了我一眼，好像说，你还没到做这些事情的时候吧？

帕特把我给甩了。

他“哦”了一声，毫不意外。十几岁的男孩女孩恋爱分手大概就是这样的。他对年轻人朝三暮四的恋爱故事毫无兴趣。

他背叛了我，他跟另一个女人在一起。就像我妈妈对我爸爸一样。

他呆呆地看了我一眼，决定不接我抛过来的球。海伦，你喝多了。

他接着上楼，又听见我说：我爸爸被判了六年刑。

他转过身，看着我。接着长途跋涉到我面前，给我一个对失意者结实的拥抱，对我说他很抱歉很伤心。到现在我还不知道他是抱歉什么，是对我爸爸的遭遇，还是伤心我的伤心？

我嗔怪：大鼻子犹太爸爸呀，我喝多了，需要休息一下了。

我冲他撒娇，发赖一般投靠到他身上。有点异感，有点越轨。祸就是那天闯下的。我竟然可以借着父女亲情这个幌子感受一份后面抖缩的亲近。我突然想：我妈妈要是这时进来会怎么样？我突然有点怕，怕的却不是妈妈进入，而是我竟然会这么想。这才让人害怕。

大卫也吓了一跳。僵硬着表情，像对我闯下的祸他无法收摊似的。看着我那张邪恶又无邪、图谋不轨又一派天真的笑脸，看着我在父女之间钻男性女性的空子，拿我毫无办法。

我却笑笑，嘴角往里一窝，一副见多识广的派头：笑他小题大做，笑他不够坦荡。这笑是那种不需要太大本事就可以行走江湖过五关斩六将的女子所擅长的。想来，那个他一摸头就躲的十二岁继女还是比较好相处的。

他还没从刚才的僵硬中融解出来。你喝醉了，你应该休息了。他急需对这一切做纠正，否则似乎就会失火。他从拥抱中松出来，转身上楼。

先生。

他回头，那少女冲他摆了一个自以为最撩人的姿势。

我看见那少女两片涂得发亮的嘴唇像喇叭花一样嘟起。身体前倾，上衣跟着前倾露出空隙，一种女性的慷慨就出现了。两只脚向外，膝盖靠近，翘着个屁股，身体展示老猫似的母性的挑逗，脸上却是孩子气的嘲弄，就像握着彩球挑逗一只小狗，手上握着一样足以让小狗上蹿下跳的宝物，却不忘提醒它永远够不着。

而他看不见这些，他的眼睛只看他想看的。他只看见我微微发热的削薄的肩，上面停有他的热量与重量。他只看见我由于喝醉而微醺泛红的脸颊。只能这样地看。

不要叫我先生，我是你的继父。

已经不再是了。不是吗？

他看出我眼里的痴迷、轻佻，还有一点少年狂妄的野蛮与无赖。精灵般的邪恶，想把所有的事情弄糟、不出事不爽的隐约的犯罪感，以及对他的仇恨。这一点他也看出来了。

我永远都是你的继父。我越是想把事情弄得不可收拾，他越是一股子不出差错的理智与分寸，不断地收拾与补救。速度之快，动作之准，好像是我在自我纠正。

看在上帝的分上，你知道自己在做什么吗？他转身上楼。

我对他的背影说：至少我不是同性恋。

以前我若说这话，他会气得恨不能与我同归于尽。现在他忧伤地看着我，连生气的劲儿也没有了。头发无精打采毫无光泽地耷拉着，身体坍塌地站立着。全身上下都是忍受：忍受我，也忍受他自己。

海伦，我知道你爸爸的事情让你很难过。你妈妈明天就要回来了。我希望你注意自己的行为。

要是妈咪看到不是更有意思吗？

他把那恐慌卡在喉咙里，没有喊出来。但仍让我看到他眼神里的寒噤，眼神太复杂了，恐慌、怀疑、求饶、耻辱。他比我还要害怕这件事情。当然我也怕。我们都害怕，怕的似乎又不是一样东西。他害怕后果，而我害怕起因；他害怕犯罪后的审判，而我害怕的却是要去犯罪的秘密欲望，我能把事情破坏到什么程度？

他的眼神什么表情都有了，就是没有意外，他似乎并不太意外。他知道我是讲得出这种话的。他在我刚来美国的时候就发现我内心有叛逆的基因。可他却听不得这种话。他希望将此再次归咎为我非母语的用词不当，他宁愿认为这是我表达的过激与偏差。那个十二岁的中国女孩说英语总是那么可笑，现在他想把她再次看成“话都说不清楚”的小姑娘，再那样护短地笑笑，没有笑出来。

同时他知道我是故意夸大其辞，并没有把事情真当回事，谢了幕该干吗就干吗。他想这个少女是蛮不讲理的。十八岁的她对感情是这样的胡搅蛮缠，就像十二岁的她对全新语言的放纵一样。说完一通刚刚学会的差强人意歪打正着的词或句，突然给你一个带鬼脸的笑容，要求把刚才的话一笔勾销。

所以他也不要真当回事。他装出什么也不知道的样子，避重就轻道：你妈妈看见了会杀了我的，因为我让你喝得这么醉，又这么晚回来。

我并不清楚在我醉后蒙头大睡时，大卫在书房里如何来回踱步，像刚历经了一场险。走到头是墙，再走回来，走到头还是墙。他完全没有出路。喝下一壶的咖啡，让自己渐渐平静下来。

我只知道第二天迷迷糊糊地醒来，头痛得厉害，意识在半睡半醒中漂浮。听见一阵开车房门声，行李哀怨的拖拉声，厕所里的瀑布声，我知道我妈妈回来了。然后我听见一个男中音的独白，说他已经找到住处了，现在立刻就要搬家。中间有些停歇，是我妈妈在说话，我听不太清楚，从能听到的那部分看不出特别的意思——它可以出现在妈妈与任何人关于我的对话上——是不是海伦又说了什么伤人的话？告诉我海伦哪里又得罪了你。妈妈迅速地猜测她走后发生了什么，但她只估计到我对大卫吵嘴的那一部分，对于我诱惑大卫完全没有料到。她忙着替我向大卫道歉：你不要把她说的放在心上。海伦这个孩子就是这样，她嘴巴很厉害，心地并不坏的。大卫说：我早就决定要搬了，可以离图书馆近些，我想写点东西。他自己说完也感觉理由都太牵强了。

接着就听见外面充满搬家公司响亮的吆喝声和搬运声。

我起床站在窗口向下望去。大卫站在搬运工人中间，显得单薄，是知识分子智力劳动下的那种瘦法。他与大家大声地打着招呼，开着玩笑，哈哈大笑。斯文的他故意模仿搬运工人能吃能睡才有的，从丹田发出的开怀大笑，与他沉静的本性很不相宜。我想他是希望能有这么一副笑声，以为这样一笑就摆脱了自己的刻板形象，成为另外一种人：不多愁善感，不处心积虑——就是有点像我爸爸那种性情的人。但这样笑过几声后，搬运工人也发现了他的真性情。他属于那么一种男人：不挥霍时间，也不挥霍金钱，可也不像中国人那样勤俭节约；有上进心，是那种识时务、懂得离开空中楼阁脚踏实地的上进心；知足地维持现有的生活，同时为下一个可能的机会做好准备。他不是那种天真不懂世故的男人，可他也不世俗，不功利。

他活得沉默而凝重，时刻呈现一种风采。可是我那天突然担心他有一天会失声痛哭。

我跑下楼去大卫的书房，在楼梯口碰见妈妈，她飞快地向我报道国内的情况，你爸爸让我转告：你的任务是好好考SAT，他的事情不用你操心。我嘴里应付着她，知道了，知道了，接着跑。妈妈在我后面纳闷我怎么对我爸爸也不关心了？！

现在我站在大卫的书房。

我的目光环绕着这间空了的书房，成捆的打包好的书籍等待随同他们的主人一起迁移。他的书房极能代表他的学识，久了也就代表了他。我记不得多少次看见他躲在小山坡似的书籍后面，实在看不出与中世纪的抄书匠有什么两样。他常常看着别人的好作品出神，而且做片刻的休息——好作品让人不忍一口气读完，就像人参果不能一口吞下，总要一点点慢慢品尝。这注定，他可以将任何学术发挥到极限，但不会是原创。小心翼翼地翻书、思考、比较，在别人的创造上再创造。别人的智慧火花可以被他无限地燃烧下去。除了他，没有人知道火苗的来源，即使知道了都得承认：他已经大大胜过参考本，且不留痕迹。博古通今、触类旁通的他，已经进入中国武侠小说里讲的“万花丛中过，片叶不沾身”的境界。

这些往往不为人知。只有他异国来的继女，通过半掩的书房门才窥视出这一切。有几次我看见一个谢顶的知天命的男人躲在一堆堆的书山后面，犹如幕后的主事，预期着他的作品在幕前的表现。偶尔闯出一两声笑来，是对自己美文的欣赏，也突然会有一声长叹，定是感到遗憾。他仿佛错坐了时空，坚守着自己没落的王国。顺手理理头顶不多的毛，一触全是外现头皮，想起我妈妈的数落：就那么几根毛了，别动了。我曾经建议道：中国有一个101，挺灵的，叫我妈咪给你买一点。他说那你先在鸡蛋上面试试，如果鸡蛋可以长出头发，那我的头才有希望。我说真绝望，那你伤心吗？他说我是有一点伤心的，可是我发现你比我还伤心。我发现他还不算太糟，除了对文学，他对任何事物都有幽默感。

大卫从外面进来，没有想到我会突然在他书房，有点愣，然后他笑。他一直都有好的笑容，只是我第一次看到他如何地播送出一个笑容：从耳朵后面形成一股力，五官齐心协力地推出一个笑容。当这个笑容完成时，一个对我的态度在他心里也迅速出炉。

当我们这样面对面时，我意识到昨晚的荒唐，我没有想到事情会搞成这样。他反而心静如水了，像是历经一场险后的那种临危不惧。

我向你道歉，为昨天晚上。

他点点头，表示接受我的道歉，却不肯再多说什么。

昨晚上我喝醉了，语言行为都很错误，我不应该对你做这样的事情，我不应该……

他打断我，拒绝我的细节回忆，抬起头：我不记得了。

哦。

他又说：你最好也忘掉它。

我又“哦”了一声，因为除了这么哦一声，我不知道应该说什么。

我今天就要搬走了。大卫另起话题，他不愿意再继续昨晚的话题。

我也要走了，我要去外州读书了。

说这话时我自己也吃了一惊，好像已经收到学校的录取通知书就差我去报到的口吻。这事我一直没下决心，这时倒觉得它是条路，甚至是条唯一的路。

决定了？

我点点头。

这事一定要和你妈妈商量好了才行。

商量了就走不成了。

不要这样从你妈妈身边走开。

那是你的工作，大卫。

我和你妈妈是没有办法的事情了。

是因为我妈妈存私房钱的事情吗？

他点点头，不过又说：也不全是。离婚的理由从来都不是只有一个的。我只是有点伤心，我为她放弃了那么多东西，又给了她我的一切。可她却这样对我。

可我妈妈也为你放弃了许多，她甚至为了你放弃了她最不该放弃的东西。

什么东西？

我呀。我听出自己有点嘻皮笑脸，还有点拿腔拿调。可是我只有借着这副假象才能表达真诚的情感。

海伦，我仍然需要你明白一件事情：你妈妈不是因为我而和你爸爸离婚的，更不是因为我而留在美国的。事实上我觉得大概正好相反。我听出他的抱怨，他觉得这正是他上当的地方。

我笑，有点玩世不恭。意思是：谁信呀。

他看了我一眼，知道无法说服我，就算说服了又如何，又有什么意义。他说：这些对我已经无所谓了，对我已经过去了。你信不信都罢，但是你至少应该相信你妈妈不可能为了我而放弃你。她不可能为了任何人而放弃你。你妈妈非常爱你，如果你就这样离开她，她会伤心的。我知道你们母女有些不痛快的过去。但是你妈妈也已经为此付出了足够的代价，难道你看不出来吗？

那你为什么不能原谅我妈妈？

他愣了一下：我可以原谅她，我也正在原谅她。只是我们不再相爱了，我不能爱她了。

那如果我也不能再爱她了呢？

那将是很可怕的。大卫一字一句道。

我有时候会很害怕，不知道下面的路该怎么走。

不用怕。想好了再做决定，如果没有想好，就先原地踏步，千万不要乱走。

我应该好好记住大卫的这句话，它足够我用一辈子的，可惜我还是乱走了，连回头的路都找不到。

这时妈妈突然敲门进来说搬家公司要走了，她已经和他们打过招呼了。自从爸爸出事后，自从她从国内回来，她变得雷厉风行起来，凡事麻利而有主见。

妈妈又问我和大卫在谈些什么，大卫心虚地对我妈妈说：我们在谈她申请大学的事情。其间他匆忙地看了我几眼，希望我与他唱双簧。我缄口不语，不参与他的演出。他只能自己越说越卖力：海伦她想去东部上学。果然这很快地转移了妈妈的注意力：又是这个话题，我说过多少遍了，上柏克莱。

妈妈、大卫和我，暗里形成了一个三角。它像一个指南，提醒我昨晚的迷航到了何种程度。面对妈妈，我想，我要摆脱，摆脱她及这里的一切。我心不在焉，我在想一件事情——离家。

我们再次道别，他没有像以往那样给我一个临别的拥抱——竭力避免我喝醉的一幕。

再见，大鼻子犹太爸爸。

我爱你，女儿。

这句话已经表达得很清楚了，也只能是这样表达了。他的独子死后，他对我的爱有增无减，却是父爱的总和。仅此而已，也只能如此，才能将昨晚的失误纠正，才能一天一天不罪恶地过下去。

MEIGUOLÜDIAN

美　国　旅　店

第十九章

每天都想走就不需要找理由

妈妈没有想到大卫刚搬出去不久，我也离家了。

一天我开车到了十字路口，茫然四顾。希望发生一些事情，哪怕发生一场车祸也好。心情像诗中所写：“一辆不停的火车，不知道哪里应该下车？哪里可以下车？我要去的地方，可能正在着火。”我知道老早就潜伏于体内的破裂，现在终于可以形成局面了。我十八，我想逃。对家庭，对自己，对前途的突然厌弃、不知所措，还有巨大的不信任，我感觉只有逃才能解决一切。

这时是高中的最后一学期，面临着上大学。家长都替我们选择了实惠体面而又避免与白人正面冲突的行业，什么医生啦工程师啦会计啦。都说中国人含蓄，唯独在对子女的期待上例外。他们明确告诉你他们对你的期望：我要你这样，我要你那样。而婷婷和我天生不顺从。我要学文学，婷婷偏偏喜欢哲学。大姨说：学哲学，要饿肚子的。婷婷说：那就饿肚子吧。姨夫说：任何一个“家”女人都可以和男人做得一样好，甚至更好。只有一个“家”女人是做不过男人的。你知道是什么“家”吧？婷婷白过来一眼：哲学家。爹地，你可不可以有点新意啊。这个问题你已经问过三百遍了。姨夫说：那你好好分析一下为什么吧。历史上有一个出名的女哲学家了吗？后来婷婷抵不住父母的软硬兼施，去柏克莱学了金融。

妈妈要我上柏克莱学医，只有医生才是越老越吃香的行业。

当医生才是你的理想。我说：这是谁的理想？这是你的理想。你要是想当医生你就自己去当吧。她和我之间永远站着一个音乐学院外面路过的花季少女，那个理想不能得以实现的少女。我再次用一种明确的态度告诉她：我不是你。我不像你，我也不想像你。这就是我和妈妈之间永恒的没有新意的对话。大概我们一向如此，只是美国这个特定的环境把我们之间的矛盾夸大了，激化了。就像两只不起眼的小土鸡，突然被置于鸭群中，不可能不醒目。

妈妈说我都是为了你好。我说：你是为了自己好，表姐上了柏克莱，你也一定要我上柏克莱你才有面子。你只是关心面子，从来没有真正关心过我心里想的是什么。她问那你心里想什么了？我说我想当作家。那是我的理想。妈妈扑哧笑了，就像大家说是奔着自由民主理想来到美国，到了这片新大陆谈的是奔驰股票百万新居，突然有个声音说“理想”，谁这么幽默，他们想。除了这么扑哧一笑还能如何，再就是说一句“你太年轻了”——只能如此处置他们曾经活跃又被现实击碎的梦。当然对于我妈妈还有一件事可做，就是打电话给大卫：你对我女儿做了什么？她要当作家了。天啊，作家。打算饿肚子吗？

她只是知道我不想学医，我悄悄地联系了几所东部的学校，妈妈不知道。每天回家，隔着厨房向妈妈叫：有我的信吗？妈妈起先不以为然，久了也会大声回上一句：有的有的，只是还在路上。

这一天，我想我申请的学校应该给我回信了，回家我问正在做饭的妈妈，有我的信吗？

在那里。妈妈并不看我，只是朝客厅的茶几努努嘴。

我冲过去，信已经被打开了。我有点癫狂地大叫：你打开了？！

是的，我打开了。厨房里的声音竟然是平静的。

你打开了？！我仍然癫狂地大叫，你太过分了，你不可以随便拆开别人的信件。这是美国，不是中国。

那不是手写的信件，是打印出来的通知书。

这是什么逻辑？打印出来的信件就可以拆吗？

不打开我怎么知道你已经申请了东部的学校？你可能已经去了而我完全不知道。

那天在书房大卫不是告诉你了吗？

所以这事大卫知道而我不知道。

我是打算告诉你的。

哟，是吗？什么时候？你大学毕业的那一天吗？我以为你已经完全死了这个念头。

那难道你希望我像婷婷表姐那样吗？我说。婷婷虽然依照她父母的意愿上了他们希望的大学、希望的专业，四年之后把文凭寄给她的父母，意思是你们要的东西我给你们了。现在我要去读哲学了。

你这样突然决定太草率了吧。

突然决定？草率？我已经决定了六年。

你计划了六年，我怎么不知道？我看看你的计划有多成熟。你告诉我钱从哪里来？我没有钱让你去那里。

我可以申请奖学金。

你的成绩也能够申请奖学金吗？她加上一个语气词“吗”，是尽量让自己讽刺的意味淡些。

我并没有为此受到太大的打击，我说：奖学金有许多种。

她还是不放弃对我的讽刺：我看你还是申请助学金容易点。

你有能力帮助我，不是吗？我的意思她当然明白——你不是偷偷地存了一笔钱吗？难道不是为了我吗？

我和妈妈经过这些年的唇枪舌剑，知道如何把字面意思做得体面，让对方去听字面以外的意思，不轻易地被唇齿压轧出来的语言直接打动。

她沉默地看着我，还是假装不明白：你妈妈没有这么多钱给你。如果你今天是被哈佛这样的学校录取了，我会送你过去，但是你被录取的都是一些破学校，也不想上这里的好大学，你是存心和我过不去。你到底是为什么？为什么？是不是因为你认识了哪个男孩子在那边？

没有的事。

那是为什么？总得有个理由吧。

妈咪，这个也是我想问的。当年你为什么要走？为什么不回去？为什么？

妈妈突然沉默了。

你回答我的问题啊？你为什么不回答？

妈妈非常哀伤地看着我，然后说：对不起，我无法回答你的问题。因为你问错了问题，你应该问我六年后为什么还是回去了？

我说：那我也回答你吧。如果每天都想走就不需要找理由。

妈妈凄婉地冷笑一声：如果你一定要这样，我不会阻止你，也阻止不了你。只是我不会再在你身上有什么寄托。寄托便是断送。

我就是想离开，就像你离开上海一样，我就是想离开这里。做我爸爸为你我做过的事情——让我走吧，让我过自己的生活。中国少女讲了美国少年人最常用的话：让我成为我自己。我知道自己有意小题大做。我希望与她彻底闹翻，这样就走得更无牵无挂些。

你不是想离开这里，你只是想离开我。你就像所有的宋家人一样。把我排斥在外。这是宋家的传统吗？这都是什么毛病呀？

没有的事。我说。

没有？妈妈的凤眼高挑，那天你和你爸爸谈得很高兴，我来叫你们吃饭。你们一看见我就停止了，不往下说也不笑了。你爸爸一家人是这样，你也是这样。有一千次你们本来笑得很高兴，可一看见我，就停止了。好像有什么秘密一样。我有那么可怕吗？

我从来没有想过我在抛弃妈妈。我具备抛弃她的能力吗？我不敢相信我有这样的超凡能力。我看见了她眼中的孤独与忧伤，这于我是陌生的。事后我回忆起这过程，许多细节已经记不起了，记得的只是妈妈这张被抛弃的抑郁的脸。突然间我对她产生了悬心的痛。我可以以妈妈的眼光去看待，以她的感受去感觉她的孤独：奶奶喜欢和爸爸咬耳朵，妈妈不小心闯入，他们立刻中断交谈。目光像被突然切断的电波一样落在半空中。她知道只要她一转身出去他们的目光立刻会重新接头。果然她一转身，就感觉到这母子两人的目光打在她的后背上。她痛恨这种心领神会，好像做着一笔勾当，别人休想介入。在这样的家里她能不想逃吗？

现在她唯一的女儿也如此对她。女儿和几个朋友在厅里看录像带聊天，到处是“啊”“哈”之类的女孩子的欢笑声。她强颜欢笑问你们在说些什么，女儿回答：女孩儿的东西呗。眼神中对她的闪躲及余兴未尽的热烈，将她抛弃了。她看了她们一眼，趿着拖鞋悄悄地走开了。

再比如那天女儿和宋伟在房间里说话。分别六年后的父女谈心，她知趣地让出空间，在厨房里准备饭菜。一切就绪了，她向女儿的房间走去。门半掩着，里面此起彼伏的笑声。她忍不住凑上耳朵，因为她不记得她与女儿有过如此的笑声。她敲敲门，即便敲得很小心也像不速之客有点心虚，生怕打扰别人。说笑声马上中止了。你们说什么说得这么高兴，让妈妈也听听。她想学她姐姐那种周旋自如，却留下太强模仿的痕迹。没什么，女儿说，同时飞快地扫了她爸爸一眼，像打了个暗号。她自觉无趣地说道：那就吃饭吧。女儿又说：好，我们马上就来。她离开房间，替他们带上门。里面还是一片安静。因为她走得还不够远。果然等她到了走廊，里面又爆发出了说笑声。

走吧走吧，走得越远越好。妈妈突然讲起气话。

妈咪，你也这么大年纪了，别老让自己生气。

妈妈看了我一眼，说：你能不能别总让我生气?

这种不快乐是你自己选择的。我帮不了你。

这次争吵的和解近乎悲壮，她没有再问我的事情。大概觉得像我这种女儿不管更好。养我这么个孩子真是挺头痛的：胆子小主意大，责任心小权力大。我已经不愿意在家里再呆下去了，再也不能忍受母女二人装聋作哑的相处。

可有一天我回家，她说道：这儿有一笔钱。如果你真要去外州读书，你就去吧。妈妈坐在长沙发上，旁边点着一盏小台灯，她藏在暗处。房子突然大了起来，大卫走了，我也要走了。只剩下她。我突然内疚起来，渴望我们彼此说些惜别之言，如果气氛足够的话，甚至不妨大哭一场，作为母女分别的纪念。

妈咪，你终于肯把那笔钱拿出来给我了吗?

不，这钱是大卫给你的。

大卫不仅赞助了一笔金钱，而且说服了我妈妈。我妈妈也奇怪大卫怎么一下子在最计较的金钱上面不计较了，我知道为什么，破财消灾呗，把我打发得远远的。

大卫搬出去后，租了间一厅室的公寓。他又回到了单身汉的生活，日子过得还正常：一天吃两餐加一把药丸，一星期跑步一次，一个月洗车一次，一年看牙两次，有事没事就看看心理医生，偶尔晚回来了，还有一个年轻的女邻居迎出，以关心生命安全为由探问经过。近五十的大卫还受这等礼遇，日子还能差到哪儿去？他的一些已被我妈妈更正的习惯一时半会儿没有还原，比如以录像带取代电影院的习惯，不过这也为他提供了与女邻居交流的机会，起先是一借一还的，后来就直接两个人一起看了。

我到他那里时，他正与一名拉丁裔女子在楼梯口攀谈。直觉告诉我，她就是大卫经常提及的女邻居。两个女人同时去望大卫，眼神都在说：她是谁？大卫匆忙为我们介绍：她是我的女儿，她是我的邻居。

他们匆忙道别，然后带我去他的公寓。他知道我会去找他，在我到之前他把一切都思虑好了，现在只是在我面前将他的思虑用语言表达出来。他说：你来得正好。我有事情要告诉你，我要结婚了，希望你来参加我的婚礼。这次他是用他的婚礼纠正那晚的失误。

我点点头，表示不吃惊：你回到你的前妻，哦，不，是你的前前妻那里了吗？

他摇摇头。

是不是她拒绝了你？她终于做对了这次。然后一脸坏笑地看着他。我可以想象她会讲出多么文艺腔的话，什么我已经不是过去的那个我了，什么你要的那个女人已经不存在了，什么我要为自己活了。

大卫说我和妈妈犯了一个同样的错误。与其担心他会回到他前妻身边，还不如担心他跟一个未来可能出现的女人跑了。像他就从来不担心我妈妈会回到我爸爸身边。这是不可能的，即使她这样想过。

我点点头，表示赞同，然后又问：那到底是谁？

你见过的。就是我的那个女邻居。

我嘲笑道：还要结婚啊？看看你在前面两次婚姻中的损失吧。第一次婚姻你住在山顶的房子里，与我妈妈的婚姻你们就搬到平地上了，现在第三次婚姻只能住在公寓里了。

如果我再离一次婚，我只能搬到地下室去了。有时候我也感觉婚姻制度是为女人设置的，女人一旦结婚了，好像什么保障都有了。男人不太需要婚姻。可我是一个对婚姻有信仰的人。

我嘲笑得更厉害了：对极了，一个结三次婚的男人才有资格说自己对婚姻有信仰。

他告诉我说，你看有些人不断地交女朋友同居，但他们不结婚，而他一旦爱上，承诺对他并不困难。

我听出实质：年龄愈来愈大了，需要强行征用爱情。因为爱情比名望与权力更能安慰一个开始走向暮年的人。

对于他给予我的赞助，我表示感谢：等我将来赚了钱，我一定会加倍地还你的。

他连忙做了几个健身动作，大声说：那我要努力锻炼身体，争取活得长寿些才能等到那一天。

对我有点信心好不好！

一会儿后，他又说：你来我这，你妈妈她说什么了？

她说你们两个有点小麻烦。

这绝不是你妈妈的话，“有点小麻烦”，你妈妈从来不这样说话。

好吧，她说叫你去见律师，关于离婚的最后事项。

他很舒服地“哈”了一声，说：现在听上去才像是你妈妈的话。

你们真的要到这一步吗？

他点点头，不过他要我明白：你知道我一直很努力成为你妈妈的好丈夫，你的好继父，但是不成。

我对大卫说：作为一个继父，你已经做得很好了。

谢谢你，女儿。我真希望你是我的女儿。大卫与我拥抱，俯下身亲我的额头。亲吻与拥抱，没有男性的痕迹，只有父性的符号。

还好不是。

为什么？他说。我显然伤了他的心。

我若是你的女儿，恐怕你受不了我漫无休止的顶撞。

他微微一笑。那是他惯常的笑容，笑得那么爱护。

不过原则性的东西不会变，如果你和你妈妈需要帮助，你们所要做的只是开口。

我想了想，知道大势已去，赶紧自寻出路。我想问一下，我的零用钱还是照发吗？

他笑了：原则性的问题不会改变，包括你的零用钱。

原则性的问题包括我走的那天你去送我吗？你知道我的行李很多。

他点点头：我说过你所要做的只是开口。

看来你们离婚对我没什么伤害，那我感觉好点了。

在外面要小心男孩子，特别是美国男孩子，他们不会让你清静的。他们会千方百计把你骗上床。

就像你对我妈咪吗？

他没有像我妈妈那样“受不了”的窘状，而是大大方方笑给我看。毕竟是美国家长。我第一次约会时，他还交给我一盒口香糖，为我具有纪念性的初吻做好芬芳的准备。约会回来，他问怎么样，我说还可以吧，但是我禁不住开怀大笑。他揶揄我：对于一个仅仅“还可以吧”的约会，你的笑容是不是也太灿烂了些？

他们送我到机场。那时正是八月底九月初，机场许多像我们这样的家庭，我只注意到几个与我同龄的年轻人，我在猜想他们去的是哪一所学校。我马上要去纽约了，我第一次对自己的前途有了把握，丝毫想不到跟妈妈和大卫说一些临别的话，比如我想你们，再比如我爱你们。而妈妈举着部相机，要我一二三笑。我想想都觉得头大，更觉得自己离家乃明智之举。妈妈十八岁那年离家上山下乡，而这时我也正好十八。十八岁，童心未泯，就匆匆地想加入成年人的行列。离家的心情像大逃亡，我还向妈妈要了自己从小到大的照片，丝毫不留。留给妈妈的是在机场的留影。不知道自己将面临什么样的生活，只是匆忙地离开家，晚逃不如早逃，能逃多久就多久。

他们在后面望着这个年轻女孩子的背影，妈妈看了大卫一眼，酸酸地说：你看看，她居然没有回头多看我们一眼，就这么走了。她从来不放弃任何机会去说明我们多么不一样。

大卫说：那是因为她知道你们是多么的一样。

第二十章

没有国土的孩子

摆脱了我与妈妈之间那种深切而窒息的爱恨情感，下次再见时她已经成了过时的人了。而日子还在继续，那几年过得很轻松快乐，但是可供回忆的内容几乎没有。我像所有的美国大学生那样，参加派对、考试、交朋友，和一群年轻人喝酒、开玩笑、挥霍青春，仗着几分姿色行走在爱情之间。那个当年在教务处用结巴的英语与老师辩论作弊与怀孕哪个才是道德问题的中国小女孩，已经不作弊了，但她认同同居。当然她是用英文说的“住在一起”，同居这个词在中文里挺贬义的，有点非法的意思。这一点她还是知道的。所以当十一点电话响起，凭着铃声的不屈不挠，她就知道是她的妈妈，因为只有妈妈觉得她有权利让电话在半夜如此长时间具有侵略性地尖叫着。她弹跳起来接妈妈的电话，怕男友先一步接了去。

妈妈叫我放假回去。我说如果你想我，就到东部来看我。她说她打算给我寄一笔钱，足够买一张机票的钱。我说那就快寄吧，哦，我又有一个电话进来了，就这样吧，我回头再接着给你打电话。妈妈在电话那边几乎动怒地说，这通电话是我打给你的，你已经很久没有打电话回家了。

钱我留下了，家却没有回。我对妈妈说我需要去打工，自己负担自己。摆出一副独立的面孔来掩盖我对家对她的冷漠。我大姨的说法是：海伦比较美式，不习惯我们中国人的家庭传统了。

我乐于接受这个说法。其实她真实的说法是：我是嫁接人。我不仅是父母缺点的大融合，亦是美国和中国孩子缺点的大融合。中国孩子的孝道我没有，美国孩子的独立我也没有。大学四年我只回家三次，回到三藩市我也常在外面混，宁愿在酒吧间泡上一天也不愿意在家里，不愿意与妈妈面对面。

为了逃家逃得更加彻底，十九岁那年，我还结了婚。反叛成了随手拈来的好戏，凡事敏感而冲动。现在想来，当年的结婚已经不那么浪漫、不那么勇敢，甚至是懦弱的，是一种逃避，像是离家出走。然而在荷尔蒙旺盛的年轻时代，总是不断地重复着这类没有新意的少年故事。并不知道这种逃避何时了，逃得一时算一时。而那时我使用另一个词叫“投奔”。

我结婚的事父母并不知道，最先知道的人是大卫。他到纽约来开会，我妈妈托他给我带些东西。我按惯例问了我妈妈的情况，一副随心所欲的样子。现在的年轻人都以这种口气谈论父母，越漫不经心，好像自己越独立。

他说她还好，还谈了一些她生活近况的细节，我感觉他仍然十分关心我妈妈。

我又问起他的近况：大卫，你怎么样呢？还结着婚呢？同一个女人？你最近在忙些什么？

我在写《海明威传》。他看了我一眼，说他刚刚动过眼部手术，眼力不太好，现在晚上已经不能写了，只是白天写一点。

他当然在写作，那是他的最爱。我仿佛又看见那个中世纪的抄书匠，躲在小山坡似的资料后面，埋在书海里的头顶已经秃了，而他不知道，仍然沉醉于自己那点不合时宜的才华，因而对自己不断地榨取。他研究各种流派的作品，笔下的却永远只能是那些作品的翻版。他现在秃得更加彻底了，深而分明的纹路像是刻在他一马平川的额上。一直以来，继父的写作是我了解他的一扇门。我的继父是一个作家，这淹没了他的国界、种族、政见、肤色、年纪。艺术超越了这一切。可是什么时候，我对继父的写作不关心了？

写到哪里了？海明威死了吗？

他死了。他已经死了。

他终于死了。我笑。

他就是被你给催死的。他笑。

我装糊涂说：才不，他喜欢打猎，最后把自己也当成猎物，一枪报销了。

这是我最满意的章节。

我故作一脸崇拜地说：那我到时候一定要好好拜读，而且还要求自己背诵这一章。

他突然一转话题问我：你的那些男朋友们呢？他用的是复数。

我没有男朋友。我用的是单数。

没有男朋友？是今天没有吧。他说完自己就笑了。

我就趁他冷不防时说：因为我有丈夫了。

这个玩笑开得并不太逗。

因为它不是玩笑。

又是玩笑？

你知道拉斯维加斯，结婚手续最方便了，当然离婚也方便。

他这才严肃起来：什么？什么时候发生的事情？

就是两个月前吧。

我怎么不知道？他还是觉得难以置信。

我笑笑。

这个笑让他不放心，他问：你妈妈知道吗？

我又笑笑，刚才那种笑。

他更疑惑了，追问道：你父母也一定不知道吧？

他们结婚的时候也没有通知我呀。我笑了，因为觉得自己这句话对答得非常幽默机智。

海伦，他叫了一声我的名字，像是我的小把戏要弄了他，又要弄了我自己。

为什么结婚他应该清楚。我需要被矫正，婚姻绝对是一个方式。婚姻中规律的生活，基本的道德约束，可以把我控制在正常的状态下。就像小时候戴牙箍一样，感受一种牵引和牵制，还有轻微的不自由与疼痛。这都是我需要的。既然他不能再纠正我了，我只能另寻参照物。我丈夫诚然也是那样的人：他替我盖上挤完从来不盖的牙膏盖，随手关上我忘关的灯。他像跟在孩子后面的大人，对孩子的闯祸与捣蛋给予最及时的补救，将现场恢复。这对当时的我非常必要。

你这个孩子啊。他看着我，很心疼，像是知道我的不容易。只是没有想到我将我和他之间所有的假戏真做到现实生活中去。所有的不肯相互让步、不肯相互妥协的爱恨情结沉淀下来。然后他轻轻地叹了口气，感到一阵缓解。

当然他知道了，等于我妈妈也知道了。

几天之后，妈妈愤怒地从三藩市出发，愤怒地坐上飞机，再愤怒地叫了辆计程车，终于一路风尘仆仆地将愤怒完整地带到我面前。大概是希望将我像迷路的孩子一样领回家。我想自己已经是一个外嫁的女儿，不再受其管辖，所以一反常态，以主人翁的姿态向她问好。

我妈妈理都不理，开口就说：听说你和帕特结婚了？

没有。

没有？那大卫怎么说你结婚了。

我是结婚了，可不是和帕特结婚。

那是和谁？我认识吗？

你不认识，因为我也是刚认识的。

你怀孕了？！天啊。妈妈尖叫起来，像在黑暗中行走，突然撞上一个人，她一脸的惊吓。

没有，我们刚认识两个星期。

天啊。两个星期你们就结婚了。刚才的惊吓还没有退去，新的惊吓已经逼上。

你已经叫过两遍“天啊”。

那我再叫一遍，天啊。

我不耐烦地翻了一下眼皮。

你叫我怎么去跟你爸爸说这事？我怎么开口呀？你还没到中国结婚的法定年纪。

这是美国呀。

哟，好极了，这话你就留着对你爸爸说去吧，你去告诉他“这是美国呀”。妈妈拿腔拿调地模仿我，肩膀一耸、声音一尖，然后声音正回原样道，你自己说去吧你。我是说不出口的。

那就不要说。

妈妈吸了口气，缓和一下语气：在你十九岁的时候，你怎么知道你遇见的这个人可以和你过一辈子？！

我笑了：谁说要过一辈子了？

妈妈呆了一下。这时，又一个巴掌在我妈妈心里形成，只是这次她想打的不是我，而是她自己。她恨不得打自己一个巴掌以惩罚自己。

我明白你。你不把我搞发疯，你自己就会发疯。

我心里想：不是，我就是不想把你搞疯所以才赶快结婚的。嘴上却是老油子的口气：结婚有什么了不得？就你们中国人以为了不得。

她笑了，笑得很是突兀。她想，这个女孩子没注意到她说“你们中国人”吗？其实我注意到了。这些年我们很清楚地认识：我不是，不应该也不可能是一个纯粹的美国人。

我又紧忙地补充：就你们这些老中国人以为了不得。口吻是不甘示弱的，这次语法上无可挑剔了吧？

她下意识地盯着她面前的年轻女孩。这个女孩眼睛忽闪忽闪，高昂着一张素面朝天的脸，那种年纪的轻佻与自信一览无余。该女孩在自我欣赏的同时用一种侵略性的目光审视着她。老中国人新中国人的说法，她感觉自己不仅像一件物品突然被贴上“某朝某代出土文物”的标签，然后摆在难以企及的高处，而且颠覆了她以前所认定的真善美的道德标准。随之，她的眼神重现古老色彩。

不要这么紧张，不要反应过分。我只是结婚了不是被捕了，你就不能为我高兴，说句恭喜吗？

我高兴什么？你结婚了我一无所知，你还叫我高兴。

哦，你不高兴是因为你没有控制到我，不是因为我结婚了。

你，你，她说不出来了，食指伸出来抖动着，还是接不上去，脸上的细纹集中皱成“我被你气得说不出话来了”的痛恨的纹路。

你怎么知道什么对我更好？你有什么权利决定我的生活？

因为我是你妈妈，我活得比你久。我吃的盐比你吃的米多，我走的路比你走的桥多。

哦，好极了。我正中下怀地欢叫起来。她不知道我早就在这里等着她了。我用进攻性的语气说：那就看看这个的结果吧。你希望我做你做过的事情吗，哪一部分？告诉我。哦，离婚？第一次婚姻搞不好，第二次婚姻还是搞不好。还是丢下孩子不管？妈咪，难道你要我重复你的路吗？

她看了我一眼，不再说话。对我，对我爸爸的一家，她总是采取卑微的姿态，因为她心里一直很内疚。而这无形中却让我找到了攻击自己母亲的借口。

我还是用那种进攻性很强的语气说：你先背叛我爸爸，然后又背叛大卫。你就是喜欢背叛。

她的内心从来没有真正和平过。她一直不明白自己是怎么回事，哪儿来的不和谐，现在一下子恍然大悟了。像她十八岁那年目睹自己的父亲突然被人挂上牌子游街批斗，墨汁写在牌子上的罪名罪状将一个人一夜间赋予全新的人格。自己是怎么样的一个人一时间完全没有了把握，自己都不知道的毛病被揪出来放大再放大，贴上许多标语，比如见风使舵、投机钻营、背叛成性。然后它就成为公认的你。以前的评价都是不算数的，都是伪装。少女站在人群中问自己，他们说的是我父亲吗？父亲是这样的一个人啊。她心里虽有不服气，但还是默认了，像是被迫地接受了某种宗教。喊上几嗓子后，她已经成了这个口号最坚定的捍卫者。两旁是与她年纪相仿的学生，他们举着尚未发育成熟的手臂，处于变声期的嗓子呼喊着他们也不甚理解的口号。口号越喊越响越具有公众性，越向真理靠拢。父亲从他十八岁的女儿身边经过，目光一碰撞，立即感受到父亲的企盼。少女连忙低下头去，不愿意让人看出她和他之间的关系，不愿意和如此卑劣的生命有瓜葛。而她的低头让她父亲把自己的背弯了又弯，由衷地服罪起来。这种由衷的服罪导致他最终选择了自杀。

今天，一个无形的牌子挂在她纤细的颈子上。她抬起头看面前的少女。在少女高挑身材的骄傲中不经意流露出对她矮小的俯视——从她衣着的不合时宜，动作的倦怠，到她人格上的矮小。背叛一词是关键，是一切的根子。不是吗？她先是背叛了王海涛，跟了我爸爸，后来又背叛了我爸爸，跟了大卫。第一次婚姻中出了轨，第二次婚姻又出了轨。“你就是喜欢背叛”，女儿的这句话让她顿悟——我是这么一个人啊，至少在我孩子心目中是这样的。终于她仇恨自己了。我妈妈就是从这一天起开始变老的。

我看她的眼神，就是当年她曾经投给她父亲的目光。我甚至希望她再给我一巴掌，从此母女恩断义绝。

妈妈还是那副表情，暗里态度却变了。她的脸仍是那张脸，只是清高突然回来了。她说：如果这样想会让你好受些，你就这么想吧。其实恰恰相反，我正是希望你少走我走的弯路。我只是一个普通的中国母亲，尽量地给你创造条件让你走得更稳点。当然这是不够的。我们的关系再不能像以前那样了。

她想，又来了。那个折磨她的“过去”又开始了。她已经不像以前那么敏感于这个话题了，她知道那是我的保留节目，隔一段时间就要拿出来表演一下。

她挺直脖子，像韧性十足不屈不挠的芦苇。她又说：你不需要这样。

这话我到现在也没搞明白，她是说我不需要这样对她，还是说我不需要这样对自己？我不了解妈妈，从来就不了解。想来想去，两者皆有吧。

我请妈妈到家里见她的女婿。

妈妈说：女婿？我还没承认呢。

他很聪明，他很英俊，而且，他是中国人。说这话时，我才知道自己是把这一条当作他的特点或者长处的。大概也正是他的中国气质吸引了我，这是许多美国男人无法赋予我的温暖与亲切。我说不清楚，是一种莫名其妙的心理因素。我妈妈也买“他是中国人”的账，见到她的中国女婿，她喜欢上了他。她没有想到我会找到这么一个循规蹈矩的男人做丈夫，正确得就像本教材，非常合她意。妈妈对我说：如果你们吵架，你最好不要告诉我，我肯定是站在他那边的。

果然，没多久我们就开始吵架了，再不久就谈到离婚。当然我是不会告诉妈妈的。可是我妈妈还是知道了，她再次反对。我说你本来就不赞成我结婚的，现在离了不正合你意？她说我是不赞同你结婚，可我也不赞同你去离婚。他是个很不错的丈夫，不应该和他离婚。我说：那我爸爸还是一个很不错的人呢，你不还是和他离了吗？她说：我那是没有办法的事情。我说：我也是没有办法的事情。我只有十九岁，我怎么知道什么样的人可以过一辈子？

两年后我离婚了。

原因很多，最主要的是我怀孕了，所有的人都不认为我是一个好妻子，更谈不上一个好母亲了。我和妈妈吵架最激动的时候，她总会说：对，在你看来我是天底下最糟糕的母亲，我倒是很想看看你将来是怎么抚养你的孩子的。我是不会做母亲，我倒要看看你是怎么做母亲的。当我怀孕时我突然害怕起来，我以为消除这种恐慌最好的办法就是拿掉这个孩子。

当我拖着虚弱的身子回到家时，他正在收拾行李。一时间我不知道应该如何反应，只是看着他，就像大卫看着我妈妈收拾行李。我们都知道这一天终会来临，两年的婚姻看上去就是为这个场合而设的。而它真正到来的时候，我们还是有点应接无措。

我的太太怀孕了，可我不知道。我的太太背着我去堕胎，我还是不知道。他吼道，声音由于过分的激动而走了调，表情一如我的父亲和我的继父对于妈妈的背叛的指控。

我自己还是一个孩子呢。我的身体我有权利做主。

难道我没有权利吗？

我试图对他讲起我妈妈，试图为自己的行为寻找合理的解释。我说她曾经为了一个男人丢下我和爸爸。那一年我只有六岁，那是一个被众多的童话和故事濡染得最害怕被遗弃并挨冻受饿的年龄。

他说：你比你妈妈更绝，连自己的骨肉也可以不要。

我一惊，我从来没有这样想过问题。

我害怕。

他点点头，尽量表示理解：你害怕自己会像你妈妈一样。

我点点头，然后又摇摇头：我更害怕我的孩子会像我一样。

我们谈到了那个牺牲了的孩子。我们空前一致地希望孩子是个平凡的人，杰出有时候是件危险的事情。正常生活需要适度的平庸。越是平凡越是容易满足，越是快乐。那种经历过显赫红紫的人多不幸福。幸福多是默默无闻的。当然我们都是用虚拟语气——这语态给人无边无际的遗憾与宿命感。我们甚至还谈到了我妈妈，他说如果你把她当作女人来看就不会这么看她了。我说我就是没有办法把她当作女人来看。

一次彻夜长谈和一个牺牲掉的孩子，我们第一次感觉如此亲近，比我们在一起的任何时候都亲近。我知道正是这种分手的可能性让我们如此亲近。

他突然从我们很亲密的谈话中，叹了口气，说：我仍然爱你，但是我再也不能这样过下去了。我想有一个正常的生活。我需要一个正常的女人。

他原本准备把溺水的我救上来，后来发现他不但没能救我，反而自己也上不了岸了。他站起来宣布：他在外面有别人了。她可能许多方面不如你，可她正常。

什么？你敢背叛我？！

我从来没有想过这种事情会发生在我丈夫身上。这么一个忠厚老实的人却背叛了我们的婚姻。

我丈夫却说：是你背叛了我，海伦。

他又说：我们结婚，你没有邀请你的父母，甚至没有通知他们。你对我说他们都在中国，不能来。那是对我和你父母极大的不尊重。可是我原谅了你。现在你背着我拿掉了我们的孩子，这是我不能原谅的背叛。

我可以不在乎他对“正常”的暗示，却不能不在乎他对“背叛”的暗示。我从来没有想过“背叛”这个牌子会挂到我的脖子上。原来是这样啊，我像是面对医生的诊断，以前对自己病情的无知和侥幸通通被打破了。我很早就逃避母亲的庇护，就是逃避一种天定，恐惧于重蹈覆辙，奇怪的是，她的错误我都犯了，甚至是为了不同的理由。我想我是难逃背叛的基因。现在我想清楚了：我外公、我妈妈和我，真正想背叛的实际是我们自身。

对不起，海伦，我要离开你了。

我还是那副表情，暗里态度却变了。像牙齿间堵了肉丝儿，表面上没事儿，暗里舌头拼命地去捅那肉丝儿试图把它搞出来。又像一个患脚癣的人表面上好好的，暗中拼命地用脚趾抠地以解难忍之痒。

站住，要走也是我走。你想离开我，门儿都没有。休想像我妈妈那样说走就走，我不会允许你这样的。我没有等他反应过来，已经夺门而去，我还要离开你呢。

第二十一章

我带着漂泊的心回到上海

离婚的消息，我仍然没有告诉妈妈，她还是知道了。这就是家庭秘密，什么也不说，可是什么都知道。妈妈给我寄来一张回家的机票。我回家了，回到我曾经一度遗弃的生活里去。当我推着行李从机场出来的时候，正如我所料，妈妈像是迎接一只迷途知返的羔羊，她说：我讨厌说我早就警告过你了。她把我的结婚与离婚说成好像是我一次不听话的后果，她把我压进她日渐增长的皱纹里，去整日地数落。

我被她吵得不耐烦了，说：都是你的错，都是你的基因让我搞成今天这样。

讲完也觉得过分，又说：其实不是你，你只是牺牲品。

妈妈困惑地问：你什么意思？

指责你很方便。每次一发生什么我就埋怨你，总是有效，可以帮助我渡过难关。

她冷笑：那这次又帮助你渡过什么难关？

离婚和堕胎都可以不指责自己。

她讽刺道：谢谢你，美国女儿。

对于人生的不成功，中国人更多指责自己。将自己的失败与过错归咎于父母，那不是中国人的性格。当她觉得我不可理喻时，就将此归纳为美国性格。

命运对我太不公平了。我就是想不通他凭什么背叛我。我爸爸遭受了背叛，我也遭受了背叛。我们父女俩怎么这么倒霉。

你丈夫没有背叛你，其实是你在背叛他。

为什么你也这么说？我捏着细软的嗓音，声音已经非常的体己，为什么要我来承担背叛的名声？我对他是忠诚的。

因为你首先背叛了爱情。你根本就不爱他。你嫁给他只是为了逃避，为了跟我赌气。

离婚这个结果是我妈妈和我都知道的，正如一次逆旅过客一样。现在经过了漫长而忧郁的旅行之后又回到家里，我每天就干一件事：睡觉。睡累了起来活动一下，最主要的活动就是和我妈妈吵架，然后又接着睡。我的回家，不过是家里添了一头猪，会吵架的猪。这种平凡的日子过了一阵子，我又不安分了，重新羡慕浪迹天涯的生活。

其实也谈不上浪迹天涯，只是没有找正式的工作，在无休止的旅途中打发时日，在这个世界四处流窜，除了寻找自己的影子无事可做。我喜欢浪迹天涯的说法，比较浪漫。这是我选择的生活方式，也是我内心没有着落的浮萍状态。为了有精神寄托，我曾去贫民窟帮忙，去教会寻找上帝，目光在漂浮，却是在红灯区最容易看到的那种西方式的空虚。我躲在酒精、香烟，加上兴师动众启用重金属来尖叫和呐喊的打击乐中，一点麻木，一点物质主义，一点及时行乐，尽管这一切都是轻浮的、无意义的，至少还算安全，即便我流泪，但毕竟也得到片刻的安全。

生命中有些东西很悲哀，心里总有遗憾，譬如母亲，再譬如以母亲为代表的母语文化。这种悲哀与遗憾在我的性格、我的经历中是个必然存在。当我想梳理安抚我的悲哀，或者与它谈判，它却隐藏起来，这使得我的悲哀显得矫情和多余。当我想忘记了它，我对自己说，丢弃归属认同这些沉重问题，它并没有我认为的那么重要。它对我的日常生活毫无帮助，有的只是障碍。可这时它又跑出来纠缠着我。一直悲哀着，最后连这些也失去了新鲜感。这样一来我不得不承担着一种真正的遗憾。

妈妈也同样有遗憾。我是妈妈这辈子最大的遗憾。

我的中文不好，而她的英语永远有股腔调。我说的她认为过于夸张，她说的我则觉得过时。有一次，我姑姑的儿子成城表哥从东岸来看望我们，他们一起谈论中国——像所有的中国人聚会那样大谈中国的政局、建设、文化，还有中国人才听得懂才觉得好笑的幽默。两人十分投机愉悦，开怀大笑。像我刚来美国的饭桌上，她和大卫之间的谈笑风生把我抛弃了，现在他们之间因中文而产生的亲热，把我又一次地抛弃。揪心的痛涌了上来——我，永远是那个六岁的小女孩，被她狠狠地松了手去，远远地抛下。突然妈妈看见我敷衍、不知所云的表情，我们有点尴尬，因为我们永远不会有那么会心深入的笑。妈妈对人家抱歉地笑笑：海伦的中文不好。她们看不到我初学英语时对英语的由于弱势要求原谅的倚仗。我对开始弱化的母语没有那种仗势。我问自己为什么不能再倚仗一次？没有答案。直到后来我回到中国，才找到答案。答案就是我无所倚仗。它和我的黑头发一样，证明着我与别人不同的种族。如今头发依然固执地黑着，语言却不那么顽固。中文牵连着沉重的文化历史一点一点离我远去了。

当然妈妈也会与我谈论许多事情，然而那种在同一语言文化下的亲近怎么也不存在。有时，她会生大卫的气，更准确地说是吃大卫的醋，因为她觉得大卫与我分享的语言和文化比她要多。以前我受爸爸的影响比较深，后来又受继父的影响。而妈妈远远地像个外人。

《在路上》是我喜欢的一本小说，而我自己也一直在路上。《加州旅店》是我喜欢的一首歌，而我自己也一直住在旅店里。路途也结识一些像我一样的年轻人，这种路途上的“碰”友，每一个人都有一个离家与回家的故事。这种流浪的生活持续了两年，我在问自己一个问题：人到底需要旅行多久多远才想回家？一次在非洲的一个小城，到一家超市，里面出现一批水仙和年糕，商店的伙计解释道，他们老板是个中国人，过春节了，就进了一些年糕，就差这块没卖出了。就是这块过期的年糕提醒我应该回家了。我用剩下的所有硬币将一部公共电话喂饱后，终于接通了妈妈，却又无话可说，只是干巴巴地敷衍了几句，我说我在非洲。妈妈竟然不吃惊，也是可以理解的：这个女儿连父母不知道的婚都敢结，还有什么不敢做的呢？她只是说：我以为你在中国。知道吗？你爸爸出狱了。

这些年我多次尝试回上海，都被爸爸拒绝了，他绝对不愿意让我看到他落魄的样子。现在我可以去中国了。我非常想念爸爸。这想念与我出门时或在电话里对妈妈说的“我想你”不同。对妈妈的“我想你”或者“我爱你”是英文式的，热烈有余，深度不足；而对爸爸的思念与爱是中文式的，含蓄、绕梁三日的那种。去上海前我回了一趟家看望妈妈和亲戚朋友。

这些年孩子们陆续回国，先是婷婷表姐哲学博士毕业，去了香港一所大学任教。哲学是孤独的事情，她也是孤独的人。接着成城表哥经济学博士毕业，也回上海创业了。其实我们中间最想回国的是我姨夫。我大姨先是说：刚来没几年还没明白怎么回事呢，等等再说吧。接着她又说：孩子还小，等他们大些再说吧。后来她说：好不容易什么都稳定了，先这样过着，回国再等等吧。现在他已经五十五了，他知道他太太会说什么——都这把年纪了还折腾什么呢？再说估计现在回去也没什么单位会要你了。想想也觉得挺冤枉。周末在他家后花园除草，猛地一直腰深吸一口气。空气真好，他想。美国的空气，他又想。

姨夫知道我要去中国，壮志未酬地对我说：回去也好，如果想干大事，应该回到自己的国家。我表面上心悦诚服地点头，心里却向他做了个鬼脸：你是在说你自己吧？

妈妈对我此行不发表任何意见，默默地为我收拾行李，为我准备礼物，仿佛我回中国就是为她带礼物去的。

妈咪，我就要去中国了，你不对我说些什么吗？

哦，你自己当心。

就这些吗？我说，最近日子我常常做梦，梦见的全是小时候在上海的事情，不过我在梦里讲的却是英语。

你是应该回国看看了。

我去中国不仅是看看这么简单，我在寻找。

妈妈沉默地看了我一眼，目光有点沉重，像是知道自己的孩子终将碰壁，而她却又束手无策。她没有问我想寻找什么，其实这点我并不清楚。就像我妈妈说是为了寻找自由、财富、知识来到美国，心里想要的她并不清楚。可她找过了，希望过也失望过，现在老了，她一生的收获就是拥有一颗丰富的心灵。

我的继父，一个世代被迫流亡的犹太后裔，把我妈妈的话，也就是说把这种希望与失望诉说得更加清楚。

我去与他告别，我说我要走了。他说请你替我向你爸爸问好。我说你怎么知道我是去中国？他笑，说从我的慎重上已经看出了，而他早知道我会有这么一天，甚至比我还早知道，在我刚到美国时就知道了。

他说：你还记得你刚来美国的样子吗？你那时一身的白色连衣裙，有点慌乱、有点紧张，就像出门太急忘了带什么东西似的。当时我就想这个孩子大了会回去的。

我说：是的。因为这个孩子把一些东西落在那里了，她要回去找。

他却说：你找不到了。

啊？

你要找的东西已经不在了，就算在也已经不是你要的了。变的不仅是他们，变的还有你。

变的是我，我二十四岁，两种文化的生活我各占一半。但我仍然不服气地问：你怎么知道？

继父没有再说什么，但是他通过这样非常家常的闲聊已经传递给我一个重要的信息：失去家园是永恒的人类感觉，它吻合了现代人在当今社会中的异化命运。同样，人类对生命的希望与失望也是永恒的。我想：将永久地寻求精神家园、又不停地寻找栖身之所作为终身事业的犹太继父一定就是这样——一边小心翼翼地维护他的心灵深处的犹太家园，保持自己的民族性，一边又有意识（或者说无意识）适度地淡化他的犹太属性，以便更好地与其他民族融合。

但我仍然需要回中国去，我想我最终的追求与中国有关。即使事与愿违，我也别无选择。

机场光洁锃亮的地板上无数个看不出鞋印的步伐，总在离合的匆忙之间，夹着眼泪和笑声，还有轻微的晕眩。现在妈妈和我要在这里分别了。十二年前，我们就是在这里相会。那种热烈、粗鲁与无处可逃的机场感觉我能轻易记起。因为在初来乍到、言语不通的日子里，感觉远远地走在前面。

我亲吻妈妈的脸颊告诉她我会想念她的。情景的优美犹如经过排练，美得不真切。一些爱，隔着一些不愉快的回忆，不免有点黯淡。疏远的种子早就种下了。令我悲哀的是我没有别的方法接近妈妈，同样令我悲哀的是我也没有方法远离她。母女之情寥若晨星，远远地在天边，近不得却也无法消失，许多时候只是个提醒。对我们的母女关系，妈妈和我都不愿多想，更不想谈，谈到一个程度，再深不下去。我将曾经取走的照片还给她，因为我知道自己这一走便是多年，这些照片将替代我陪伴在她身边。这些照片将给她一些安慰，平静的、没有争吵的，同时也是没有生机的安慰。可是她又能如何？只能领情地对我笑笑。

妈妈说：海伦，自己照顾自己啊。

我挥挥手，就把海伦留在美国了。

爸爸看见一个叫宋歌的年轻女子从走道里稳步走来，轻松地与同道的人打着招呼，娴熟地运用各种礼仪技巧，带着一点优越感和一点自以为是。儿时的认真、较劲和遗传来的愤世嫉俗都已经找不到了。

于是他一见我就说：你没有什么变化嘛！

没变吗？我问。我想给他一个拥抱，又怕吓坏他。这毕竟不是他熟悉的。身体存着拥抱的动作却只是轻轻地和他靠了靠肩。

你看看你，老是长不大似的。他说，当然他并不这样认为。

他接过我的行李。他这时的身体已经是泥足巨人，气喘喘地保持双肩的平衡，努力扮演一个保护女儿的强壮的父亲形象，努力地不让我们看出他的吃力。

他比划着我十二岁时的高度，对同来接机的爷爷奶奶说：她走时就这么高，瞧现在长多大了。他是想用我外表的变化掩饰他已经观察出来的内心变化。

我开口地道的上海话把爷爷奶奶吓住了。上海话容易说，说得地道却不容易，两三句话就暴露出你与它的交情。很快地，我的上海话就不够用了。他们就笑，异口同声地要我“帮帮忙”。美国人允许外国人讲有口音的英文，中国人也允许外国人讲有口音的中文，可是上海人不允许任何人讲不标准的上海话。我开始说普通话，再后来我就讲英语了。幸亏我爷爷能讲一口非常好的英语，奶奶笑：小歌现在她是乐不思蜀了。乐不思蜀？我问这是好词还是坏词？奶奶笑：你应该问这是褒义词还是贬义词。

好在，爷爷奶奶不在乎我已经弱化的中文，他们仍然爱我。他们早已经退休了，不仅仅是形式上退下，而且是从气势上真正地退休了。奶奶更瘦了，眉头皱得更紧了。她还是那么不满，只是现在她不满的事物中更多的是她自己。她还是怪罪我妈妈，只是她已经不愿意跟我谈起我妈妈了。得知我妈妈二度离婚，说，我早料到了。那声音是恶毒的，又不全是恶毒。

我爷爷更不说话了。爷爷已经很久不说话了，不仅嘴上不说话，心里也不说话了。他这么久没见我，见面也只说了一句：回家就好了。脸上的表情，也在见到我之后再次活跃起来。现在爷爷只喜欢看报纸。年轻时候就喜欢看报纸，在头条新闻下面点上许多惊叹号，没有问号。老年了，问号对他不再是勇气的问题，而是心情的问题。他只是挑错别字。问他今天有什么新闻？他说年纪大了，看过就忘了，记不住。连《人民日报》都出现了错别字，真是糟糕啊。

爸爸让出空间给我与爷爷奶奶说话，他在一边看着我，看着我如何与爷爷奶奶亲热。他看到了一个已经娴熟掌握了社会技巧的女人。他送出去的那个在机场用很重的学生腔说“爸爸，等我们再见面的时候，你猜不出我会变得有多好”的小姑娘，变成了另一副模样的女子——清高的、警觉的，骨子里对一切都含有轻蔑，隐约的自怨自艾。他想他熟悉的那个小女儿隐藏在这位年轻女子的哪里？哪一抹眼神哪一个表情里？他猜测：那个敏感而冲动的小姑娘与这个站在他面前的年轻女子之间应该有一条鲜为人知的满是过节、挣扎的通道。就像一部电影，他看了开头，又看了结尾，怎么也串不起来，于是迫切地想倒到中间看看过程。只是他不说穿。只有我爸爸有这样的观察，又能有这样的不说穿。

我终于回到了上海，回到了我的故乡，而我完全认不出上海了。到处都是新的楼宇，新的街道。新路不认识，老路也认不出。我找不到回家的路。认得又如何？同样找不到回家的路。这十来年上海什么都变了。我找不到我的上海了，只剩下一口不咸不淡的上海话稀里哗啦地拎不起来。

一路上我都仰着脖子，像一只脖子前后左右转动以识别回家之路的狗。繁华的建筑在阳光中射入我的眼睛。阳光是刺激的，像这座城市一样刺激。我像一个纯粹的外国人，底气不足地东张西望着上海呈现于我面前的勃勃生机；慌慌张张地面对我的故乡迎接外乡人的好客与热情——就是主人翁那种不动声色地激动着的表情。他们向我这个外来人流露他们为这座城市的发展切实做出努力并颇见成效的自信。

故乡和母亲一样，让我近不得远不得，漂泊多年的游子对故乡的眷恋、陌生、期望和被遗忘。这时的三藩市是晚上，光是这昼夜颠倒的感觉，已经让我清楚地意识到这里与三藩市，是天各一方了。

爸爸看出我的手足无措，安慰道：上海是一年一个样，三年大变样。上海的地图，三个月就要更换一次。别说你这么长时间没有回来不适应，就连我们这些一直生活在上海的人也觉得自己跟不上。

原本我们要直接回刚搬进去的新家，爸爸突然改变计划，带我去以前在弄堂的家。上了一辆的士，我说了我记忆中的路名，司机打量了一下我，那眼神好像我这些年都在冬眠：小姐，你说的都是老皇历了。

雨一直下着，车子开过我们以前在弄堂的家，现在是一片工地。爸爸把我接到这里，就像十一岁那年接我回家一样。没有想到，自己回到这里，会带着怯意。望着这片工地的是一个十一岁的小女孩，心情也随着变化。时间就像留恋过去，凝结在童年的某一个点上。

MEIGUOLÜDIAN

美　国　旅　店

第二十二章

你不要我了吗？妈妈

爸爸和我先坐一站公共汽车，接着又转了一站车，然后走在这条窄长的弄堂小路上。这条路本是不长的，只因为道路的狭窄，看起来长罢了。加上昨天刚刚下过雨，路有些湿，地面一小片一小片的小水洼闪着光。我们不说话，走得专心：低着头，将裤脚提高，避免湿了鞋子。这条路更是平白地长了起来。天是阴的，太阳其实还在，仔细看还是能看出来太阳的影影绰绰，躲在乌云后面心事重重的样子。空气是异常的清凉，夹带着被雨打湿后无力张扬的泥土的气息。

因为我妈妈突然回来了。奶奶常当着我的面说：你妈妈什么时候回来呀？奶奶多数时候是恨的：你妈妈太过分了。你妈妈做人不地道。女人都是忘恩负义的。偶尔也会有明白的时候：如果不是我在你爸爸妈妈之间瞎搅和，他们可能也不会到这份儿上的。突然妈妈真的回来了，而且知道妈妈在美国生活不错，奶奶更是恨上加恨，说：她回来干什么？！来见小歌吗？告诉她门儿也没有。在她对这个家造成这么大的伤害之后，我为什么要让她见小歌？我很生气地对奶奶说：到底是你见她还是我见她？为什么任何事情都要扯上你们大人？奶奶也很生气地对我说：奶奶真是白疼你了。你知道你妈妈这次回来为了什么吗？

妈妈这次回国想带我去美国。我清楚，爸爸他们当然更清楚。

小女孩有点记不得妈妈了。以前心里有她的许多好处也一一忘了去。首先忘记的是最好的事情：她发烧，妈妈一夜没睡守着她。还有妈妈录的十盒“妈妈给宋歌讲故事”。小时候这个小女孩喜欢听故事，每天晚上缠着妈妈讲童话故事，什么《白雪公主》《渔夫与金鱼的故事》，妈妈困得不行说着说着就睡着了。小女孩摇醒她，妈妈还没讲完呢。妈妈看着两眼大瞪的女儿又开始讲下去，完全是胡编了，讲到哪儿算哪儿。小女孩又摇醒她，妈妈你讲得不对。妈妈眼皮沉重地说，妈妈实在困得不行了。明天再讲吧。后来她就将故事录成《妈妈给宋歌讲故事》，一共十盘。想什么时候听就什么时候听。

还有一些不太好的记忆也在消失：比如她强行带小女孩去学琴。她用颇为悲壮的语气对小女孩说，妈妈就算倾家荡产，也要把这钢琴给你买回来。

后来就连妈妈的模样也淡薄了。小女孩对妈妈的印象太少了，总固定在一两件事情上。成长并不全是好事。好的记忆变坏，坏的记忆变得更坏。就说那十盘录音带吧，出国后她打电话给小女孩，小歌呀，你还在听《妈妈给宋歌讲故事》吗？听呀。我都能背了。妈妈，等你回来我给你讲故事。几年后她问小歌，你还记得你说过等妈妈回来你要给妈妈讲故事吗？不要，我最讨厌童话故事了，那都是骗人的。现在更大了些，一提起十盘录音带，她小嘴一撅，我妈妈最偷懒了，就会拿录音带糊弄人。

我拎着裤脚的手突然一松，停了下来。我对爸爸说：我不想见到她。我想说的是如果你不想我去见她，我就不去见她。不知怎么的，这话出了嘴就变了样。

爸爸没有说话，用那张巨大的芭蕉叶似的右手拍拍我的右肩。拍得很是心痛，就是要拍走我心中的许多犹豫与不确定。他希望有人也能这样心痛地拍拍他的肩。

我是不会跟妈妈去美国的。我又说。

爸爸也不会让你走的。

爸爸微微一笑，是一个尽量不让我察觉，却是感到欣慰的笑。

快到了，爸爸说，然后背对着我蹲下，用手指指他的后背：来，哥们儿。他的背温暖而平坦，他的气味安全而踏实，他的手有力而干燥。他带我走过这一程漫长的泥泞路，那是我独自不能胜任的距离。

小小的阳台挂着色彩缤纷的衣服，被太阳夺去水分后在风中轻浮地飘扬。气味爽洁干净，像是同一种洗衣粉，跟着谁家的红烧肉味道混在一起，飘扬着那种活泼的、人间烟火的、永不绝望的情绪。衣服后面是一扇扇门和玻璃窗，没有衣服遮挡的时候可以反射出路上的景物，被遮盖时就像一只只闭着养神的眼睛，什么都收在其中。

到了门口，我和爸爸正想进去，听见奶奶的声音：侬这次回来是——

我们知道妈妈已经到了。奶奶是上海乡下人，几十年来上海话在她那里起了生色，要它软就软要它硬就硬。软起来，像棉花糖，融入嘴里嗲得很；硬起来，像是铁蚕豆在嘴里，嘎巴直响，叫人闹心。

我和爸爸像同谋一样对望了一下，我们想知道妈妈会怎么回答。我从爸爸扫过来的眼神猜到了自己相似的眼神。那种心心相印是外人体会不到的。它是我与爸爸生活十一年，带着勾结、秘密的心照不宣的同盟。

这种对话的前面应该是这样的一种过渡性对话：你回来了？我奶奶语气清淡。回来了，妈妈说。终于回来了，我奶奶还是那种清淡的语气，意思却是强烈的——你还敢回来，看来不是冤家不聚头啊。我妈妈硬着头皮又应道：回来了。去美国多久了？五年了。哦，这么久了。那边都好吧？还好。那就好，一个人在美国也不容易呀。哦，你也不是一个人，有人可以帮你呀。你这次回来是——奶奶突然转到正题上。

我妈妈听出不友善，主动问：奶奶，你和爷爷身体好吧？妈妈按照我的辈分叫“爷爷奶奶”。这为我妈妈找到一个突破口，像我在美国管她叫“妈咪”一样。另一种称呼就是另一种关系，亦是一种掩护。

我们两个老的还是老样子。奶奶不主动说起我爸爸和我的情况，只字不提。她要妈妈提。这需要胆量。奶奶就是要看看我妈妈如何提起我。

孩子好吗？妈妈问。她明知要掉入陷阱，却毫无退路。

果然，我奶奶见她主动进入自己的埋伏，比她设想的要早，脸上露出了意味深长的笑容。

没妈的孩子能快乐到哪里去呢？小朋友骂她“没有妈妈的孩子”，回家告诉我，我说下次他们再这么说，你就说，我有妈妈，只是妈妈不在身边。她问我这有区别吗？我想了想，是呀，对孩子来说没有什么区别。

我妈妈无言以对。内疚主导了她一切的情绪。这些年在海外的孤独、艰辛，她都无法说，不能说，都是自找的。见到这家人的难堪也是次要的。就这样，奶奶掌握了妈妈的内疚，于是进一步地掌握了她的一切。

孩子的事让孩子自己解决，你这个老太婆在这瞎吵什么？突然有人浊声浊气地喊了这么一嗓子，是我爷爷。他一定是再也听不下去了。因为他轻易不开口。他听了一耳朵的妈妈和奶奶之间的蠢话。现在他再也不要听了，他平静地摘下助听器。他想，他对别人的嘴巴没有主权，总可以对自己的听力做主吧。

爷爷奶奶的关系非常微妙，多数是爷爷听我奶奶的，可爷爷一说话，奶奶就安静了。奶奶是那种表面很女权，骨子里极谦顺的女人。有一次，她与爷爷吵架，爷爷说我不想和你吵，也不想再看到你，你给我走人。奶奶说走人就走人，我走了你别后悔。奶奶看起来如此厉害，搞了半天还处于“走人”的处境。

看过爷爷奶奶组织的这个家庭的人，都一眼看出他们由于不同渴望互补的猎奇心态。

奶奶十五岁逃婚离家当了解放军。就在出嫁前的那个晚上，她对自己即将面临的本分、完全可预测的日子充满了绝望——一年后她的肚皮就会大起来，然后像村里所有的妇女那样旁若无人地敞开上衣喂奶；像村里所有的妇女那样毫不害羞地蹲厕所，一边蹲一边打听别人的家事，时不时地往土地上吐口水。祖辈积攒下来的本分让她害怕，害怕自己就此平庸下去。她萌发出了走的念头：背着一个花包袱、有一顿没一顿的食物，生活有了传奇色彩，连流亡经过臆想都有了侠客的光辉。

第二天新娘子就不见了，不久部队里多了个小女兵。她在部队里学会认字学会认识这个世界。众多的男兵，不可多得的几个女孩子。不好看的女孩子也成了大美人，何况她是好看的，更何况她是知道自己好看的。她一直享受着男军人的集体殷勤。他们远远地欣赏着她的美貌及她给整支部队带来的柔情，用心灵用目光疯狂地爱着她，却不奢望实质地拥有她。那沉默的关怀几乎成为我奶奶一生享受到的最完整的幸福。她在男人世界里迅速成长起来，成为一个目标明确、有心计的女孩了。几年之后这个农村姑娘回到村里，已经是一个讲话一套一套的女干部了，看人眼珠子也不正了。

再说我爷爷的背景：他父亲是留美博士。爷爷出生于上海租界，就读于教会学校。上教堂，说英语，在中国接受全套的西方教育，英文不亚于中文。八十年代初期夏威夷一家杂志的总编来访中国，吃惊爷爷的英文这么好，问他是不是来自大陆？这个大陆指的是美国大陆。更让总编大人吃惊的是，爷爷居然对美国的几大杂志如数家珍。爷爷是1949年后才不读这些杂志的。出于天真的理想，投身革命，与自己的家庭决裂，与自己的阶级决裂。这样的人注定一生坎坷。

这样两种背景的男女第一眼看上时，就像两辆狭路相逢的车子在交会中互放光芒，想相让却无法相让，只有一起坠入深渊，在深渊中飞翔与下坠。两人之间阴差阳错地产生出一种奇怪的吸引力——一个养尊处优的富家少爷与进步的解放军之间的由于天差地别所产生的渴望互补的神秘激情。

爷爷在政治上的幼稚及永远表现着顽固笨拙、不合时宜所带来的麻烦，使他感到他“必须努力改造洋奴意识”。他觉得自己有被纠正的需求，被像奶奶这样青春勤劳、政治上敏锐和对人情世故通晓的女人纠正。

奶奶亦能感觉自己就是为拯救他而生，她担心他的意气用事最终会给他带来噩运。悲天悯人的女性情怀产生一种能量，是居高临下的慈悲为怀，那就是拯救爷爷的生命——政治生命——它在那个年代比肉体的生命更重要。她放弃了政治前程远大的某司令某军长，与爷爷走到了一起。她用自己作为“革命道路是可以选择”的活例，先教育她的丈夫，接下来是她的一双儿女。

奶奶像给学生批作文，操一支红色钢笔圈点，去掉爷爷文章中所有不光明的言语，而且解释这话的错误及不堪后果。才华于文人在其次，关键是立场。才华对于站错立场的文人只会带来无尽的灾难。奶奶的教诲或者说恐吓对爷爷显然发生了作用，一个顽童猛然意识到他的顽劣将带来的惨痛后果。他又一次认为自己是需要被纠正的。奶奶趁机，不经爷爷同意就加上一两句紧跟时代的口号。奶奶将改好的稿件封了口寄走，爷爷脸上的惊悸还没有过去，最多气息奄奄地说：干脆换成你的名字好了。他的意思是反正也面目全非了，何不把他的名字也换掉。发表的文章爷爷自己是不看的。味儿全变了，他说。平庸透了，他还说。他没有被奶奶磨得无棱无角，反而因为有奶奶在思想上把关，爷爷更加大胆，于是奶奶更加勤奋地偷梁换柱。

奶奶政治上的世故很快就表现出来而且获得实惠，比如她判断某某人还没倒，是因为此人还被称为“同志”。她还有力地指导我的爷爷应该与谁来往，应该培养一些对自己感恩戴德的人，而且要让他们的感激发自内心。这群人中有一个是我外公，当时是我爷爷的部下。当然奶奶也有失算的时候，外公就在一场清算斗争中出卖了爷爷，他第一个跳出来揭发爷爷。

时代成就了这样的一批婚姻。时代过去了，婚姻也结束了，理由多为没有感情。而爷爷奶奶的婚姻却存活下来，而他们并不相爱。得知我妈妈要和我爸爸离婚，理由为没有感情，第一反应不是感同身受，而是大骂我妈妈忘恩负义。我才知道，爷爷奶奶婚姻的维持靠的就是不忘恩负义。经过相互的扶持与讨伐，他们产生了共同生活的诚意。就算对方是颗瘤，也血肉相连了。

他们吵了一辈子，老了吵不动了，就一起帮子女带孩子。一天，一个孙女把玩具狗给拆开，螺丝找不到了。两个老人从工具箱里找来一个差不多的螺丝，安装好了后，孙女才从床铺下找出原本的螺丝，两个老人又齐手拆刚才的螺丝，却拆不下来了。他们说：已经锁紧了，现在只能这样了。以后这个螺丝再也没有掉下来。爷爷奶奶维持着一种耐人寻味的婚姻关系：不是最正确的，却是最牢固的。孙女还认为她有一对恩爱的爷爷奶奶。

这个孙女就是我。

在门外的爸爸就趁着我爷爷那一嗓子后的平静推门进去了，冲着厅里喊了一嗓子：来了啊。像是报告我们的到来，又像是问候妈妈的来访。

妈妈的目光越过高大的爸爸直接落在躲在后面的我的身上。

那是我和我妈妈第一次见面。当时的情景今天依然清晰，多年等待的画面，就意味着必然记忆深刻。从第一眼开始，就像放置于私有的空间，只有她和我，周围的其他人全部消失了。她穿着一件芥末色的便装，回国新买的。梳着八十年代末最时尚的头型，刘海吹得高高的像半屏山头。皱纹是新添的，将这几年海外的不易藏在里面，不作剧烈的脸部表情还轻易觉察不到。还有一颗新补的牙，就连这颗洁白无辜的牙齿也遭到了我奶奶的强烈抨击：我算是看透这些从国外回来的人了，不是老说美国人牙齿又白又整齐吗？国外什么都好，但是国内的好处也是要捞捞的，中国的牙科不差，当然价格更好了。

她不等自己和我有个适应，有个感情酝酿的基础，就匆匆冲上前与我拥抱。我被她抱成各种形状。我从各种形状中挣脱出来，对她冷眼相向。这时刻接到背后奶奶火热目光对我的喝彩，嘴角含着一个对妈妈的幸灾乐祸：你自己都看到了吧！

妈妈与挣扎出来的我这才开始相望，心里的混乱全部写在彼此脸上。我看见她的，她看见我的。这就是我妈妈吗？为了留在美国已经和别人结婚了，已经不要我们了。

而她那时也正这样感受我：女孩子过大的眼睛闪躲着，两颗大门牙咬住下嘴唇，下巴有点不知所措的后缩。女儿没有笑容的表情与她有些失态的热烈显然是不协调的。我没有像她奢望的那样张开双臂向她扑去，久别重逢应有的流泪和轻微的晕眩亦是不见的。如果那样她也不习惯。她不记得有这么一个到她肩部的女儿，两条手臂又细又长。她只记得那个齐她腰部的六岁女儿，穿背带裤，常用缺了大门牙讲起话来漏风的嘴哎呀呀带着童音嗲声嗲气唱“世上只有妈妈好”，这是她熟悉的。

是的，我们都对对方陌生。我可以承认，可是她不敢承认。她害怕。对于这种陌生感的承认，会引起更深的恐慌。为了阻止恐慌感，她略略挺挺腰站了起来，这时像是才反应过来我旁边还有我爸爸、她的前夫。她笑了一下，叫了我爸爸的名字。

奶奶一直站在我后面，终于她放心了，原本心里没有把握的事情现在终于定下了。小女孩对妈妈的敌意暗中已经给了她最有力的支持。她现在可以说：那这事也不能由我们大人说了算，得听听孩子的意见。小歌不是小孩子了，有自己的想法。

我知道大人的戏开场了。而我也终于有时间回想我妈妈与我不知怎么开始的，也不知怎么就结束了的见面与拥抱。这时将刚才囫囵吞枣的一幕拿出来好好品味，要把她的每一个动作每一副表情每一抹眼神刻在心底印证。她身上那股奶香是我唯一不陌生的东西，它很独特，不是任何其他女人可以替代的。走失的小动物与妈妈得以相认靠的就是气味。她的两只手臂是修长的，修长得夸张，把我这样抱那样抱，手臂环绕过来，盘缠过去，轮番表达她的爱意，像一幅翅膀把我整个人包裹起来，爱护起来。我忽然分不清这种拥抱是真正发生了的还仅仅是我渴望发生的。也许是我记错了，也许是我希望她那么抱我。我的记忆并不可靠。当我挣扎开来时我反而清楚：这些年我一直希望她能够这样抱抱我，希望她圆润修长的手臂紧紧箍着我。我越是挣扎得厉害她抱得越紧，直到我动弹不得，倒在她的怀里。刚才我是真挣扎还是假挣扎也分不清了，只是我不能如此轻易地与她言和，不能这么简单地让她、让我如愿以偿。在心底，我与我妈妈进行着新一轮的虚虚实实的拥抱，而它永久地印在我的心底。

奶奶并不让她孙女在一边无止境地发呆：小歌，你自己说你跟不跟你妈妈去美国？

现在我才注意到我奶奶，一个离休的妇联干部，熟悉计划生育。深色暗花的老太太装，齐耳短发，下巴尖利，表达着她坚定的意志。精瘦，抑郁下的那种瘦法，有太多的悲戚占领了她的身体。嘴巴锁得像花骨朵儿。一双对一切事物永远不满的眉毛似蹙非蹙，人生及这个社会总有太多的不满意令她眉头紧锁，计划生育做得不够彻底，贪官污吏太多，环保意识淡薄。不满对象中她的亲人无一幸免。蹙到她认为的极限，就会眉头拱成一团，花骨朵儿一开，张开两片很薄很扁的嘴唇，像顶着一枝盛开的喇叭花。她蹙眉是忍，她开口则是忍无可忍了。妈妈说，你奶奶骂人骂得太多都把嘴唇给骂薄了。小时候不懂事，傻傻地把这话学给奶奶听。奶奶两片嘴唇一撅：你奶奶不是骂人骂太多把嘴唇骂薄了，是做检讨做得太多才把嘴唇给检讨薄了。

她站在老式的红木茶几前，一只手按在茶几上，另一只手指着我妈妈。全副武装，有备而战。妈妈肯定一进门就意识到这一点。

红木茶几的另一角坐着一个同我爸爸相貌酷似只是小了一号的老人在看报纸。他是我爷爷，我爸爸的老年版。

我的姑姑站在爷爷旁边，她永远站在爷爷一边，与她的母亲势不两立。而奶奶的年轻模样却完整地复制在她身上。

最后是我的爸爸。他站在我旁边、他家人的面前。他对自己的处境讨厌极了。一封信的几十种开头让他拿不出一个态度来。他冲我妈妈礼节性地笑笑，自己觉得过于宽容这个女人，如同纵容犯罪。那短暂的笑迅速地推出一个怒来，怒里残存着刚才的笑。他就是用这个没有到位的怒瞪了我妈妈一眼，立刻又觉得失礼。我爸爸把他写信的颠来倒去的情绪搬到现场来模拟。他的个子又高，头立于众头之上，所以每个表情都众目睽睽。全屋子的人看着这个大高个儿不断地前进、不断地折回，自我冲突着。几十封没有寄出去的信一时间我妈妈全收到了。

我突然难过极了，为我爸爸今天所要扮演的角色，今天的戏太重了。当我妈妈叫了他一声“宋伟”时，爸爸“呃呃”一声。五年来甚至更多时间的埋怨不满、体己的委屈，这一刻什么都说不清了。

这时姑姑开口了：小歌他们来了，就让他们三个人谈谈吧。毕竟是人家的家务事。

奶奶立刻对姑姑投以她惯有的蹙眉，用了一股力使淡而稀的眉毛跳出原本的位置，拧成两根绳子。姑姑的话是这样的让她不满。

有什么话不能当面谈吗？小歌可是跟着我们长大的。奶奶提醒道。她不说早些时候外婆也来看我，后来父母离婚也就影响到两家人的关系，她就不太愿意妈妈那边的人来看我。外婆年纪大了，来了几次，看了点脸色就不好意思再来了。

妈妈意识到，她已经被推到众人注目的舞台中心。她的大脑一片空白。她临时决定放弃对我的争取：离婚是我和宋伟之间的事情，我不希望把任何人扯进来，尤其不希望把孩子扯进来。离婚确实对小歌造成了许多伤害，但是这种伤害比起一个吵闹的家庭环境还是有限的。有时候我和宋伟吵架，小歌就吓得躲在被子里哭。这对孩子的身心都很不利。

观点是尖锐的，态度是温和的。奶奶斜了一眼过来，矜持地点点下巴，右脚外伸，那是她在部队里的稍息动作，现在右脚冷漠地说，我不同意你说的话，但你有说话的自由。你可以说下去。

我觉得离婚是我和宋伟最好的解决方法。我们没有感情。与其两个人痛苦地在一起，不如分开干脆。这样对谁都好。

奶奶冷漠的右脚收回，她已经抓到把柄了，她不能再等了：没有感情？当年我们帮你留在城里时，你怎么不说没有感情？我们送你去上大学，你怎么不说没有感情？我们把你从出版社调到师范学院时，你怎么不说没有感情？我们帮你开出国证明时，你怎么不说没有感情？

奶奶站在红木茶几前，声情并茂地做着演讲，像当年学潮中那些穿蓝裙子的女学生。嗓音开始越来越高，越来越激动。这些都是妈妈受惠于宋家的地方，都是对妈妈良知的鞭笞。她的眼睛明白无误地向妈妈传递一个信息：你忘恩负义。

我听出意思了。妈妈在国内没有和爸爸离婚，是她的失误。她可以在出国前的任何时候与爸爸离婚，那将只是难断的家务事中的一桩，而不会让爷爷奶奶骂“忘恩负义”。她可以在爸爸砸东西的时候和他离，也可以以爸爸对她出国不配合为由和他离。她错过一个又一个离婚的机会，到了宋家对她再无利用价值时离了。错过的许多机会和遗失的年华使她自己也说不清楚怎么回事，只是匆忙地把自己推到众目睽睽的舞台。她怪不得别人。

你一到美国，就知道感情了吗？你根本就不配谈感情。你在美国做的那些事情是一个懂得感情的人做的吗？想留在美国没有错，错在留美的手段。奶奶吼叫着，锋利的目光像一把飞刀直指妈妈，直指妈妈内心隐蔽而又阴暗的那部分。妈妈显然就像被电击中一般矮了下去。

奶奶的嘴巴上下启动，一些细碎的唾沫星子从她的口腔飞出来，有几滴落在我妈妈的脸上。妈妈并没有去擦，更没有扬长而去，她反而比做宋家儿媳妇时顺从。她知道，被别人责备比被自己责备好过得多。

真是有其父必有其女。你爸当年就是一个忘恩负义的人。我们家老爷子倒了，墙倒众人推，他还不赶快来推一把？当然推得比谁都卖力。他以为这样他就脱了干系。后来自己不是也被人整了吗？结果挂了一个畏罪自杀的骂名。这就叫报应。

妈，你说这些有意思吗？爸爸不耐烦地说道，嫌恶地制止了他的母亲。

奶奶瞪过来一眼：都什么时候了，你倒护着她。她害得你还不够吗？她害得你家破人亡。

妈妈害得爸爸家破人亡不假，人亡那是后来的事。奶奶这话真是不祥之兆，那是很多年后我才想到的。

教训完儿子，奶奶又开始说我。走到我后面，双手压住我的双肩，以我作为最为鲜活的个案：这些年你尽过一个母亲的责任吗？宋歌最需要母爱的时候，你在哪里？你决定离婚的时候，你就应该知道你将失去宋歌，后果自负。

我拒绝当作活例，抖动着两肩。奶奶在暗里越发狠地压住我，让我动弹不得。她的头颅安放在我的头颅上，一老一少的两个头颅非常滑稽，可是奶奶毫无察觉，仍然斗志昂扬做着报告：这个家不是你要呆就呆要走就走的，孩子更不是你想要就要，不想要就丢给我们的。你以为你寄回几张美钞就能解决问题？那你实在是想当然了。文琴啊，做人要有良心啊。你的良心都让——

她的嘴唇已经摆好进攻之势，我的在场提了醒，大人常常会因为孩子在场表现出好品行。那个脏话缩了回去，成了没有响的爆破音，嫌疑却是免不了的，我已经听出奶奶要将愤怒撒在哪一种动物身上了。后来我就替奶奶在美国完成了这项交接仪式。

我妈妈一听，以为谁在对她念女儿的信呢。今天算是找到根源了，妈妈终于忍无可忍了：怎么这么熟悉呢？我一直在想，一个小孩子水平怎么这么高，今天我可算明白了，后面有高觉悟的奶奶。离婚本来就已经对孩子造成伤害，你们还不断地扩大这种伤害。你们以为你们是为孩子好吗？你们简直是把我女儿当成你们的人质。我告诉你们我女儿不是你们的人质，不要动不动就拿这些来吓唬我。你们这样，我可以去告你们。

嘿嘿，奶奶尖声冷笑两声，频频点头，像是终于等到了好戏。好呀，还要告我们？你试试，你去看看正义是站在我们这边，还是你那边？奶奶她做了一辈子政治工作，确实有水平，不然人家怎么说“正义”，而不是“法律”。

婆媳二人长久的不和，又长久的忍耐。此刻不和仍存在，忍耐却不需要了。

爸爸突然厚着嗓子说：小歌，你和你妈妈出去玩玩吧。

这个节目是他临时加的，没有预先的计划。他大概也觉得对我太不公平了，让我这么小就听这么多的东西。

妈妈匆匆地向爸爸投以感谢的目光，又匆匆地拉上我出门了。

奶奶相当失落，她本来是要主持一场人间正道的，现在就这样让一件事情不了了之。她是那种非常需要在每件事上分出黑白的人，而且这个是非公断是由她来主持的。不难想象我和妈妈出门后，她的两条眉毛将如何地拱成一团，嘴唇嘟得像朵盛开的喇叭花。

终于到了我和妈妈独处的时候。妈妈很快发现和我谈话相当困难。我不主动附和她，她附和我更是徒劳。小歌，今天你想做些什么？我不说话。想吃肯德基还是麦当劳？我仍不说话。她想了想，决定换个方式。我们去吃肯德基好不好？我摇摇头。那我们去吃麦当劳怎么样？我还是摇了摇头。那我们就吃汉堡王怎么样？这回，她没有等我摇头，就接着说，我们就去吃汉堡王吧。

小歌呀，你想不想妈妈呀？

我的脸从汉堡王儿童套餐里浮上来，看着她。她迎接我的目光说：妈妈可想你了，每天都希望早点见到你。那你想不想妈妈呀？

我点点头。

她立刻笑了，高兴得有点暧昧。知道我虽然人小，已经知道察言观色了。爸爸奶奶不在，态度稍微好些。以为一切如故了，以为她仅仅出了一趟差回来，像是每次出差回来，她也是这样问的：想不想妈妈呀？想。哪里想呀？心心想。我指着自己的胸口说。有多想呀？我的两只细长胳膊就会伸出来比划出个长度：这么这么想。

他们说你不要我了。你不要我了吗？

这是哪个大坏蛋说的？

妈妈突然不用成年人语言，躲入儿童的语林中，童话里对人物的评价全出来了。我才明白为什么讲童话的都是大人，孩子只是在听。大人从中太受益了。愤怒、尴尬，还有不自信通过孩子的语言也可以在孩子面前得到适当的发挥与掩饰。

他们都这么说。

妈妈怎么可能不要你？你是我的全部！

那你为什么不回国？

她看着面前泪眼婆娑的女儿，不说话。多少次的越洋电话，女儿就是这么把她逼得走投无路。为什么不回国？为什么和我爸爸离婚？为什么要在美国？为什么跟别人结婚？答案太多了，可哪一条在女儿面前站得住脚？当然她也许也想说：为了孩子。她更清楚一出此言，我定会双脚直跳：为了我，为了我，为了我你就不应该这样！最好的回答就是不说话，让我发泄，让我尽情地发泄。

为什么？我又问。

因为妈妈买的是一张单程机票。她只能这么回答了，又说，你跟妈妈去美国好不好？

我不说好也不说不好，而是问：那我爸爸怎么办？

这个时候，这个问题妈妈显然没有答案。以至于后来她对我爸爸说的一些话显得那么突兀。

第二十三章

我和中国人结婚你心理会平衡些吗?

现在我们站在一片轰隆隆的工地上，一座壮观的体育场即将取代我童年的弄堂。全新陌生的建筑，含着全新的姿态注视着我。它们崭新，没有历史。掺着灰尘的阳光，满满当当地充斥在工地间。仅这光雾，就将大千世界远远地挡在外面。许多年前妈妈就是从这里离开的，后来我也从这里离开。同样的热度与湿度。现在这里今非昔比，同样我们的生活也平添了许多痛苦与期望。

妈妈回国探亲的日子里，她每天到学校接女儿放学。女儿主动拉着她的手，向四周好事的目光大声宣布：我妈妈从美国回来看我了。小朋友交头接耳：宋歌的妈妈回来了。宋歌有妈妈的呀。宋歌妈妈好漂亮啊。小女孩得意地点点头，小学期间不断的自我辩解现在终于有了真凭实据。小女孩做出很亲昵的样子：一只小手放在她的大手里；另一只手做着大幅度的摇摆，与小朋友们说再见。出了校园，进入没有同学看见的小马路，女儿的手就从她的手里挣脱出来，身子往一边一扭，抛出个心理距离。当别人说她坏话时，女儿本能地想维护她；当她回来，女儿心里又将她挡得远远的，与她过不去，更像是与自己过不去。女儿对她又爱又恨，那感情真是要命。

她立刻明白女儿的表演谢幕了。她为女儿这点虚荣指责自己，对孩子的歉意在她心里全面发作。这种情形以前也是有的。

比如那年她姐夫回国讲学，她托姐夫给女儿带回一双耐克鞋，女儿一直穿着，且四处炫耀：这是我妈给我买的。她后来听说了，对姐夫说：心里真难过。不过给她带了一双鞋罢了，她就这么高兴，一直穿着。

她突然哭了起来，汹涌澎湃的眼泪让她说不出话来。她弯下身子来抱她女儿，修长的十指尖嵌入她浓密柔软的头发。眼泪下雨般打在她的头发上，如春雨侵入泥土。孩子是非常害怕大人哭的，知道比自己哭更糟百倍的事情发生了。

然后她猛地站起来，擦擦眼泪，做出重大决定似的擦法。眼泪向一切的犹豫做了最后的告别，她决定再也不要这样下去了。她拉着女儿就走。

梧桐树下有一家小杂货店，一进去就是弄堂了。大抵上海弄堂都有这样的小杂货店作布景。她从来不爱走这弄堂，现在更是不愿意。她知道这弄堂怎么看她，一走进就知道。那么多好事又警惕的目光，加上勤劳的想象力，这想象力是带幻觉的，所以人人都是一副阅人无数的样子。流言就是这样产生的。流言真是挺伤人的，还是那种需要时间来疗养的伤痛。回头又查不出是谁，真是欠债都找不着主，心里一股的恼火，就像喝下一杯刚冲出来的茶，一股火气在心里上蹿下跳，找不到出路。酝酿流言的还有陈年累月积存下来的弄堂里的怪异热络的味道，像砧板上的味道，尿臊的气味，同样是追究不出来源的。这是灯红酒绿的上海的底色。一个花枝招展的女人脱了外衣，露出宽大粗糙、松紧带僵硬，像手术绷带似的农妇式的内衣裤。上海就像女人，外面是不惜工本的，里面却是大煞风景。这就是她在心里要弃绝的上海，她甚至想马上回到三藩市。去自己的乐土，本来就是“回到”。上海还是在思念中比较可爱，祖国也是隔着太平洋遥望时才特别让人牵挂。

她们到了楼口，上面留有哪家孩子写的骂人话：“王晶晶是老师的马屁精”“徐小虎是个王八蛋”。她笑了，到底是孩子，没有半点技巧，连骂人都这么诚心诚意，称得上是这弄堂里的真情了。她取了牛奶，牛奶箱上面有“宋”字。她看了看她孩子，她决定要连根拔起。她咚咚地敲门。

来了。宋伟大着嗓子说，口气略显粗暴，是他要求自己这样的。

她瞪了他一眼，开门见山地说：我要带小歌去美国。

他立刻嚷道：不行，绝对不行。这事我已经跟你说过了，门儿都没有。已经走了一个了，再走一个，那我这辈子什么都没有了。

他的孩子气也变得沉痛起来，又说：你太狠心了，我就剩下这个女儿，你还不放过。

你们才狠心呢。把我女儿扣留在这里当人质。

那你问孩子自己吧。

她立刻把目光投向女儿。她在这时相当心虚，如同面临居高临下的裁决与选拔。她在女儿没有开口前，露出那么一种接近献媚的笑脸，一种巴结和讨好，想取悦孩子。

我跟爸爸。女儿说得十分肯定，像怕她丝毫的犹豫让她妈妈有机可乘，那样就辜负了她爸爸一家。

她着急地对宋伟说：小孩子懂什么？她知道什么对她好？到美国，对小歌的将来更好。我可以为小歌创造更好的生活学习环境。

女儿叫道：我不稀罕。

她有点儿生气，这个孩子到底是姓宋。

宋伟看了女儿一眼，又看了她一眼，没有说话。他感觉他已经不需要说话了，再说只会画蛇添足。他嘴上虽没说，却把话写在了脸上，完全不会掩饰他那点孩子气的得意。一旦被发现，比如现在她发现他那点不争气的小得意，他就出现一个被人逮个正着的尴尬的哑口无言，两个腮帮子鼓动着，两只眼睛像死鱼一样翻着。接着又是一挺胸拉直脊梁骨——这是他纠正他幼稚行为的习惯动作，却不知道这是他最幼稚的时刻——以为这样就可以对刚才的不良行为不认账了。

她很讽刺地道：宋伟，这就是你希望的吧？

你什么意思？

她“嘿”了一声。

哎，你倒是把话说清楚。你这是什么意思？

他们的对话已经露出锐气，他们的前身，一对吵闹的夫妻也跳出来帮忙。

我什么意思你不清楚？这不正是你想看到的吗？你都对小歌乱说了什么呀？你在她面前说我的坏话，挑拨我们母女的关系，向小歌灌输对我的仇恨。你太残忍太恶毒太卑鄙了。你知道你在做什么吗？你在利用一颗幼小的心灵报复我。你恨我，可以把气撒在我身上，可你不能跟孩子乱说。

我说什么了我说什么了？他压着嗓门，声音低而重，像是什么家丑需要用这种声音不让它外扬，我说你不想回来了，要和我离婚，和一个美国佬结婚。这哪一点是乱说了？哪一点不是事实？！

如果我和一个中国人结婚，你心理会平衡些吗？

让我心理平衡的是你没有和那个王海涛结婚。

之后他们出现了片刻的沉默，气氛紧张好似一场比武，像两军对垒：怕伤了对方，更怕被对方伤了去。小心地在禁地外徘徊，不敢越雷池一步。站在硝烟已过的战场上，看着受伤的自己，目光是那般的戒备森严。

她先开了口：宋伟，我们之间的遗憾已经没有办法，让我们对孩子不要再有遗憾。她非常清楚女儿对她的抵触，要女儿去美国，唯一的方法就是说服宋伟。

这些年难为你一个男人了，又当爹又当妈的，我心里很感谢。我知道这些年你们对我有很多的看法。我也不打算解释什么，也没有什么好解释的。但是我需要在小歌的问题上做一些解释。我不能照顾小歌，对小歌对我都是遗憾。她说着，嘴角衔着一个忍辱负重的笑，一个母亲的不易就这样一个笑混过去了。她要他明白，她不说她的痛苦不等于她没有痛苦。

她又说：我想带孩子去美国也是为了她好。当然，如果你不同意，我不会就这样强行把小歌带走的。那样太残忍了。其实说真的，现在孩子也不认我，我回来这么久，她都不肯叫我。我跟她讲话，她爱理不理的。她到那边我们能处得如何，我也不知道。可是我认了，我总要尽做母亲的义务。你说现在我搞得众叛亲离的样子，连自己的女儿都不愿意理我。我也不知道这样还有什么意思。

整个气氛就是为了让她内疚，让她知错。可就在他达到目的，内疚在她心里全面泛滥之时，他却开始内疚了。有过这样的情况吧？一个人的内疚很快地转移到另一个人身上。他缓和了语气：其实她心里是认你的。毕竟是你生的。血浓于水。你托人给她带的那双耐克鞋她穿得可爱惜了。后来我也给她买了双耐克鞋，她就穿得不那么爱惜了，常常踩在鞋跟上当拖鞋穿。她说怎么穿都不如我妈妈的舒服。

不要再提那双耐克鞋了，一提它我就难过。她说，还流了两行泪。女人不仅可以光明正大地哭，还可以哭出许多花招。她这时就哭得非常委屈，好像是他负了她。

他非常不解地看了她一眼，要哭也轮不到她哭呀。他虽然与这个女人共同生活了多年，仍未能识破那是对她自身便利的惯用伎俩。正因为这样，他对她总抱着初恋的热忱。他想，女人呀，真是莫名其妙。他原本要说“那是谁造成的啊”，他已经感觉到这几个字在他舌尖的迫不及待，可吐出来的却是：你别难过了。会好起来的。显然她的那行泪起了作用。

你也不用安慰我。你想说那是我自己选择的是不是？你想说这就是报应是不是？你想说早知今日何必当初是不是？

他的目光从她那里断开，转过脸，似乎没有胆量在这个节骨眼上去看那张众叛亲离的脸。然后他端端嗓子，将声音复原，方才说道：我没有这意思。我会找小歌好好谈谈的。

哦，那可帮了大忙。我正等着这句话呢！她快活地讽刺道，谁知道你会和她谈些什么。

他一本正经地说：真的，我会和她好好谈一回的。你们母女只是太久没有在一起了。你们只要生活上一段时间，她自然又会和你亲的。

她立刻仰起头问：那你能给我们时间吗？

他立刻回头看她，此话含有玄机，光听是不够的。

她抓住时机，在他回头那一刹那充分准备好全天下都亏欠了她的悲壮神情。她不是早有预谋，至少也是急中生智。

他一时哑口无言。这话虽说是从他嘴里吐出，可更像是被她一步一步设计出来的。那瞬间他觉得受了骗，入了陷阱。脸上再次出现与她吵架时理亏的表情：低下颏去，微合的嘴唇嘟囔着，眼珠顶在眼睛的上端。还有与他母亲相似的皱眉动作，显示他对她的容忍以及不满，自认有理，却无力而且不想与她辩驳。

两人同时对十一岁的女儿使了一个“你出去一下”的眼神。以前他们在家里有事没事就给女儿这种眼神。让女儿出去，让他们可以自由地吵架，说一些大胆的话，克制住的脏话也因为没有未成年人在场可以畅行，而不用担心会对孩子造成心理阴影。比如：宋伟，如果不是为女儿，我早就和你离婚了。他急了也可以砸东西。而孩子没有一次是真正出去了，每次都躲在外面偷听，心理阴影早就有了。

这次宋歌拒绝看懂这种眼神。

他又叫：小歌你出去玩去。

她也跟着叫：小歌你听见没有？

宋歌坐在微湿的楼梯阶上，两只手肘撑在后面一层的楼梯阶上，自觉扮演着小把门，守着一个秘密。邻居谁多看一眼，她就和谁过不去。外面下着雨，不是那种绵绵细雨，而是干净利落的雨，密密麻麻有分量地打在地上，下得人心里很有数。甚至还能听见汽车的喇叭声，及冲开地上积水的那种排水声。这些像是伴奏，衬托着屋里面的争论，听上去特别热烈。他们算账，他们吵架，他们谈论。最后他们商量出再过一年等孩子上完小学再去美国的决定。就这样有了女儿来美国的那个开头，有了她和女儿的这一切。

她处理完最重要的事情后，感觉需要关心一下他。宋伟，你有合适的人了吗？可话一出口，就觉得很欠妥当，这哪里是关心人家呀，分明是要人家把没有愈合的伤口给你看。话既出了口，她只得做出一副事儿妈的样子挤挤眼什么的。

我这辈子算是交待给你了。他冷冷地道，有一点阴阳怪气的伤感。

她羞愧起来，她对他的内疚是从这一刻真正开始的。

她临回美国的前一天，又出现在家门口，手上提着礼物。以往她面对宋家人一直是提着礼物的，从此礼物是她和宋家人交往的重要依据。空手到宋家，等于少穿了一件衣服。

来了？他的口气仍然略显粗暴，是他要求自己这样的。

她微微点头，听不出他的不和气，就像母亲不理睬与她闹别扭的孩子。

孩子那，你说还是我说？

我来说吧。他想了一下，也只有我能说服她。

她点点头，又问：那你父母呢？

也只能由我来说了。

他们一定不答应。

试着说服吧。总有办法的。

那谢谢你了。

他突然把目光移开，移到她无法找到的角落，然后说：你快走吧，省得待会儿我改变主意。

她又点点头，眼里含着一眶的泪。

这个时候，她对宋伟的感觉出现了令人不安的错位。她曾对她大姑子说：你们肯定都怪我吧。其实我心里也不好过。如果有机会我一定会补偿你们一家的。她大姑子说：谈不上怪不怪，只是文琴啊，你是可惜了。

他对她是极有感情的，而她可能从来没有爱过他。离婚这个事实刺激出一种遗憾，以前她明确自己不爱他，现在反而不明确了。换一种说法：她突然会对这个男人深爱起来。爱在此时大概也是欠准确的，那是一种比爱更有力量更本质的关切。

这个男人虽然吵归吵，但是他从来没有真正为难过她。以前他们一吵架，周末她就借故不去婆婆家，他领着孩子回去，可回来还记得给她带些饭菜——知道她一吵完架就不吃饭。出国时他不愿意给她签停薪留职手续。她就和他吵，最后他就在家属签字那栏画了押，像签了资产转让手续般心痛。出国后她说离婚吧，他不说话。她问怎么了？他说：在想咱俩的事。她说：那想出什么结果了吗？他说：能想出什么结果，反省自己呗。不久他就办好离婚手续寄来。接下来她说把孩子的出生证明寄来，我想给她办移民。他说这事以后不要再跟我提，门儿都没有。可一个月后，她收到了女儿的出生证明，是快件。他就是这么一个刀子嘴豆腐心的人。她打来电话对他表示感谢。他又嚷嚷道：谁说让小歌去美国了？我只是让你先拿到出生证明。她连忙附和，是是是，出国的事情以后再说。这一个“再”字就是让他知道此事没完。他又叫道：你少跟我来这套。这次回国她说想接小歌到美国去。他不同意，口气那么硬，可是她的两滴眼泪不又把他给浇软了吗？

这样一个男人以前她没有好好珍惜，现在足以让她好好惦念。她的表情已经相当缅怀。这种反复无常的情绪让她也说不清自己是怎么回事。就像后来她对大卫的感情，她也会在相爱中突然反感大卫。她一睁眼就看见大卫那张睡得呆呆的脸：油腻腻，眼角汪起一层蛋白质般的眼屎，还有他过长的鼻毛又已经很长时间没修理了。白人的毛孔怎么这么粗大呀？她想起了她在农场宰杀的刮了毛的白毛猪。

这就是我的妈妈，在她身上这两种感情并不矛盾，也不涉及忠诚。

她突然想起女儿的那句“那我爸爸怎么办”，这时有了答案。她为自己的点子激动：宋伟，如果你想去美国我可以帮你，我可以帮你办出去。

她希望对他有所补偿，而且天真地希望这样——如果她和他都能在美国，虽然离婚了，孩子不能有一个完整的家庭，但孩子还能有一对双亲，不至于为了一方失去另一方。

可话一出口，她就心虚了。她的脸也跟着她的突发奇想红了一下，是孩子一样的愧色。

文琴啊文琴，宋伟“哼哼”地摇摇头，脸颊抽搐着，脸上出现一阵恶心，他瞧不起这话到了极点，我稀罕去美国吗？就算出国我会靠你吗？我爷爷就是从美国回来的。我爸的多少亲戚在美国。我需要靠你出去？笑话！

她自卑极了，傻傻地自我解嘲地一笑，微微缩着脖子。她不敢去看他的眼睛，不敢去看中国男人眼里东方式的傲慢。她什么也说不出了，只有匆匆下台。自以为一直掌握主动权的她，那些小伎俩小花招小恩惠通通没了出场机会，一时间还怪寂寞的。她有点失意，就像精心编排了一出戏，刚刚开场，才突然意识到席无一人，只有她自己被搁置在这荒凉的舞台上。思来想去，就是想不出一个适宜的表情来，她不得不立即转身收场。

就像尽职的演员下台不忘谢幕那样，临走时她突然回头，望着她的前夫。本想说些临别的话，比如彼此珍重，后会有期，但她只叫了声她前夫的名字：宋伟啊。很有感情。

如果说我妈妈对我爸爸真诚，就是从此刻开始的。

第二十四章

历史没有如果两个字

我突然有点紧张，感觉那两个女人——寻找女儿的母亲和等待母亲的女儿，全是我。今天的我才明白，那次的迷失绝不是一次单纯的地理上的迷失，更多的是心理上的迷失——在妈妈与我之间，在美国与中国之间，在英文与中文之间。浪迹异域，从中国到美国，再从美国到中国，这些年来所遇的人和事犹如过眼烟云，留下的只是一片感叹。我的手伸进衣服口袋里摸了摸，想掏出一块纸巾擦泪，纸巾掏出来了，却发现没有眼泪可以擦。

怎么了？爸爸问。

我轻描淡写地说：我只是想起了一些上海以前的事情。

现在是公元2000年的上海。

爸爸明白这正是我的伤心：公元2000年的上海，任何有常识的人都知道上海的今非昔比，而我的情感和记忆，全部停滞在十二岁前。我的情感认知同现实世界之间真的离得太远了。我心里有点抱怨爸爸懂得太多，其实我有时候希望爸爸像别人一样对我内心的感受毫无察觉，我将照常长大，照常过日子。

爸爸又问：你和妈妈现在怎么样了？

我们是在美国啊，爸爸。

就是这种故作轻松、还带着几分年轻女子的俏皮与玩笑的语气，让爸爸听出了真实意思：我已经相当美国化了，当然也包括学会了美国式的激情。我像所有的美国孩子一样，记住妈妈的生日，母亲节也会送花。出门声情并茂地说我会想你妈妈，打电话麻木不仁地说我爱你妈妈。可话只过嘴皮这一道，不过心这一关的。中国人的家庭准则对在美国长大的孩子是不是要求太高了些？“孝”这个字英文里没有，英文充其量说“尊敬”。对于美国人，尊敬是出于礼节，是一种教养；对于中国人，孝是出自品质，是一种精神。

你应该和你妈妈好好谈谈。他叹了口气。

我不表态。

你需要我和你妈妈谈一次吗？

我笑了：你和她最后一次谈话是什么时候？

他认真地想了一会儿说：是六年前，关于钱。

关于钱？我眉头一皱。

是的，当年爸爸公司倒闭，你妈妈寄了一笔钱来。

这样啊。你是说妈咪寄了一笔美金给你吗？我失声叫道。这么明显的事情我怎么没有想到呢？我妈妈太可能做出这样的事情了。

爸爸不放心地问：怎么了？你妈妈是不是为了这事和大卫吵架了？

我点点头：妈咪悄悄把钱寄给你，大卫不知道。他们就是因为这事离婚的。当然也不全是为了这事，还有别的事。

他叹口气，晃了下脑袋说：你说这算怎么回事，那她的日子不好过吧？

不，那样子她的日子反而好过了。

爸爸知道我的意思：那样做她自己心安。她需要这么一个举动来结束她内心的负疚之旅。这些年她也许一直等待这样一个机会。

爸爸对我说：其实你妈妈也不容易，你别看她好像什么都有了，有房子有车子有家庭，其实这些年她过得并不快乐，她一直觉得对不起我。人一旦有了歉意就往往不太容易过得高兴。越是善良的人越是容易内疚。

他又说：小歌啊，你看爸爸吧，这辈子也没有什么出息，可活得还是比较心安理得的。你知道为什么吗？因为我学会了原谅。

原谅是他对他全部人生的总结，也是他的最高智慧。

我了解我爸爸，其实他并不天生具备这种美德；其实他只是希望自己具备这种美德，希望我能养成这种美德。但当一个人向往美德时，美德也会显示于他。终于这种美德潜伏到他的气质中，荣耀顽强地支撑着他快要毁灭的肉体。

他对我微笑着，将生活的苦难隐在嘴角的皱纹里，一种成熟的纯洁浮上他的嘴角。那真是一个好看的笑容。不知道为什么，我突然对爸爸发出一种道歉的笑。我觉得这个笑其实是我代我妈妈发出的。

我们回到新搬迁的家，那是一片崭新的住宅小区，草坪整洁有序，绿得纯正，有着写意的宁静。望着这片漂亮的房子，我突然很感慨地笑着问爸爸：如果当年就有这样的房子，你说我妈还会不回来吗？

爸爸没有笑：历史没有如果两个字。

什么都是新的，却保留着我小时候的玩具与用品。爸爸问还有印象吗？我说，当然有了，只是什么都缩水了。缩水的包括我的爸爸。

我开始仔细地观察爸爸。我从小就注意到他的高大及与他高大不相称的孩童般的顽劣，现在这个大男孩老了，也瘦了。那是男人的瘦法，他的肩胛骨还是十分宽大，只是残忍地耸出来，像一只衰老的黄牛，扛着一身肋骨和皮——凸起的肋骨和垮下的皮，还有这些年来的苦痛。还有很尖的胳膊肘。他穿着一件黄色的衬衫，袖子领子里都灌着风。头发和眉毛都精心梳理过，服服帖帖，只是头发染得过黑，像一顶假发。眼睛有些虚肿，嘴唇干到爆皮。

爸爸起身关窗，我说我来，他不肯，叫我坐下，哪里舒服就坐哪里。他也不要我搀，他甩开我的手略作生气地说：你是搀我还是拿我当拐？他不要感觉自己病倒了。骄傲的爸爸是回避这些的，强壮曾是他的特色。我记得小时候爸爸经常把自行车连同坐在车上的我一同扛上楼去。这样的爸爸怎么也不像会生病的人，他的高大健壮仿佛就是他健康的保证。现在他的牛高马大只是一种虚设，里面的部件全坏了：胃被切了一半，肝硬化，在心脏那里装了个小小的仪器。

我安静地坐在一旁，看他为我关窗。雨水顺着他的手势被完全地关在外面，我感觉到那份温暖及爸爸带给我的安全。对于女儿，那就是幸福。

现在我看到了他的背，他那消瘦如搓衣板的背微驼，衬衫皱皱巴巴愁眉苦脸着。当一个人在背后受到打击，他的背也会显得特别忧伤和敏感，充满了正义和人情味。他猛地一挺脊梁骨，带动一身的肋骨哗哗作响，像对我打在他后背的目光不堪负荷。他头也不回：哥们儿，你看爸爸变了吗？爸爸还是叫我哥们儿，好像我小学刚刚放学回家一样。

我避重就轻地说：就是变矮了。

说完这句话，我就哭了。爸爸在我泪水之间变了形，真的矮了起来。我知道是爸爸这个忧伤的背牵动了我全部的情感。

爸爸一回头就看见他泪流满面的女儿，看见我的眼泪如何像下雨一样一串串地往下落。他呆了，像是自己做错了什么，却又不知道错在哪里。怎么了？爸爸说错什么了？他只是一味地问我，想安慰我，却不知道他也已是老泪纵横。他对自己泪水的浑然不知，更牵动了我。

我们父女二人就这样隔着老远，相对垂泪了好一会儿。爸爸缄口不谈自己这些年的失败，六年的监狱生活更是只字不提。而我把海外这些年的生活全部倒给了爸爸，包括我的逃家、结婚、离婚和流浪。

爸爸一边听一边心痛地点点头，表情却不吃惊。我说过人在背后遭受过打击，他就会产生一种第六感知，预料得到一些背着他发生的事情，哪怕是隔了重洋。

我一直在哭，就像当年对着我妈妈痛哭。只是这时的哭已经是成年人的哭法，不再是当年那样的哭天喊地。那份威胁那种发泄，只有小孩子做出来才奏效。现在哭得内敛多了，两脚前后搭着，像是穿了窄裙逼出个很淑女的仪态，一只手臂横跨胸部支撑另一只手的胳膊肘，得以支撑的手臂高抬着，随时准备拭泪。

爸爸全看见了，他坐着，没有说话，不安慰我。不像我的继父那样走上前给我一个安慰式的拥抱，也没有递上一张纸巾，只是坐在那里默默地听着，心里很罪过很心疼地看着我。除了这样听着看着，他觉得自己做什么都不合适。一个男人屡屡受挫，最后连自己的健康也搭上，他怪自己没有能力保护好我。

爸爸真的病得很严重，远比我想象的严重。而这些我在美国时并不知道。爸爸苦笑：写在纸上的日子当然要比实际的好了。男人的痛苦总是隐藏得比女人深。他们对我封锁消息，当然是为了我好。现在我和他们一起对爸爸封锁消息，当然也是为了他好。

我经常需要为父亲跑医院和药店。我经常这样一个人走过上海的大街小巷，一直走下去，一直找下去。我总感觉可能有一天会突然发现自己想要的东西。爸爸知道我中文有限，每次上药店，他都为我写好一张中文纸条。我并不需要多说话，只要付对钱就行。而对钞票我向来是不糊涂的。可是那天我把爸爸的纸条弄丢了，只能用有口音的中文向老板娘求救。

老板娘看着我，用很蹩脚的英语问我是日本人吗？我说不是。那是韩国人吗？也不是。我告诉她我是中国人，是上海人。当我用英语交待自己是中国人时，心态有点敏感、自尊、窝囊、慌张，有点底气不足，还有点自惭形秽，恨不能与人打上一架的不平衡。但是，我找不到人打架——没有人可以为此事负责。我仿佛又变成那个初到美国的十二岁小姑娘，非常弱小无助。

有什么可以帮到你的吗？后面有亲切的英语。我回头，一双蓝眼睛对我说：我会讲中文。他用流利的中文向老板娘解释我的需要，而且没有忘记对老板娘说一句：给张收据。

一个讲英文的中国女子，一个讲中文的美国男子，老板娘想，这两个人到底谁是外国人呀？这时是2000年的上海，什么事情都可能在这座城市发生。一个在银行门口捡到一枚别针而幸运得到工作的乡下小子后来成为大名鼎鼎的银行家，昨天发生在纽约，今天就可能发生在上海。没有这样的故事在后面支持着，移民城市会寂寞的。

出了药店，他问我是给自己买药吗？

不，是给我爸爸。他身体一直不好。你呢？

是给我太太。她自从来了上海总觉得胸闷，不适应。

谢谢你帮助了我。我掏出香烟，自己点上一支，又问，你要吗？

不，谢谢。他微笑地拒绝了，想想又笑道，如果我和你熟一些，我会叫你戒掉。吸烟有害健康。

那如果我和你熟一些，我会说，你真烦，口气像我妈妈。

那我会说，对不起，我知道你不爱听，但这是为了你好。

我会说，我知道。我笑了，顺势又递上一支烟，来一根吗？

你最好戒掉。吸烟有害健康。

你真烦，口气像我妈妈。

对不起，我知道你不爱听，但这是为了你好。

我知道。

我们都笑了。他伸出一只手：我叫阿牛。

阿牛？好名字。我叫海伦。

接下来，两人喝了杯咖啡，攀谈起来。阿牛是在上海工作的美国人，他的祖辈就到过上海，为了寻找机会。现在他们又来了，同样也是为了寻找机会。只是他的祖辈买张船票就来了，而他在台北学习了两年中文，能讲很好很好的中文，能为像我这样的中国人做翻译。每年圣诞节才回家，回到三藩市，那里还是老样子，朋友们还是做同样的工作，家里一切如故。感觉他们都在等着他回家。那种感觉挺好的。

相应的，我说起我的情况。他问：你爸爸为什么要把你送到美国去呢？

因为他们根据常识来判断，都觉得把我送到美国对我更好。他们大概以为到了美国就能上哈佛，到了美国就能够幸福，可惜错了，至少在我身上是错的。我对阿牛说，我觉得我爸爸把我送到美国是错误的。如果我在上海可能会快乐些。很可能是另一种成长，另一种心态。但怎么说都会更合理一些。

那你想家吗？

我很难定义家。我妈妈在美国，我爸爸在中国，你说我到底是想哪个家呢？我在中国生活了十二年，在美国也生活了十二年，你说我应该更想哪里？要说想念，也许是我生命中错过的一些东西，而不是一个地理概念的家。对于我，家，需要重新定义。

我对他讲起一个中国女孩的成长史，有点乱，不能按照一个思路讲下去，总是需要不断地补充说明。比如讲到我在美国的经历，就会不断地回头提及我在中国的成长；谈着我的中国经历，又要不断地谈起美国的人与事。他虽然能讲很好的中文，但对中国这二十多年的历史显然缺乏了解，根据他的提问我已经判断出了这一点。于是我需要从我妈妈出国的年代讲起，我妈妈出国只允许带三十美金，跟现在一些有钱的上海人在美国置产是两个时代。虽然我才回到上海几个月，但我已经感觉到我的故事，或者说我们家的故事附着厚厚的黯淡的历史。如果发生在二十年后的中国，故事可能不会是这种发展。应该不会。

当这个中国女子用英语讲完这个成长故事时，我感觉到她已经将她的历史讲给他听了。这也就是后来我写这本小说的构思。

然后呢？

然后呀，然后这个女孩就又在上海了。

他问：你想留在这里？

我沉默了一会儿，回答：我不知道。但是现在我在这里。

他也沉默了一会，说：出去了才会想回来，没有出去，想的就是要出去了。如果你留在这里，大概迟早你会像你妈妈一样，总想离开这里。

也许他是对的，我知道我的妈妈在我体内的那部分基因会如何的不安分。

那个女孩子找到自己的东西了吗？

她连自己要找什么都不知道，她怎么找？

希望下次见到你时，能听到下面的故事。

希望下次见到我时，你能听到我用中文讲下面的故事。

MEIGUOLÜDIAN

美　国　旅　店

第二十五章

失落的版图，失落的心

日子零碎地过去，我已经在上海两年了。不短不长的日子，而这种不短不长的感觉，实则是对回国的热忱一点一点地消失，对所有不习惯一点一点地习惯。

无论在美国，还是在中国，我的“融入”热忱都会随着时间的推进，一点一点地开高走高；再随着时间的推移，一点一点地回落走低，直到趋于平稳——就是那种有点悲观无奈的自我放逐。心里总有遗憾，带着一团驱之不散的烟雾，似乎有一个阻碍物，使我无法在“融入”这条路上走得更顺利些。这个阻碍物无疑就是另一半文化带给我的。

上海下着上海的雨；三藩市吹着三藩市的风。上海和三藩市，我分不出我更眷恋哪里。从中国到美国，再从美国到中国，我不可能真正地融入任何一种文化。

我在上海一所颇有名气的大学学习中国文学。随着时间的推移，母语又恢复了她的地位。语言实在奇妙，就像一条通道，可以进入一片湮没的天地。没有通道的时候，你迷惘，现在通道有了，你更迷惘——“横看成岭侧成峰，远近高低各不同”的迷惘，尤其是在中华文化如此高大幽深的山岳之中。

教授对我很好，但我仍能感受到那份友好的距离感。就像一个西方人突然对京剧产生兴趣，会让一个中国人徒增好感，但他有所保留，因为不相信你能真正地理解它。比如我说我想写“文革”，教授立刻说，你写不了的。你们这一代人已经不了解中国了，何况你是在国外长大的。比如你谈《红楼梦》，必须说出点道道来，别来虚的。他们知道什么是真货。

同时，我也在一所中学教英语。教一些十二三岁的孩子，就是我当年出国的年纪。以今天一个成年人的目光来看这些孩子，我绝对相信我小学班主任当年对我爸爸说的，孩子就应该活泼，孩子就应该有孩子的样子。当我看到一些少年老成郁郁寡欢的孩子，心里常常为他们着急，认定他们的一生不会快乐。

当然我花更多的时间在写作。我的第一本中文小说就是在家人的鼾声中完成的。

我把稿子交给出版社，很快书的封面就设计出来了，上面醒目地写着：［美］宋海伦。编辑的解释是，这样有利销量，别说你是美国公民，就是那些拿了绿卡的也都打上个［美］。现在像你这样有国外成长背景的人，像Coco李玟，就很红。我开玩笑：你这样一搞，我还以为我写的不是中国文学是外国文学呢。他笑了：当然你写的不能归纳成“外国文学”，既然不能算是“外国文学”，我们也就应该把它“认”下来。当他说“认”字时，点了点头，目光庄严而神圣，像一个慈善家收留一个不能正名的孩子。那种收容和救济的壮烈感，我毫不陌生。我在美国深受其累。我拔腿想逃，抱着自己的孩子。因为我要的不是这些。

书出版了，没有太大的反响。人群中有声音说：又是一本写海外的，不就是苦呀奋斗呀发财呀什么的，再夹一两个外国情人，刚看那一两本觉得还挺新鲜的，看多了没有什么意思。我能感受到他的潜台词——这类作品写不出什么气候，只能在书店占那么小小的一片，就算有人看，也是以猎奇的目光。中国的巨作，应该产生在中国本土，总之，不可能在海外。

似乎没有人对我的内心世界感兴趣，他们感兴趣的是我在美国过什么水准的生活，而我的水准总是让人失望的。可是有一天我收到署名“你最最最忠实的读者”的来信，我一下子就猜到是大卫，只有继父热衷于这种不太好笑的小把戏。信中说我小说出版他十分高兴，因为他终于有希望可以从我这里收回以前对我的投资了。又说这些年来我流浪四处的唯一收益，就是为我当一名作家提供了一个美学立足点。

我没有国土，也没有固定的读者群。我把自己形容成失去家园的犹太女人，将所有的财富背在肩上。我想起大卫常常讲到的一个词：diaspora（流散），diaspora对我并不准确，这个词是指犹太人亡国两千年的心境，可中国还在。但因着犹太继父的缘故，我不可避免地总会对两个民族进行比较分析。他们像落地的水银一样四处逃窜，因着宗教存在，又会很快地凝聚在一起。犹太人没有家园，宗教就是犹太人的家园。中文就是我的家园。

小说出版不久，我的父亲就彻底病倒了。我们一直以为爸爸对自己的病不知情，可是有一天，爸爸对我说：小歌啊，你知道爸爸得的是什么病吗？他们都不肯告诉爸爸，可是爸爸心里有数。爸爸得的是……

我不等他说出自己的病情，慌忙制止道：爸爸，别乱猜了。没有的事。你就安心吧。

爸爸茫然地看着我，脸上再次出现他那顽童式的委屈，眉毛眼睛耷拉着：连你也是他们中的一员。我们同时明白——其实大家都知道，都知道，只是不说自己知道。继而他又现出长辈式的谅解，他深知这一真相我比他更不堪承受，于是反过来安慰我：别担心，没事的，爸爸不会有事的。好像生病的那个人是我。

直到现在，爸爸离开我之后，我才明白我的隐瞒不是为了爸爸好过一些，而是为了自己好过一些。在一片人为的健康气氛中，这些年对亲情的冷淡才得以缓解。我是一个自私的人，从来只想着自己。回到上海后，我还是只关心自己的事情，只想着写小说，想着自己那点无关人类痛痒的小忧小虑。

一开始医生叫我们不要给他吃这个不要给他吃那个，他还有希望。后来医生对我们说，他要是想吃什么就吃什么吧。爸爸已经没有什么希望了。许多亲戚朋友来看望他，说是顺便来的，其实是担心明天会见不着此人了。爸爸也跟着装糊涂：本来应该是我带小歌登门拜访的。自从得病后，我就只做主人不做客人了。

我记得那天他心情很好，叫我忙自己的去，他需要休息一下了。去吧，爸爸最后说。没有想到这是他对我说的最后一句话。这是一句箴言，带着宗教般的智慧。

从此之后，我就成为一个没有父亲的人。没有了父亲，对一个女儿意味着什么？没有了父亲，我还是我吗？没有了父亲，上海还是上海吗？从此上海对我而言，永远是失落的版图。

我没有了爸爸，上海还是上海，到处是轰鸣的机器声，尘灰漫天。年轻貌美的上海小姐仍然把自己打扮得体体面面、丰衣足食的样子，站在路口打的，同时接受着别人目光的检阅；趿双拖鞋站在馄饨摊子前的上海妇人，仍然是一边监视着老板下锅的种种动作，一边机智地同时是懒洋洋地趁着老板不注意从案板上挑起一两只馄饨往滚水锅里投。

我没有了父亲，他们还这样？！

我走过一根根的电线杆、一条条的街道，然后找到一个电话亭，我站在无动于衷的人群间给妈妈打电话。我说我想你呀，妈咪。她说谢谢后，立刻问一句，你的钱用完了吗？她对我们之间的关系看得如此透彻且不抱希望。我告诉她爸爸死了。那边是沉默，良久的沉默。妈妈的悲痛出人意料。好一会儿，妈妈说了三个字：对不起。妈妈以为我会将父亲的早逝怪罪于她，就像以往的许多时候。我也是那个时候才知道妈妈一直思念着爸爸，因为内疚就是一种思念。

小姐，我的手机没电了，需要用电话。你可不可以快一点？有人在外面拍电话亭的门。

我没有好气地说：不可以。

我有很重要的事情。

重要得过死人吗？

……小姐，你没事吧？嗯，你是，海——伦？

我侧过头来看他，他不等我看仔细，就抢着说：我是阿牛啊。天啊，你怎么了？发生了什么事情？

我对他说：还记得你以前问我是否找到了我想要的吗？我已经找不到了。就在我寻找的同时我错过了我要找的东西。因为我要找的就是亲情。我爸爸死了，我再也找不到了。

当我们再次邂逅时，我们两人生活中各自有了一些变化。他的太太带着儿子回到美国，理由是上海太拥挤了，来自美国中部的她实在不适应。而我那时正沉浸于丧父的悲伤之中。他在这期间给我了很大的安慰。这种安慰不是一些实质性的帮助，而是一些莫名其妙的心理因素。我对男人的感觉，往往取决于他出现的场景。在三藩市，对于我他是一个陌生人，而在这里，他却是一个家乡人。他的美国气质此时此处又赋予我许多中国男子无法赋予我的温柔与亲切。选择爱人的倾向是我弥补内心某种遗憾转向的一个表现。

我们有过一些快乐的时光。当然，我从来没有忘记他是一个已婚男子。当时我想，我不买东西，我总可以往商店橱窗里看看吧？但是我忘记了更关键的一条——记住千万别带钱，当你向橱窗张望的时候。

不难想象当我把这么一件不期而遇的商品带回家时，我祖父母的反应。

爸爸生病的两年间，全家的注意力都在他身上。现在他走了，爷爷奶奶的视线全部集中到了我这儿。那个较劲儿、认死理儿的童年宋歌他们已经再也找不到了。她的孩童的躯壳淹没在十二岁那年的旅程上。那是一架飞向美利坚的飞机，它的航道是明确的。此航行经历过十二年的对一个孩子心灵、习惯、观念的所有冲击、更换和洗礼，十二年后的完璧归赵已是不可能。从飞机上下来的是一个黄皮肤、黑眼睛的海伦。

比如她现在看见鸡爪、猪蹄就反胃，别人吃，她很不解地问：你们知道这是踩在什么上面的吗？家里人一点点替她弥补记忆，说你小时候最喜欢吃这些了。她说：那我一定被饿得够呛。

再比如晾衣服，她说上海变化这么大，可就是一点没变。你看这万国旗呀！万国旗？奶奶不明白。就是挂着的这些迎风飘扬的衣服呀。她解释，自己也奇怪，她这个十二岁就离乡的人怎么对这些无关紧要的词记得比谁都牢。我就不明白为什么你们要把好不容易洗干净的衣服又拿到外面招灰尘。她觉得自己说这话时相当的无知，不知道奶奶怎么就听出了一种优越感。成城表哥对她说以后不要这么说话，爷爷奶奶听了会难过的。她说怎么了？成城想了想，大概伤害了他们的情感，民族情感。她充满了不懂世故者的苦恼：有没有那么夸张啊？成城说反正你以后注意一点就是了。她想了想最后说：如果这样就被伤害的话，那么我每天都在受伤。

爷爷奶奶开始叫我“美女”了，意思是美国女孩；或者“香蕉小姐”，意思是黄皮白心。说是开玩笑，谈笑之间含着一丝贬义。我一事无成，自由散漫，没有上进心，对于我的奇装异服、半中半英的语言、不被社会主流接受的生活态度，那种异于中国社会的气质与神貌，爷爷奶奶已早有诸多微词。起初的新鲜与包容时间一长也就过期了。

与此同时，他们的外孙成城表哥顶着哈佛博士的头衔，成了一家上市公司的总裁，这才是他们期望的海外学子的形象。爷爷奶奶十分得意，逢人就说他们送出去一只青蛙，回来了一个王子。成城在国外这几年进步很大，把国外精华带回来了。言下之意，孙女是把国外糟粕带回来的那一个。他们本来期待回来一个公主，结果就来了一只青蛙。不，是一只癞蛤蟆。

奶奶总会趁我心情好的时候对我说：小歌啊，别写了。找份正经的工作吧。像你这样的人找份工作不难吧。写作的人多是个性奇怪的人。她想把孩子送去美国是为了她能成为科学家什么的，折腾了半天就回来了一个作家，其实就是坐在家里，因为还什么也没有写成。就算做成了，那又如何？又于家人何益？毫无好处。她这么想。

他们为我在外贸局找到一份工作，被我回绝了。他们又说那到你表哥公司做吧。成城为了表示诚意，三顾茅庐，我一句话就把他给噎回去了。到你那干？归你领导？想得倒美。不去也好，我也是怕你到时候功高盖主啊。他只有自己找个台阶下。

我告诉他们不要给我找工作，我对自己教教书、上上学、写写东西的日子很满意。我是作家。我大声说。我的意思是对于我的种种怪诞，你们得谅解。

奶奶说：人家问，你孙女在国外呆了十二年，现在回来在哪里发财啊？我们说你现在在教英语，在家里写小说。说出去都不像正经事。像你这样混日子怎么行呢？

怎么不是正经事了？非得要像表哥那样才像国外回来的？很抱歉，我没能成为你们希望的那样；我没能成为一个成功的回国人士。我没上过名牌大学，没有一个博士的头衔，更不能自己开一家上市公司。我觉得像我表哥这样奋斗来奋斗去的，成天就是成功啊，成名啊，钱啊，当官啊，也是很俗气的。我故意借题发挥，装腔作势道，知道吗？正因为你们对成功的渴望，搞得多少海外游子有家归不得，就算回来也得打肿脸充胖子，装得像亲王视察、贵妃省亲似的。

爷爷听到这里，他心里发腐的平静会动几动。

我就是不明白，单调的西餐养育出千变万化的西方人，中国菜那么丰富，怎么养出来的中国人都是一个模子出来的？我还流了两滴泪，我不知道自己是否在借这副假模假样流真心诚意的泪。

奶奶在旁边连忙说：既然你不想找份正经工作，那么至少你不应该这么花钱吧。她是指我刚买的那一辆新车。奶奶又说，这不是美国。中国的公共交通很方便，你这不是浪费钱嘛。

你们不要管我好不好，让我搬出去住吧。其实我早想搬出去住了，爷爷奶奶除了怕我花钱太多外，还担心我在外面没人管乱来。

赚俩花三的，你怎么就不为明天发愁呢？

我们中国人只知道赚钱存钱，就是不知道花钱。什么是自己的？只有花掉的那部分是自己的。就算你赚了100 000 000，你是站着的那个1，如果你倒下了，后面只是一堆的零了。我们中国人总是这样省啊省啊的，什么也没有享受到。

我还没说完，奶奶打断我道：不要说“我们中国人”，你可不是这样的。

好吧。你们中国人这样活得多冤啊。

不要“你们中国人”“你们中国人”的，我听了不舒服。

问题就在这里，你们不把我当中国人，也不把我当外国人。所以你们看我什么都不顺眼。

奶奶连忙缓和语气：你不想去你表哥那工作也就算了，那你是不是应该考虑一下终身大事了？我们认识一个小伙子……

我打断道：我有自己的兴趣爱好，我有朋友，我人也不错，我是一个人，而且可能这辈子都一个人过。可是这又怎么样？快乐就好啊。

爷爷半认真半开玩笑地说：你是很快乐，可我们很不快乐啊。

奶奶说：你说你这个孩子吧，不该结婚的时候跑去结婚，应该结婚的时候又不结婚了。

我正是因为结过婚，所以知道婚姻是怎么回事。再看看我们这个家庭里有谁的婚姻是幸福的吧？

婚姻不是幸福不幸福，而是稳定不稳定。像你爷爷吧，那就是一个忍字。爷爷说。

我奶奶突然跳起来：对，就是一个忍字，而且我是忍无可忍。

某个周末的清晨，某位男人突然出现在我们家客厅里。等待中的那女子人没露面，仅亮了一嗓子，就让他知道这应该是一个他经验以外的女子。她半恼半嗔地对奶奶说：这么一大早就要我接客。他宽容地想，她的中文不像我们的，我们的中文根基太深，陈旧而古板；她的中文经过十二年的冬眠，鲜嫩而鲁莽，充满了活力。接着他看见一个年轻女子一身紧身的背心，半点曲线都不瞒他，一边慵懒、俏皮地整理头发，一边趿着拖鞋向他走来。凝视得太久，他的目光一时收不回来。

那女子看出来了，她对他笑笑，笑得有点热络，有点不着边际，却不见得有任何针对性。她说：我想你一定就是李刚吧？

他有点招架不住这个眼神：不是，我叫王明。

哦，忘记了，李刚是昨天晚上见的那个。

奶奶着急地说：收起你这些美式幽默吧，我们听不懂，更不觉得好笑。

对对对，我是在开玩笑，而且这个不是好的笑话。事实上，李刚是前天晚上相亲的那一个。

你这孩子。奶奶怪道。

好，我又在开玩笑，而且这不是好的笑话。

他说：我本来想请你看电影，后来想想第一次见面就看电影，没有机会说话。所以我想请你吃个饭。

这是不是太早了？她说，拿眼睛讲下面那句话：我们还不太认识呢。

他的中文突然也年轻起来，像是注入了新的血液。他说：不早，我六点半吃的早饭。

约会回来时，奶奶很兴奋，嘴里剩下的寥寥几颗牙似乎要被挤出口腔。你们怎么样了？我整整等了一天。我说，不会吧，这一天你没做别的吗？奶奶说没干别的了。我说你们不要帮我东介绍西介绍的，我还得陪人家吃饭、聊天、看电影，我又不是三陪女郎。

我表哥也正好在场，他对爷爷奶奶说：你们不要给海伦瞎介绍。他们都不适合。

谢谢。我以为终于有人为我说话了。

小歌还是适合找老外。

太谢谢你了。

怎么了？

你用不着用这种方式来讽刺我。

这怎么就是讽刺你了？

你自已知道。你不就是想说我开放吗？

好好好，算我说错了还不行？表哥虽是道歉，语意倒很支持，别看你很多时候什么都无所谓，可我发现你有时候很敏感的哩。

奶奶说：我们小歌不找老外。她第一次婚在美国结的都没嫁老外。是不是，小歌？

我正不知道如何回答时，成城突然对众人宣布他要结婚了。由于成功与富有，他身边总是美女如云。我们问娶的是哪家姑娘，他说是婷婷，然后看着我奶奶。奶奶叹口气：我就是不明白，为什么宋韩两家总是要结亲。我说表哥不姓宋，我婷婷表姐也不姓韩。奶奶看了我一眼：你知道我的意思。我接着说：一个经济学博士，一个哲学博士，一个什么账都会算，一个什么道理都懂，这应该是世间最完美的组合了。成城感激地望了我一眼，却不知我也有自己的盘算。我一直不知道如何将阿牛带入我的话题中，现在成城无疑为我开了先河。我说：我也有件事情宣布：我也有男朋友了。

他们一起向我望来：谁啊？带回家看看啊。目光有点安慰更有点担心——一副担子终于卸下了，可谁家小伙子这么倒霉呀！

MEIGUOLÜDIAN

美　国　旅　店

第二十六章

什么是中国好女人

某一天，我们家进来个男人，梳着循规蹈矩的偏分，脸色新鲜，带一股得当的古龙香气。我觉得这个男人还是有点看头的。爷爷奶奶，他是我的男朋友，叫阿牛。

爷爷奶奶好。从这称呼来看，阿牛确实是一个对中国家庭人情世故通晓的美国人。

两个老人嘴巴半启，像是记忆只上来一半，另一半再也上不来了似的。我大叫一声爷爷奶奶，试图把另一半记忆给唤回来。是老外啊？！奶奶还是把吃惊叫了出来。尽管上海的涉外婚姻已经相当普遍，但对这个家庭仍然意味着破坏和侵入。

他会中文。我补充一句。

奶奶很奇怪地看了我一眼，意思是会中文的老外就不是老外了吗？

爷爷奶奶请阿牛在家里用午饭。好的。阿牛回答的同时，发觉自己的西服外套已经被奶奶迅速且殷勤地脱下，挂好。好像相女婿越相越中意的丈母娘。

亲爱的，别自作多情了，我奶奶那是在执行缴械的工作——剥了你的这身人皮，看你往哪儿逃？

爷爷奶奶退到厨房，我对阿牛说：不是说好了只来坐一会的吗？天啊，你不是中国通吗？我奶奶问你要在这里用饭吗，那只是礼貌。你应该回答不，谢谢。阿牛不解地问我：他们请我在这里吃饭，如果我说不，这是很不礼貌的。我生气地说：你虽然会中文，但你对中国人的人情世故仍然一知半解。阿牛也很理直气壮地回答：我只是不知道你们家的人情世故。我无奈地说：等着吧。你还不知道自己已经牛入虎口了吧。阿牛有点愣，像忠实的牛那样有点愣。然后用手把领带拉松，把脖子从紧扣的领子里探出，像水蛇那样四处游动一番，表示他有明知山有虎，偏向虎山行的勇气。

鸿门宴开始了，对他的审讯也开始了。当然是从很家常的聊天开始的，眼睛却一刻不停地在人家身上打转，让人如坐针毡。那种带进攻性的打量毫不掩饰挑剔和审判的意味，那种打量几乎是残酷的。奶奶后来解释说，你没发现吗？他的两只眼睛颜色不一样，一只蓝的，一只绿的，所以不知道应该看哪一只。

你在哪里工作？

她的意思是你的收入如何。

你住在哪里？

她的意思是你的房子大吗。

你是哪所大学毕业的？

她的意思是你的学历如何。

你父母是做什么的？

她的意思是你的出身背景如何。

奶奶再问：你和我们家小歌是怎么认识的？

阿牛笑了，以为终于等来一个轻松的话题，精神饱满地说：那是很有意思的一件事情。我们是在药房认识的，那天特别巧，小歌去给她爸爸买药，而我也正好去给我太太买药……我们已经分居了。

你太太？奶奶一字一顿地说，然后盯着他，狠狠地带有压迫力地盯着他，并突然大叫一声我的名字：宋歌。奶奶生气的时候总会这样连名带姓地叫我。

我连忙用英语对阿牛说：如果你不想在我家发生命案的话，赶快走。

阿牛受到提示，他起身想做个告辞的姿势，又因为过于高大和起身太急，不小心撞到餐厅的吊灯。他知道——这个地方不容他。他身上残存着告辞的动作一下子又缩了回来。这个被迫停止的告辞现在看起来真的很像是躲避一场追杀。

别忘记把你的衣服带上。我奶奶提醒道。

接下来的几天，奶奶都不愿意和我说话。不知道是我回避她，还是她回避我，不大的房子被我们回避出很大的空间。一天回来，阿牛送我到楼下，回家奶奶很严肃地对我说：你和那个有妇之夫到底要到什么时候？这是她正常的样子，严肃是她的本色。

奶奶的嗓音开始爬音阶：你们还在楼底下亲亲搂搂的，你怎么不知道廉耻？中国现在也有很多婚外情，那都是地下进行的，你倒好，明目张胆地宣告自己是第三者。你也太张狂了吧。

对不起，我不是职业第三者，我不知道第三者的法则。

奶奶的两条细而淡的眉毛又开始拱成肉棱：那你总有做人的法则吧。注意一点影响好不好？你们这样在我们小区当众搂搂抱抱的，成何体统？！我的香蕉小姐，这是中国啊。

我又不是为了别人活着的。这是我的私生活呀。

奶奶出现了片刻的沉默，而她的这段沉默是在挑我的刺，我浑身上下都让她不顺眼。然后她说：我们觉得现在你应该重新学习做一个中国好女人。她的表情不再是无意义的严肃了，严肃得让你知道你正面临一场指控。

什么是中国的好女人？

稳重、端庄、矜持、贤淑，笑不露齿，不张狂，不惹是生非……

让我再补充一些吧。我说，中国好女人就像维多利亚时期那样，好女人都是保守、性欲低下的，只有坏女人才开放，喜欢性什么的。

奶奶当场就吓瘫了。不是认为我说的不对，而是她这辈子都没有想到有人这么张口就来地与她谈性。奶奶看了我一眼。那种看法完全是正派人物看反派人物，好女人看坏女人。一会儿后她说：王明今天打电话来了，多好的一个孩子啊，他哭了。一个男人会为女人哭，他一定是喜欢你的。你有过婚史，他也接受，人家对你的过去一点也不在意。

我离过婚怎么了？不要讲得好像我做过什么见不得人的事。

要知道许多男人是很在意这个的。

那让这些男人见鬼去吧。

他事业有成，有教养，有分寸……

我打断奶奶：他这么好，那为什么你不自己嫁给他？

我说完就回房间了，一会儿后出来，对奶奶说：我为我刚才的态度向你道歉，但是我不为我的话道歉。

她忧伤地说：我只是希望你老了不要像你爸爸一样，孤零零的一个人。

不会的。我会和阿牛结婚的。我仍然站在自己房门口，保持一个随时可以逃的姿势。

她笑，她的笑比她的严肃更让人生畏。她是在笑我孩子似的一厢情愿。

他们已经分居了，他们会离婚的。

你怎么可以相信一个有妇之夫的话呢？

我相信他。

如果你老老实实地找一个正派的美国人也就算了。可你呢？

你妈妈和一个有妇之夫搞在一起，你也要和一个有妇之夫搞在一起。前车之鉴啊，真是有其母必有其女啊。真是近墨者黑。美国真是一个大染缸。

谁是墨？当然是我妈妈，还有美国。她觉得我那变了质的性情，与我的血统有关，与美国有关。她得宽容对待。

小歌，你知道你如此自甘堕落的下场吗？奶奶的嘴角向一边撇去，她出现了片刻的沉默。她怕自己说出更不入耳的话来。

什么？

像你妈妈一样——始乱终弃。

可能这就是我们的命。

小歌啊小歌啊，你小时候是那么好的一个孩子，现在怎么变成了这个样子？奶奶虚起眼睛来看我，需要这样虚起目光才能看清她眼前的女子是不是她听话的孙女。认清了，心底最后那层侥幸也失去了。她无奈地摊摊手，手指间全是嫌恶。

怎么了？

一个没有道德观念的人。

我怎么了我？那女子只听见自己嗓子捏得很细很尖，却看不见自己的表情多么委屈，是那种孩子被大人误解带有自我辩解的委屈。

我看见了。

先是看见那个十三岁的宋歌在美国中学的教导处面对米雪小姐的质问。现在我又看见这个二十六岁的海伦在中国面对奶奶的指责。童年的她和青年的她是同一种委屈，瞪着大而圆的眼睛。她的眼珠子逐渐空白，焦距一点点散开，愤怒与强烈的困惑一点点地爬上。她一再尝试放弃自己，认同他人的价值系统，好与她的周围融洽，然而每一次放弃都很笨拙，每一次的接受注定更加愚蠢。那些接受，一次次使她的放弃带着破裂。自己不知怎么也就在这其中分裂了。希望也泯灭了。她不甘心地想：我为什么总是如此不合时宜？

我觉得自己是一个好人。我不需要你们告诉我应该过什么生活，应该喜欢什么人。我的个人生活与我的道德有什么关系？

当然有关系。你现在是美国人的观念。美国人就是很随便地就跟人上床了。不，我看你比美国人还美国人。我们可不能接受。我们中国人到现在还是将一个人的男女关系与他的道德品质联系在一起的。奶奶越说越激动，中国百分之九十五的贪官都有男女问题。现在中国的许多经济大案被查出来，源头就是男女关系。比如：成克杰、李嘉廷。这足以见得一个在男女关系上混乱的人，他的道德品质就不会好到哪里去。

奶奶正觉得自己论点有力、论据确凿时，正觉得自己张扬正义的情绪被全部激发出来时，她孙女却突然问：陈什么？李什么？他们是谁？

她已经回国三年了，能讲一口很地道的中文。一天，她把四大名著都读了，对她爷爷说：《红楼梦》加《三国演义》，我觉得自己懂中国了。爷爷笑笑说好的好的。说不清那种笑，像是笑一个孩子那种一厢情愿的自以为是。她现在知道对于博大精深的中国文化，她大抵只算是喝了一两瓢海水。现在知道她有意识靠拢的东西，只是中国人深浸体肤毛孔的常识。她不懂它们，无法进入他们；懂了它们，仍是无法进入他们。

奶奶觉得强烈的无趣。就像她正用上海话跟人讨价还价一件东西，那人突然用东北二人转的声音说俺不卖。对牛弹琴般的扫兴，简直就是一种残忍。她从来没有见过比这更残忍的无知。记不清多少个这样的时候，为了被懂得，奶奶不得不做大量的历史背景介绍；不得不对一定的时代用语做注解；不得不请被她说了一辈子“必须努力改造洋奴意识”的爷爷出来帮忙，因为爷爷能说一口教会学校训练出来的标准英语。翻译好了，情感也早已褪了色。越是关于人情、亲情的家常用语，越是经不起翻译，每翻译一遍，交流就打一次折扣。一次，孙女看见“文革”中戴高帽的照片，问他是在过生日吗？在美国过生日就这样戴高高的帽子。这种交流是没有出路的。

奶奶没好气地说：谁？罪犯。

我不知道。我说。看见气馁的奶奶，我一刹那真庆幸自己不懂它们。我希望回到两三年前对这种语言的混沌状态，我不想懂。

我不懂。我又用英语说了一次。这句话，就像爷爷可摘可戴的助听器——可以选择要听的不要听的。

还记得那个十二岁的小姑娘初来乍到美国最常说的一句英语吗？我不懂英语。那是一种隔离，带着一点弱者的自我保护和一点不礼貌的野蛮，意思是我不要和你讲话。现在她重操旧伎，还增加了一层优越感。讲英语本身就是一种不可被追究的优越。她在制造优越的隔离。带着一点居高临下，也带着一个外来者的暗示：我不懂你们的语言，我也不懂你们。因此我有豁免权，不受这种文化的约束。

造作，极端的造作。

奶奶转过头，几乎是用哀悼的声音对爷爷说：我的小歌不见了。

对不起，我的生活并不是你们期望的那样，也不是我计划的那样。你能不能停止审判我呢？她用力压制自己冲天的委屈和烫人的愤懑。她眼睛里的委屈和她嘴角的不懈相互竟争着，谁也不肯先退一步。

她的整副表情都在说这是一场冤案，但是她不要求翻案，她原谅人们，只要求人们别来烦她。她突然冲爷爷奶奶大叫：Leave

me alone.

奶奶满眼的问号，又去望爷爷，眼神带着请教的谦恭。这时她进了房间，咣当把门关上了。那粗暴而野蛮的一声，是对这句奶奶听不懂的英语最形象的解释和强调。

爷爷说：走吧，让孩子单独呆会儿吧。奶奶问她刚才说的是什么？爷爷又说让她自己单独呆会儿吧。我问你她刚才说了什么？我说了，让她单独呆会儿吧。

呆会儿就是呆了一夜，第二天奶奶叫我起床。她挨紧我的房门，小歌，小歌，她的声音非常谨慎非常紧张，像是在唤一个不确定是否还活着的人，叫叫看，能不能给叫活了。还不能太大声地叫，怕活着的人反而给吓死了。

海伦，海伦，你应一声啊，你再不应，我们就进去了噢。

终于里面传出一个孩子气的、不当真的威胁：你们进来，我就走人。

他们进来了，我真的要走了。他们以为我只是搬出去，没想到我一走就是走到美国去。我以一种倦鸟思归的凝重神情对爷爷奶奶说：我想回美国了。

奶奶很委屈，是那种好心被人误解的委屈，转过头对爷爷说：我说她什么了？她就要走。爷爷说：也好。换个环境可以想清楚一些事情。

我想我妈妈了。爸爸临走前说去吧，大概就是叫我去找妈妈。

MEIGUOLÜDIAN

美 国 旅 店

第二十七章

我到美国找妈妈

就这样，我又乘上了飞往三藩市的飞机。邻座是一个十来岁的小姑娘，她稚嫩的目光中流淌着那种反叛，那种揭竿而起的亢奋，那种新鲜，那种等待，我非常熟悉。一会儿摆弄座位上的耳机，一会儿摆弄自己的指甲。我问她：你一个人吗？是的。小姑娘的声音很细，很尖，听得很清楚。我问她，你来美国是……我到美国找妈妈，她回答。然后又问我，你到美国是？我也是到美国找妈妈的，我笑着答。女孩子立刻就笑了，她想这个大人怎么这么做作呢？显然少年人认为成年人假装清纯比他们假装深沉更加糟糕。但是我知道找妈妈是我来美国的全部目的。我仿佛看见又一个母女重逢的场面正在机场轰轰烈烈地进行着。

这时机舱里响起《加州旅馆》。这首歌产生于惊艳的1976年。

我记得最后
我向门口跑去
但是我必须
找到我来时的路
别紧张，守夜的人说
我们只是按照程序接待
你任何时候都可以结账
但你永远也无法离开

离开可以逃避一个人，却不能逃避一种关系。有时候我也想这一切都无所谓，我已经成人可以自我安慰，但我听到“妈妈”这个词时，我知道它有所谓。在妈妈和我的心中，伤痛仍然继续着寻找答案，但很可能找不到。我相信她是爱我的，而我也爱她，但这不是重点，重点是我们都没让对方接收到这个信息。这个陌生的异国让我们陌生，然后我们又在异国的陌生中延长了那个陌生。

现在我站在机场大厅，与十二岁那年同一个位置。当年机场的人群在记忆中被抹去了，只留下那个十二岁的白衣少女，她最终成为一个极具代表性的人物，成为一种印象一种信号，来美的早期记忆就这样被激活了。我能看见那个来美国找妈妈的小女孩，目光紧张，神情彷徨，脚步有点垮，像是穿了一双不跟脚的鞋，其实她只是不知道应该去哪儿。

被激活的不仅是我自己，还有我的妈妈。那个刚下飞机的中国女人，一个纯粹的外国人，一手拿着护照，一手抓着自己的命运，畏缩地面对美国呈现在她面前的声势浩大的热情与富裕，莫名地紧张。一个有家有孩子的中国女人，突然放弃一切，跑到美国从头开始，这本身就意味着慌张。将来在美国怎么办？这个时候，她才恍然大悟自己已经决定和美国“将来”上了。

现在这个中国女人已经在这里生活很多年了，她在三藩市的小洋房里过着简单而有秩序的生活。在美国二十年来像蚂蚁存粮似的一点一滴积累下来的微薄财富，加上大卫的离婚赡养费，现在再像蚂蚁食粮一样，更加微薄地消耗。只要她不决定挥霍，或者决定活得尽可能长寿，她的日子是不难过的。当然她是中国人，这就意味着她很节制，包括对寿命的节制。早晨起来在电子体重磅秤上量一量，根据上面的数字决定这一天的饮食。晚上靠在长沙发上看书。没有什么好书了，她就把以前读的好书再拿出来温习。他们这一代深受俄国文学影响，她少女时代就非常喜欢莱蒙托夫的诗，尤其是那首《帆》：它寻求什么，在遥远的异地？它抛下什么，在可爱的故乡？而它，在不安地祈求着风暴，仿佛在风暴中才有着安详。

哦，很重要的一件事情忘记说了。相信吗？她参加了大卫前妻的读书俱乐部。她们最近在读一本大卫新出的作品，一本小说。大卫的两个前妻都埋着头，想从小说中读出一点他——大卫藏在主人公的哪一个细节、哪一段情景里。读到一点蛛丝马迹，哪怕是男主人公的一个表情，两个埋着的头就会同时抬起交换一个会心的微笑，不说，不用说。她们全明白。也许还想从中找到一点自己的影子，即使读到了，她们也不抬头，更不说。当然她们还是全明白。两个女人对他爱恋的最真情感，大卫从来没有看到。那是这两个女人之间的一个秘密。这个秘密使她们的相处有爱屋及乌的投其所好，谈论起大卫及与大卫相关的事物，那么心平气和，那么语重心长。

偶尔她也是后悔离婚的。当她抱着一篮子的衣服从一楼的洗衣房回到二楼的卧室对它们进行分门别类时，当她在厨房准备晚餐时意识到她多准备了一份时，猛地一股子心酸，而更多的时候她是喜欢这种孤独日子的。在美国她一生都在旅途上，嫁给一个异族人，就更不能取消旅行回家了。现在她倒有回家的感觉了。

她还新增了一个爱好，就是在后园里种了一些蔬菜，她像照看玫瑰一样地伺候她的几棵青菜。人孤独的时候只愿意和动物植物交流。也许在这里，她永远也不会有“自己的国家，自己的城市，自己的家”的亲近之感，但那又何妨呢？她总可以拥有自己的一块可爱亲切的小菜地。

这种有条不紊的生活像是对她前半辈子的纠正。前半辈子的不安生就是为了把安生留给她的后半辈子。

今天她起得特别早，女儿要从中国回来了。她很自然地抬头看了看墙壁上的女儿，从出生到六岁她出国，到十二岁女儿来美，到十八岁去东部上学，再到二十二岁毕业，二十四岁回国。这些年来她一直与照片上的女儿呆在一起，终于她要看见她二十七岁的女儿了。女儿晚上才到，现在还是早上，来得及松弛一下。她这么想。于是她从一个房间走到另一个房间，一个角落踱到另一个角落。这些动作她非常熟悉，这些年她就是这样过来的。

她早早来到机场，准备着自己。十多年前，她就曾经这样期望过女儿的到来，这一切就像发生在昨天。对一个十二岁女儿的等待，对一个十八岁远方读书的女儿的等待，对一个二十二岁离婚女儿的等待。现在她就是用所有等待聚集在一起的等待看着我：一个二十七岁的年轻女子，高额头，好莱坞的弯眉，尽管穿着三寸尖底高跟鞋，她的脚步依然坚定，因为她不仅知道要去哪里，而且知道怎么回来。同十二岁那年的到来一样，身着白色，却是那种看透人世姹紫嫣红的素净。女儿显得比她的年龄成熟一些。女儿冲她笑了一下，虽然只是红嘴唇咧了咧，已经使女儿疲倦的脸稍微有了一点动感。她也冲着她女儿缓慢地推出一个笑容，从浅到深，终于在那越发尖挺的颧骨下漫开成笑靥。她观望着我，感觉到血脉相承的神圣。

大卫也在，是我打电话说希望他也来接我。他的身体又膨胀又干瘪，像一本从水里打捞起来烘晒过的书，起伏不平，走了形状，无法恢复原貌，像我在他书房里见到的那本深红色的硬皮字典。他仍然站在她旁边，微微靠后的身体表示他对我妈妈一向的礼让，真的是一个不错的男人。他们离婚后反而比他们没离婚时要好，时有往来。大卫新婚后，他们有段时间没有来往，直到他发现现任太太和他的前任太太见了面并没有产生什么风波后，他们才又走动起来。

他们都老了，他们都在我眼前老下去，同时老出一种相似。一颗红豆和一颗绿豆，在锅里炒啊炒啊，最后炒煳了，成了一种颜色：黑色。我妈妈的眼睛固执地黑着，头发固执地黑着；大卫的眼睛顽固地蓝着，头发顽固地褐着。老了就固执不了了，头发眼睛变成了一种颜色，灰灰的、苍老的，岁月的颜色。在岁月面前，没有什么是坚不可摧的。

我走上前与妈妈相拥问候，带点微妙错乱的重逢心情。眼角轻微的湿润和轻度的晕眩，一切都很好，很应景。我又闻到她身上的奶味，那是一种我随时能轻易进入的体味。过去这样，现在也这样。在她身上我才领略到自己的体味，一种与她相同的体味。是这样的吧，女儿总是借助母亲的体味发现自己的。开始还不那么确定，慢慢地就供认不讳了。

女儿，回来了。我妈妈是从这个时候对我有了新的称呼“女儿”。

大卫在一旁说：谁啊谁啊？越是看清楚了，越是大嗓门地说，看看这是谁来了。

我笑，上前也给他一个结实的拥抱，含着想抱我爸爸却没有真正抱的全部激情，现在落实在他身上了。

大卫叫：这有多少年了。

有些年了。

让我看看，嗯，你哪里变了？他有模有样地看着我，说，大概是头发吧，有点不对劲。

我指着自己的头发说：我这头型已经两年没有变化了。

他立刻应道：那难怪我觉得不对劲了。

然后妈妈把她二十七岁的大孩子领回家。

门一推，这个家就这样再次出现在我面前。

开着吊灯，像我妈妈种的吊兰，一小簇一小簇的灯光。由于地方宽敞，家具并不是挨墙摆着，而是置于屋当中。这些家具多是简单朴实的，却是一种昂贵的简单朴实。这样的家具若放在我爸爸家显得过于简单，而从纱罩里散出的那种灯光使这些朴素昂贵得有章可循。壁炉上面还是一墙壁的照片，镶着镜框，擦得很干净，是含有杂质的浑浊的干净，那是岁月的痕迹。全是我的，从小到大。

就剩下我们母女两人，我问她近来好吗？她说她很好。她问我同样的问题，我回答同样的答案。接着她说起她的那片菜地，她说她现在很幸福，因为她现在每天都能吃上自己种的新鲜蔬菜。我也就相应地谈起了国内的消息。说起成城表哥，你知道了吧？他要和谁结婚了？婷婷表姐啊。她说那好啊，嫁给他后，她就再也不用饿肚子搞哲学了。我笑了：哪里，婷婷现在已经不搞哲学了，她在帮她老公做生意。我又说自从爸爸去世后，奶奶的身体也不行了，恐怕日子不久了。她叹了口气：你说我和你奶奶都不是什么坏人，怎么这辈子就是搞不到一起去呢？

妈妈没有问我在上海找到自己想找的东西了吗，而是问我在上海生活适应吗。

你看，我刚刚回去时，都不敢过马路，可是一个星期后我就已经跟猴似的横冲直撞了。刚到上海每次打的，司机问怎么走，我总是一句“侬看了走好了”给打发过去，因为我根本就不认路。现在我也能告诉司机怎么走才最省钱最省时间。但是有些东西，就不那么容易适应了。不过，我现在已经是一条在大海里冷暖心知的鱼了。

她点点头。这种感觉她不陌生。她也是条知之甚深的鱼。归属的问题，我们都会面对。在文化认同上我们会根据自己的偏差调整不同的脚步，但孤立苦闷的本质，是一致的。

我说：听说大卫和他妻子新买了房子。

你的消息还蛮灵通的嘛。

我笑：那是，我在上海进行遥控。

在她笑的时候我又说：大卫已经又成家了，你呢？

而她则像时尚女性一样冒出一句：其实一个人过更好。我喜欢一个人的生活。

我等了一会儿，希望她对“喜欢”一词做进一步的说明。她到底是喜欢一个人过还是宁愿一个人过？由于对我父亲的内疚，她无法好好享受大卫的爱，更无法爱大卫。那动不动就来作痛的内疚感，让她东方得非常纯粹。我对自己的母亲是这样的陌生。我从来不知道她的内心世界，我不知道她是如何评价自己的一生，如何看待我爸爸又如何看待大卫，如何看待她当年的决定。越是亲近的人越是不好问。

她没有解释的意愿，我也不好再问下去。

如果只是这样发展下去，我们应该进入一个很不错的气氛，如果气氛足够的话，我甚至准备好了纸巾，想大哭一场。可是我们又开始吵架了。在上海积累起来的对她的思念也留在上海，忘了带来似的。我想我们已经习惯于远远地思念，在一起只会吵架。因为我向她谈到了阿牛，我希望妈妈以一个成熟女人、一个过来人的身份与我促膝长谈。她先是冷淡地问我：当他有机会弥补他的家庭的时候，你认为他会怎么样？你认为你会怎么样？

你不可以这样问我，事情没有那么简单。

事情就是这样简单。

妈咪，我不期待你会高兴，可是你现在的态度也不是我期待的。这很让你吃惊吗？当年你和大卫不也是这种情况吗？而且更糟，现在我至少没有丈夫，更没有一个六岁的女儿等着我回家。可是你和大卫不也结婚了吗？

那你就看看我们的结局吧。妈妈说完这话，无意再说点什么，对我沉默着。

这真是太不公平了。

我知道你会这样感觉。

不要说你知道，你根本不知道我怎么感觉的。妈咪，我们在相爱。我说这话时已经相当无力，只能殊死防御，露出反诘的底色。

没有想到，我妈妈竟轻描淡地说道：那又如何？你在一个陌生的环境里，你需要安慰，这些安慰不是实质性的帮助，而是心理因素。正好爱情会是最大的安慰。你们在这刻遇见了，你们以为你们是最适合的，就像梦境一样。你以为自己在恋爱。就算你们在恋爱那又如何？就算你们爱得死去活来那又如何？然后呢？谁知道爱是什么？事情没有你想的那么简单，任何事情都是有后果的。甚至纠正都没那么容易，纠正的同时，又制造了下一个错误。

我越听越糊涂：妈咪，你现在是在说我，还是说他？

我在说我自己。你不是不想跟我一样吗？那我告诉你，你正在重蹈覆辙。

可是我和他一起很快乐。

你以为那就是幸福吗？

我明白妈妈说的快乐与幸福的不同。在英文里它们是同一个词，但中文有区别。快乐太表层了太浮华了，于是对中国人来说太单薄了。幸福不可能是单薄的，它应该是丰满的，平静的。而且在我妈妈的词典里幸福被赋予了新的内涵，就是不内疚。

妈咪，相信我，我并没有计划这样，爱上一个有妇之夫是这个世界上我最不想做的事情。就像你不知道会下雪一样，早上一起来到窗外一看，到处都是白的。

雪是会融化的，你不可以相信任何用雪做成的东西。

我很生气，对她说：为什么连你也这样子？我来美国是希望得到你的支持的。我以为我可以指望你。

指望我什么？指望我从自己的经验告诉你到底有多错？

所以我爱上什么人要由你来决定？

当天晚上我就从家里跑出来，让她与照片上的女儿呆在一起。现在我明白为什么妈妈总是喜欢给我拍照了，因为我在照片里是漂亮的、平静的、美好的，而那正是妈妈心中希望的，也是最后锁进妈妈心扉的女儿的形象。

MEIGUOLÜDIAN

美 国 旅 店

第二十八章

我看到了一颗犹太灵魂

从家里跑出来后，我就去了继父那儿。大卫的妻子把我引进他们新买的公寓式房子，房子不大，但是新的。他们的收入只能买这样的房子。我调侃道：大卫以为他是海明威，其实他只是在婚姻次数上和海明威相似，海明威结了四次婚。你要担心啊。他妻子大笑：我不担心。再过几年他需要找一个推轮椅的了，我担心什么？我很快地喜欢上了这个拉丁裔女子。

他穿着一件舒适的套头衫。因为舒服的缘故，袜子是反着穿的。一出门，哪怕只是到门口信箱取邮件，他仍然不忘记把袜子正回来。他只能在自己家里偷得那一点舒适。缓慢而坚持不懈在秃的头发现在已经不再掉了，因为已经没有多少头发可掉了。他半躺在一张支起的沙发上，腿上架着手提电脑。样子十分随意，像在海滩上晒日光浴，但他的表情并不惬意。他的身后是一排排的书，一堆堆的知识。还有那本打开的深红色的硬皮字典，与他呈现同一种又膨胀又干瘪的样式。这些书打开容易，合上却不容易，沾了人气。人也如此，沾了书气，大卫成了有气息的知识学问。那在灯光下熠熠闪亮的头顶就是他知识的象征。他是一个勤劳的农夫，刚送走一批收成，又已经为下一批的收成忙上了。

我看见了他一夜没睡的杰作：电脑上稀稀拉拉的几个字。现在他见我来了，说他准备退休了，这样可以集中精力写一部大部头。他一直希望能完成一部大部头作品。

我和他太太相望着——他又来了；他一说完，我们就冲他笑——谢谢，终于说完了。于是我进一步看出他的冲突：这种人生是丰富的，却总有点寂寞，因为大卫在乎功名，而又不善于经营功名。我想我可以体会到他的丰富与落寞。

大卫，如果写作成为一种痛苦的话那就别写了。我对他说。我选择写作，是因为世界上没有任何一件事情比写作更让我高兴。如果有一天，写作无法让我高兴了，或者我找到比写作更开心的事了，我会欣然地放下笔。但我却发觉，对于大卫，写作从不是一件高兴的事，却有着摆脱命运获得拯救的意思。文学本身就是一种救赎。

他听不见我似的，接着说他的计划：我是想写完这部小说就好好休息一下，考虑到亚洲的几个国家旅行一次。我希望能再去趟中国。

当心身体啊。

他感激地笑笑。他的里里外外都被一个当年连话都说不清楚的中国小女孩看在眼里。他知道小女孩识破了，但他感谢小女孩不说破。不再像十二岁、十八岁时那样，他看到了我的成熟。

我从手提包里掏出一本书，说：一天我路过书店，正巧看见这本书。这个作者不知道你认不认识？

在我小说出版的同时，大卫也新出了一本书。书店上万本的书籍，大卫的书站在一个不显眼的角落，像大街上站着几个流浪汉，落了单似的不合群。如果不是因为他是我的继父，我亦不会看的。这是一个各种声音都存在的国家，要想被人听见，就要喊得比别人怪。大卫的声音太正宗了。

我们的小说都谈到归属的问题。归属问题所引起的苦闷，为我们的文学提供了基本立足点。不同的是，我的小说是写实的，具象化的，以显性呈现的方式与中国移民的生活和文化进行联结，作品本身就昭示了它的中国特质。而大卫并不专注于犹太生活的再现，甚至有意识地回避犹太人这个词，但是你能感觉他是从他的犹太灵魂直接出发的，在犹太性与普遍性之间建立了一种内在的寓言关系。他把犹太性作为一种记忆，而文学的本质就是在回忆。

大卫扫过一眼，立刻就明白过来，笑道：这个老家伙还活着呢？我当他死了呢。

嗯，让我查一下，在他的生平介绍里，1945到——还好，死亡日期是空白的。

大卫笑，他已经习惯于我这没心没肺的套近乎。

大卫，我看了。

你看到什么了？

我看到了一颗犹太灵魂。

尽管他不是宗教色彩浓厚的犹太人，甚至已经脱离与犹太神学的任何联系；尽管他是美国第三代的犹太移民，已不会说什么希伯来语或者意第绪语，但他的血管里毕竟流淌着犹太祖先的血液，几千年的犹太精神与世俗生活的紧密结合，不可能不渗入他的初始观念与思维模式。比如他说他是犹太人，但并不是犹太作家。他不是写犹太人的生活，但在他的作品里，他的犹太气质与犹太痕迹刻在其中。因为在他看来，犹太人的阐释与人类共同的感情并无二致，并行不悖。他把犹太人作为人类的代表。

谢谢你，孩子。

我又将自己的小说的中文版送给他。他明明看不懂，也一本正经地看，嘴里念念有词。

看什么呢？

我在看有多少字，你能赚多少，我又能从中拿到多少。

我笑。

文学永远是我和继父之间最安全的话题。我们可以从彼此戏谑到推心置腹。

海伦，说吧，你到我家来是怎么回事？他突然公事公办的样子。

大鼻子犹太爸爸啊，难道我就不能单纯地来看望一下你吗？

晚上十一点钟，单纯地来看我？海伦，你就直接说你和你妈妈又怎么了？

关于我的男朋友，是的，我们是有问题，他还没有离婚，但是我和他在一起的时候很开心，这是最重要的。可是我妈咪她就不知道这点，她也想让我开心，但是她不想让我决定什么能让我开心。

你妈妈只是在保护你。

我知道。

她不想让你受伤。

我也知道。但是我认为自己知道这次是对的。大卫，你告诉我我是不是对的？

他故意露出羞愧而滑稽的表情：向一个有过三次婚史的男人咨询婚姻，你真的是找对人了。

我自问自答：他会离婚的，他答应我的。而且我需要他离婚，给我希望。

你错了。

关于他离婚吗？

不，关于希望。希望是自己给的。

很快就证实我妈妈是正确的。而我就是不能接受她是正确的这个现实。他是来美国找我了，只是他告诉我没有完成的事情还是没有完成。我承认他是否一个人对我很重要。我需要证明我妈妈是错的。

他握着我的手，好让我知道他的无奈和矛盾：问题不是我不想完成它，而是我太太可能患了乳癌，现在还不知道。

我得到暗示：如果他太太没有患乳癌，他就向她提出离婚，否则他就必须留在她身边。我沉默了很长时间：如果你有别的地方要去，你就去吧。我把手收回来，收得很迅速，尽量不让他觉得我有多么的优柔寡断。

海伦，请你再重复一遍。

他当然听见了我的话，但他觉得应该给我一个机会把话收回去。

我看了他一眼，意思是谢谢他的机会了。你需要我说出来吗？我不能再这样下去了。

听着，如果她平安无事……他又伸出手来握我。他认为自己是一动不动的，但我感觉他的手心有了轻微的松弛。

我说：已经没有如果了。

你说什么？他笑笑。他认为我这样假装坚强是孩子气的，甚至是愚蠢的。我爱你，我知道你也爱我。

是的。你说的没错。

我们的手握在一起，探查、挽留、遗憾、眷恋，一一传给对方。当我们这样手握着手在上海外滩时，我们误以为我们都很无辜，无辜得享受得起这份无法命名的关系，无辜得坚信相爱中的人有什么过错。现在回到了我们熟悉的环境，那种混沌的无辜失去了。我们知道我们已经不可能再将这份无法命名的关系维持下去。

回忆起在上海相识的日子，我们交换了一个会心且衰弱的微笑，像是笑一段童年往事。那种笑只属于穷途末路的情侣；那种笑让我们确定一切已经时过境迁了。不是吗？人们只会对自己孩提时代的往事有如此缅怀和坦诚的笑容。因为它的久远和幼稚，人们已有足够的勇气来面对，并且纠正。

我说：我们可以这样下去，如果我只是我，你只是你，但我不只是我，你也不只是你。

你要我离开吗？

不想，但这会是最好的方法。

我们再次分手，两人都用了一股内力，一股不让对方察觉的力量，渐渐地从对方的手心挣脱。我们持续地握手，再持续地分手。什么都在这之间了，回答已是明确的了。我们作为恋人向对方追探的一切，对方一一作了回答，自己也一一作了交待。奇妙吗？手具有大量潜语，而且非常诚实。无需再用嘴巴去绕弯子，讲一些虚情假意的话去哄自己，也哄别人。

我们都感到一阵的轻松，却不敢去承认这种感觉。同时我得知，他和我大概一样，在一个陌生的国度，他把我当作一个特别亲切的人，期待着一场意外的温情。

我带着受伤的爱情去找大卫。有时候我感觉他是除了我父亲之外唯一理解我的男人。他缓缓地半起身问我喝什么，茶还是咖啡？我说我喝可乐吧。他说你的选择是在可选择之外的，我这儿没有，那是年轻人喝的玩意儿。我说那我就什么也不喝了。然后忙叫他坐着别动：我来帮你。他动作飞快：不用，你这个不喝茶的年轻人，会把我的茶糟蹋的。我说：为什么老人都喝茶？你年轻的时候喝不喝茶？他说不。我笑道：怎么回事？一天你觉得自己老了，你觉得自己得喝茶了。他喝的不是超市里五美金一大包的立顿茶包，是正宗的毛尖，看着茶叶一点一点地化开。一个懂茶道的人。

我要出一趟远门了。

又要走了？去南极吗？

我想了想，说我要去中国。又说我要回中国了，自己心里一沉，本来还没决定的事情现在倒好像已成定局。大卫，你知道我在美国的时间并不多了。

大卫定定地看着我：你妈妈在这个世界上的时间也不多了。你看，我们都老了，时间都不多了。

大卫，你还记得我妈妈的那本私人账户吗?

我知道大卫从来没有忘记，说“还记得”，言下之意是他曾经遗忘过，那是对他的尊重。我说：其实她是为了替我爸爸还债才动了那钱。

我知道。我去银行查的。对不起，我是比较计较钱的问题，你妈妈和我常为这吵架。她偷偷地存私房钱，还寄给她的前夫，你要搞清楚，她把我的钱，或者说我们的钱寄给她的前夫?！这种事情我真接受不了。最重要的是她还背着我干。她至少应该和我商量，我并不是一个不通情达理的人。他说，我有时候真是不了解她。

我也不了解我妈妈。我说。

我想大卫和我真的都不了解我妈妈，这其中很大的原因在于我们不了解我妈妈或者说他们这一代中国人的心路历程。我记得某一个黄昏，妈妈站在后园的绿叶鲜花中，夕阳将她的脸照得朦朦胧胧的，头发灰白一片，在夕阳的照耀下云朵般地飘着。她面朝东方，望着某处，那是我永远无法进入的茫然。我叫了她一声，她缓缓回头，从极深的思虑中出来，对我笑了一下。而我却看到一种伤痛，我说不好那是一种怎样的伤痛，也说不好伤痛在哪里，却明显地感受到它的存在。周围的鸟语花香顿时全哑了声、败了色，我突然意识到她是站在一个舞台背景上，四周附着沉重的黯淡的历史。

但我希望我妈妈幸福。我又说。

那就表现出你希望她幸福的样子。

我叫：我又做什么了这次？

他说：问题不是你做了什么，而是你什么都没做。

MEIGUOLÜDIAN

美　国　旅　店

第二十九章

我希望自己做出相反的决定

我想大卫是对的，我从来没有刻意为我们母女关系做过什么，除非向妈妈要钱的时候。

回到家里，出于羞愧，我对妈妈不再像以前那样一味地不满与抱怨，可是她并没有察觉，只觉得我怪怪的。我们都没有去谈我和他的事情，我不主动提起这个话题，她也小心地避开了。有火炉看，我们可以不必大眼瞪小眼；有茶水，我们不必一定说话。

我们以为这样呆在一起，就可以把这些年的吵吵闹闹的不和不被追究地这么蒙混过去。现在才发现不是这样。它的距离没有消失，只是转变为成年人形式的冷静。岁月在我们之间砌了一道桥，坚固得像金门大桥。我们经历了相互的亏欠和感谢，救济与索取，一切之后，局面形成了。我们已经不知道如何是好了。我心里酸酸的，觉得自己与妈妈真正和好是不可能的。我们沉默着。沉默的时间越久，气氛越尴尬，我们两人也就越显得胆怯，对气氛回天乏术。我明白妈妈和我一样的心情：太多的遗憾，没有可能弥补了。

没话说的时候，我就摆弄自己的手指。十指尖尖，像新剥的葱。她看了我一眼，又看了我的手一眼，好像它们是不相干的事物，突然问：你现在还弹琴吗？

我学了十几年的钢琴，虽不断地拜师学艺，而且请的老师都很好，但奇怪的是我的钢琴始终不能进入境界。妈妈曾经天真地问我的钢琴老师，我的女儿能不能成为钢琴家？可怜的老师这辈子也没有听到过这么幽默的问话，最后只能送我妈妈一句名句——只要音乐在，我们就不能说没有希望。

我现在用这手写东西。我说。现在我的文学之路也走得不平坦，而且也看不出来有什么平坦的未来。我就接着聊起我现在正在读的书，但不知道如何对她说我正在写的书，那对我才是重点。她也没有说她读了我的小说，她也不对我的作品做任何评价，但是我感觉她是看的，而且看得比谁都认真。

我说起爸爸的死，妈妈没有回应，那样静着。好一会儿她对我说起我是怎么生的。你那个能闹啊，大家都以为会是儿子，结果是个女儿。你奶奶有点失望，可是我喜欢女儿。女儿跟妈妈贴心啊。这时，我们无意中四目相望，都为事与愿违的结局别扭。她认真地说起我出生的情形，我的样子、形状、颜色、体重、声音。我如何真正意义上占据了她的身体，又如何浴血奋战杀出她的身体，如何的分裂。我们母女二人如何从半夜拼搏到第二天清晨。

爸爸告诉我你曾经帮助他还债。我突然冒出一句，很唐突，可话一出口，我知道它早就在舌尖等得不耐烦了。

她微微点点头，但是她的表情明显告诉我她不想谈这件事情。

如果妹妹在，该有十五岁了吧。很显然，我又挑起一个很坏的话题。其实我常常在想，如果妹妹在的话，她一定有一个比我更好的母亲。妈妈在我身上的失误都可以在下一个孩子身上纠正。有时候我真希望我能有个弟弟或妹妹，这样妈妈就不需要把希望都放在我一个人身上了。

她没有作答，反说起我的中文很好，看来有语言环境就是不一样啊，一下子就长进了。

我说：其实学语言要有斗志，要有目标，像你们当年学英语为了托福，为了出国，所以掌握外语比较快。

她笑笑：有道理。那你的目标是什么？

为了自己不孤独。

她没有接我的话。这种话是很难接的，尤其在亲人间。妈妈起来拿水果，她伛起的身体曲线柔美。领子空出了一个大当，我又无意中注意到了她的乳房，还是很好的一对乳房。不是西方人一味讲究的硕大，是东方女人谦虚地略略下垂的真材实货，像丰收的果实。那种弧度那种形态，从少女到为人妻为人母所蕴含的激情与爱意，那种慷慨只有这样的乳房才拥有。

我的眼睛像又黏在她乳房上，像我十二岁那年初来美国时一样。我的眼睛嘴唇正在出动去接近那双乳房，感受那份激情与爱意。婴儿感觉世界不是从眼睛开始，而是嘴唇。从吮乳开始，从母亲那里开始。母亲那里有充分的养料：奶水和童话。

吃点水果吧，她说。她把我的嘴唇从她的乳房上强行地推开，却推不开我婴儿期对它的留恋。

我们已经不能像我十二岁时那样抚摸，我们只能用目光抚摸了。我希望自己能再次躲入十二岁的形骸里，再次来过。

妈咪，我要回上海了。

其实说这话时，我是希望知道妈妈的态度，如果这次她希望我留下，我会的。可妈妈却问：日子定了吗？

日子还没定，我却在心里定下了日子：快了，就是一个星期后。我是希望给妈妈造成一种紧迫感以逼出她的态度。

她没有，她对我说：如果你认为这样好就去做吧。

我不明白她。她是对我过于失望，根本不需要我在身边，还是不想左右我的决定，让我自由选择？我真的不明白妈妈，只是看着她拿着线头穿针眼，对着火苗，没有成功。她换了一个方向，对着灯光，再试了一次，仍然没有成功。我接过她手头的针线盒。她这时也笑着摇了摇头，“自己老了”的那种笑法。我心头猛生一股疼。人生哪怕再多的遗憾，她也没有多少余生去弥补了。

我突然说：妈咪，今晚有空吗？我们可以去听场音乐会。没想到妈妈对我的建议那么吃惊，像承受不了一样。音乐会？我说：对。你和我？对。你又缺钱了吗？没有。那你是有什么事情要说吧？也没有。

她的目光更加怀疑，在灯光之下，她的皱纹细细地紧绷着，眼睛里倦怠的红丝微微提防着，像面对着一场阴谋。

我只是觉得我们两人去听场音乐会不错。

她黄灰色脸上的细密皱纹终于舒展了。在许多时候，她的皱纹诉说着我对她的亏欠。我与那些美国长大的华裔子女一样，对中国父母进行着敲诈，情感敲诈。比如我的信用卡还不起了，她会帮我还。一遍又一遍地说：这是最后一次了，下次你再这么大手大脚就自己还钱去。我知道她骨子里的中国脾气，后半生都在美国也改不了的中国脾气。内心会泛起对她极大的内疚。

妈妈极其看重与我的这次约会，特地为此打扮起来。她端详着镜中的自己，后退一步，观察全身，再微微转身，看侧影。她的相貌也在有秩序地变老，腹部有步骤地一寸一寸地出现，乳房有分寸地一点一点地下垂，哪里也不突然。她不用担心哪一天经过商场的大镜子，哟，哪儿来一个老太太呀？定神一看，是她自己。她对着镜子捋了捋头发，她知道这一切的有秩序来自她的节制。五十几岁的中国女人，收拾收拾还是很耐看的。她这辈子没有恨过谁，这时她会讨厌镜中的这个女人，因为她知道这个女人是她想背叛的。

这时她看见我身着便服大大咧咧地从楼上迈着跨步下来。四目相望，显然我们是不和谐的。她为自己的郑重不好意思起来，少女般腼腆地对我笑笑，我太夸张了。我去换一套衣服。

娇小玲珑的她穿件黑色的薄纱外套，四周镶着纤细复杂的花边。让人能隐约地看到，或者想象到它里面的胸罩和内裤也是黑色的，有着同样的精致繁琐的花纹。我第一次得知——她不仅仅是母亲，首先她是一个女人。纯粹的女人，非常性感，而且是一个懂得性感的女人。她身体的每一部分都在申述她是一个女人。这点发现使我的内心微微震动了一下。她的面貌是杜拉斯讲到的那个样子：您现在比年轻的时候更漂亮，您从前那张少女的面孔远不如今天这副被摧毁的容颜更使我喜欢。

不，妈咪，该换衣服的那个人是我。我由衷地表示歉意，拉着她的手说：妈咪，你真的很漂亮。女为悦己者容，现在我们两个生命中都没有男人，我们应该为彼此容一容。

从音乐会出来，我们就像两个感觉还不错的情侣一样，都有意延长我们的约会。妈妈问我：想不想一起去喝杯咖啡？在咖啡厅里我实在憋不住了，对妈妈说：妈咪，我们为什么要那样呢？我这次回美国就是为了和你在一起的。你现在是我唯一的亲人了。爸爸没有了，阿牛也没有了，我只有你了。

妈妈很感叹地说：我只有你，可是你不会只有我的。

是吗？我冷笑，我担心，如果我一直遇不见自己的那个他呢？如果我根本就不知道他是什么样的人？我遇见一个以为就是他了，结果正好相反。你知道我的。可能我永远得不到自己想要的东西。我甚至控制不了。因为我总是知道得太晚。痛苦来了，我还傻傻地敞开胸怀当作幸福去拥抱。

我希望我有答案。

你知道我想什么吗？我想有一个什么也不发生的星期。

什么也不发生？你可以有我现在的生活。

有时候我觉得爱情就像雾，你得等待一层你看什么都挺好的东西过了后才知道里面的人是什么样。以后说不定我也会像你一样。

什么样？

要在后花园里种青菜。

而这时我们又哭又笑。

十二岁那年到美国，曾经让我和妈妈经历了所有古老、毫无新意却固执的仇恨和背叛。二十四岁回中国让我理解了那一切的经历，体会妈妈和我自己。我突然间发现，那个发誓不和妈妈一样的少不更事的孩子其实与她的妈妈非常相似，一样有着一个光洁高傲的额头，一双细长尖尖的手，骨子里更是一脉相承的。而且我和母亲犯了许多同样的错误，却为了完全相反的原因。我突然明白了很多，包括我和母亲之间所有的抵触、矛盾、疯狂而又无处可逃的爱恨感情的来源。我在无人的角落抹干眼泪。

我们很平静地过了一个星期，我们一起买菜、做饭、散步，我还和妈妈一起照顾我们的小菜地。那是我们最平静的一个星期，可是她仍然没有挽留我的意思。

终于到了那一天。机场。

这些年我常常出现在机场，因为我不知道自己应该去哪里，心情像艾丽斯·杜尔·米勒的杰作《白色悬崖》中写的“我生长在美国，这里有我痛恨的，也有我可以宽恕的，但在世界上，没有地方是我想居住的”。所以我以为机场是最接近我要去的目标的地方。每次在这种地方，我都会想起许多与我一样离乡背井的人们，比如我妈妈、大姨一家，比如安妮。

当有年轻女子的身影匆忙从我身边一晃而过，我常想会不会在这里遇见我少年时的伙伴。当然，我的眼睛并不可靠，她只挑想看的看，我只是希望能在这里见到安妮。她没有回头。她随着滚滚人流进入登机通道。可能我看错了，也可能是另一种情况：她忘记了自己曾经叫安妮。这些年来，我启动作为一个作家的蓬勃的全部想象力，为我们的一次不期而遇设置场景。比如在某学院庄严的殿堂下，在修道院僻静的小道上，在不知名的乡间酒吧里，在夜总会的灯红酒绿中。思来想去，飞机场的场景应该最符合常情。她和我，这一辈子，大概都会在走与留、退与进、寻与觅之间撕扯着，难得解脱。

我和妈妈坐在机场大厅的椅子上，突然妈妈匆匆地往我手里塞礼物，仍然急促而羞怯。动作中出现了许多不必要的碰撞，声音与表情都有点走样。我看着她匆忙的双手，说心意领了，不要再送了。她不搭话，我也无法往下说。我怕自己一出口会说过去的已经过去了这类的话。我想妈妈害怕我说这样的话，那样她就再无处可逃了。我又觉得妈妈可能希望我说这样的话，那样她就不需要逃了。我说过我对妈妈从来不懂，有时候自以为理解了，答案却是错的，自信心也就全没了。

我收下了，用的是我爸爸的手。而也就在这时，我莫名其妙地发出一个笑。笑得如此恰如其分，又如此不像我。我想同样不是我在笑，是我爸爸借着我的音容笑貌对我妈妈发出这么一个笑——文琴，不要再内疚下去了。

这时广播响起最后一遍登机通知，我起身准备离去。妈妈突然在我的手心捏了一下，没有说话。我知道她想挽留我，只是不确定自己是否应该这样或者说自己这样做是否管用罢了。我熟悉这个动作，十三岁那年妈妈在医院曾经做过相似的挽留。

妈妈非常慈爱非常眷恋地看着我。我永远忘不了她的眼神，那种与生命建立起了深厚的感情，处得难分难舍、又不得不分开的暮年的目光。一切都可能是最后一次了，一切都可能是永别。

可能的。我已经失去了父亲，我害怕再失去母亲。这种害怕，这种预演的生死永别让我对妈妈产生悬心的爱，带着一些悲剧的血的颜色。让我从头再来，让我们从头再来。我心里冲动地喊着，脚步像追赶在一辆灵车后面，那般的悔不当初，那般的歇斯底里。或者我站在妈妈的墓前，像约翰·马切尔站在梅·巴特拉姆的墓前，石碑上妈妈的名字像梅的名字折磨约翰一样折磨着我，对我们说我们错过的就是她们。

我恸哭起来，妈妈也哭了。我们顺着哭声向对方靠拢，到了面对面，我们不再前进，相互辨认着。我们的认识正在重新开始，全新的、有深度的。我们内心深处都有许多隐痛和遗憾，不能全靠现在的自己对从前的自己进行安慰，我们更需要对方的安慰。

女儿，对不起了，在你小时候。妈妈重重地看了我一眼，说，我从来不认为我的决定是错的。但是我后悔自己做的决定——我希望我当年能做出相反的决定。

妈妈——

2001年11月初稿

2002年10月二稿

2003年01月定稿

后　记

在我成长的年代，学校教育主导了青少年的生活。这些年我有很多的机会与当今的中国青少年交谈，我感觉父母、老师以及孩子关注的焦点还是集中在学业上，他们最担心的问题仍然是如果书读不好怎么办？除了读书这座独木桥，真的是条条大路通罗马吗？读书以外的自我价值在中国社会仍然得不到普遍的支持。相比之下，中国还是一个比较保守的社会，多元价值还没有普遍被接纳，所以青少年行为上的偏差多数会是因为学业上失败，得不到家庭、学校的肯定的时候转向的一个表现。

相比，美国是个多元化的社会。华人青少年面临青春期的挑战与别的族裔孩子是一样的，就是自我认同与家庭认同分裂。华人青少年感觉到文化的落差，尤其是校园文化与家庭文化的差距非常大，也就是说中国文化变成美国文化，传统文化变成现代文化。他们生活在两个文化系统的夹缝之间，他们不知道是放弃同辈的认同来接受父母的价值系统，还是相反的。

而他们就是我的主人公们。十几岁的孩子对社会、对世界的认识不可能是定型的。没定型的主人公，他们对世界没定型的看法在小说公式中是一个变数。这就是成长小说的缘起，而又不单是成长小说。移民，为主人公设置了一个层层叠叠的舞台布景，他们有充分的表演空间。全新的环境让孩子变得异常的敏感，许多事物被激化了，他们潜藏的层面会在不知不觉中被掀起。中外文化在少年成长经历中的冲撞，在精神层面上对他们不可能没有影响。他们不可避免地面对文化认同的挑战，对两种文化冲突与融合的体验、挣扎、审视、理解与被理解，以及归宿。我起先是听一些为家长与青少年举办的讲座，很快就听进去了，可很快就不满足了。我开始走访一些青少年服务中心，对这个题材越来越感兴趣。

《美国旅店》是这其中的第一部。名字是套借美国老鹰乐队风靡一时的歌曲。

感谢我的家人，没有他们，我走不了这么远的路。

郁秀于2003年10月29日